Turbulentie

Mariëtte Middelbeek

TURBULENTIE

1

'Dames en heren, over enkele minuten zullen we landen op de luchthaven van Curaçao. Namens captain Van der Loo en zijn crew bedank ik u dat u voor Dutchman Air heeft gekozen. Wij hopen u weer te mogen verwelkomen op een volgende vlucht en wensen u een aangenaam verblijf op Curaçao toe.'

Dat zal wel lukken, denk ik, terwijl ik de laatste bagagebak dichtklik. Ik werp een blik uit het raampje van het vliegtuig en zie een mooie, blauwe zee glinsteren in het felle zonlicht. Hier was ik wel aan toe – twee dagen relaxen op een hagelwit strand.

Ik trek het gordijntje van de business class open en maak het vast. Mijn collega-stewardess Miranda Straatman werpt me een zure blik toe. Ik heb geen idee wat ik nu weer verkeerd heb gedaan, maar ze heeft het al vanaf het begin van de vlucht op me gemunt. Ik zend haar een stralende nepglimlach, die ik meestal voor vervelende passagiers gebruik. Geamuseerd kijk ik toe hoe haar gezicht nog zuurder wordt.

Ik loop naar de galley, waar Elise Kleijn een voor een alle kastjes dichtklapt en op slot doet. Ze heeft een gezicht als een donderwolk.

'Is er iets?' vraag ik.

Elise maakt een grommend geluid. 'Ik doe dat mens iets aan.'

'Oh, Miranda bedoel je. Trek je toch niets van haar aan.'

'Dat heb ik de afgelopen negen uur geprobeerd, maar het houdt een keer op. Wat ís er met haar?'

Ik haal mijn schouders op, terwijl ik mijn schort opberg en mijn hemelsblauwe blazer aantrek. Het speldje met mijn naam erop zit ondersteboven en ik draai het om. Sara Doesburg, stewardess. Ik kan nog altijd blij worden als ik dat zie.

'Ik weet wat het is', zegt Elise. 'Ik heb haar wel zien kijken naar die Van der Loo. Maar dat kan ze mooi vergeten. Heb je gezien hoe dik haar kuiten zijn? En ze heeft een kont als een kaarttafel. Als we vanavond nog gaan klaverjassen, moeten we niet vergeten haar te roepen.'

We klaverjassen nooit, maar Elise heeft wel gelijk. Miranda ziet eruit als een worstje in een veel te strak, hemelsblauw velletje. Zeker vergeleken bij Elise en mij, al ben ik er trots op dat ik nog altijd een maat kleiner heb dan Elise. Zij klaagt al over dat maatje verschil sinds we elkaar leerden kennen op de opleiding en vriendinnen werden, maar ze heeft nou eenmaal minder discipline dan ik.

Elise gaat nog even verder. 'Van der Loo ziet haar niet eens staan. Heb je hem trouwens al goed bekeken? Hij ziet er goed uit. Volgens mij heeft hij een abonnementje op de sportschool genomen.'

'Hm?' vraag ik zogenaamd afwezig. Ik heb geen zin om met Elise over de piloot te praten. Het is de hele crew al opgevallen dat de captain die vroeger een beetje vadsig was, tegenwoordig opvallende gelijkenissen met George Clooney vertoont, minus het grijzende haar. Het plan is dat ik zelf werk van hem ga maken. Ik heb heus wel gemerkt dat hij al een paar keer bewonderend in mijn richting heeft gekeken – maatje 36 mist z'n uitwerking ook vandaag niet. En daarom sta ik me dus altijd voor dag en dauw in het zweet te werken in de fitnesszaal van ieder hotel waar ik verblijf, terwijl anderen kreunend van de kater in bed liggen.

'Cabin crew, take your seats', klinkt het door het vliegtuig. Ik voel dat we behoorlijk aan het dalen zijn. Elise en ik verlaten aan verschillende kanten de galley en klappen de crew seats bij de nooduitgang naar beneden. Ik zit tegenover een gezin met een baby die de eerste vijf uur van de vlucht aan één stuk door heeft gekrijst. Vervolgens heeft het mormel de vloerbedekking onder gespuugd, zodat ik op mijn knieën met een doekje de rommel kon opruimen. Maar ik blijf glimlachen naar hen en vraag me ondertussen af waarom iemand ooit een baby zou willen. Alleen al het figuur dat je ervan krijgt.

Ik kijk uit het raampje. De aarde komt nu snel dichterbij en ik zet me schrap voor de landing. Als de wielen de grond raken, beginnen een paar passagiers te klappen. Eén meneer staat op en wil alvast zijn bagage pakken. Terwijl

Elise hem tot zitten maant, vraag ik me af waarom er altijd één bij is die het bordje 'stoelriemen vast' niet begrijpt.

We taxiën naar de gate en als het vliegtuig tot stilstand komt, is er geen houden meer aan. Terwijl de crew opstaat doen overal passagiers mee, hoewel de piloot het bordje nog niet heeft uitgedaan. Ik laat het maar zo. Hoe eerder iedereen eruit is, hoe beter. Ik heb het wel gehad voor vandaag.

'*Cabin crew, doors may be opened.*'

Elise en ik nemen onze plek bij de uitgang in, terwijl Miranda de grote, zware deur opent. Daarna posteert ze zich pontificaal voor ons en zegt de passagiers gedag. Elise zet een stap naar voren en haar puntige hak boort zich in Miranda's voet.

'Oh, sorry', zegt ze poeslief. 'Ik had je niet gezien.'

Ik moet mijn best doen om mijn gezicht in de plooi te houden. Miranda perst haar lippen op elkaar.

Als de laatste passagier het vliegtuig heeft verlaten, komt het drietal piloten uit de cockpit. Captain Van der Loo, die nu de passagiers weg zijn gewoon Robert heet, loopt voorop. Miranda, Elise en ik kijken alledrie naar hem en zetten onze verleidelijkste gezichten op.

'Dames', zegt hij met iets geamuseerds in zijn stem.

Dan loopt hij langs ons heen.

Elise steekt haar hand op. 'Van mij.'

'Dat zullen we nog wel eens zien', mompel ik. Miranda werpt me een vernietigende blik toe.

'Daar zijn we weer. De Sea Sight Inn.' Elise laat het handvat van haar koffer los. Het ding valt met een klap op de grond. 'Pokkeding', moppert ze. 'Wanneer krijgen we nou eindelijk eens normale koffers?'

'Kom kom, niet zo klagen', zegt iemand achter ons. Tegelijk draaien we ons om. Robert lacht ons toe. Op zijn gezicht is geen spoortje van vermoeidheid te bekennen, terwijl ik me door de lange vlucht en de Antilliaanse warmte moe en zweterig voel. En dat is niet hoe ik wil dat Robert me ziet.

Ik draai me terug naar de receptionist. 'Sara Doesburg.'

Snel vul ik een paar gegevens in, zet mijn handtekening en gris mijn kamersleutel uit zijn hand. Ik heb leuke plannen met Robert, maar eerst wil ik douchen en een paar uur slapen.

Op mijn kamer werp ik snel een blik naar buiten. De Sea Sight Inn doet zijn naam eer aan: ik kijk uit over een azuurblauwe zee en een prachtig wit strand. Met een ruk trek ik het gordijn dicht.

Ik doe mijn blazer uit, knoop mijn blouse los en leg alles op de rieten stoel in de hoek van de kamer. Daarna pak ik een hangertje uit de kledingkast en plaats mijn rok erop. Die moet ik op de terugvlucht ook nog aan en als ik hem niet netjes houd, moet hij gestoomd worden. Dutchman Air heeft besloten dat stewardessen dat zelf moeten betalen.

Ik trek een badjas aan, stap het balkon op en hang de rok daar uit. Even blijf ik staan om de zeelucht op te snuiven en de zon mijn gezicht te laten verwarmen. Het is druk op het strand, er is niet één bedje meer vrij. Gelukkig heb ik geen zin om naar het strand te gaan. Eén keer, in Maleisië, dacht ik dat het een goed idee was om niet op mijn kamer, maar op een strandbedje te gaan slapen. Midden op de dag. Toen ik wakker werd, voelde ik meteen dat het mis was. Mijn gezicht was rood en gezwollen en een uur later begon ik al te vervellen. Het was vreselijk, vooral omdat een van de leukste copiloten die ik ooit heb gezien de benen uit zijn lijf had gelopen om bij mij in het vizier te komen en ik net die avond van plan was mijn *hard to get*-houding op te geven. In plaats daarvan zat ik op mijn kamer, fakend dat ik een migraineaanval had, ondertussen proberend mijn kreeftrode huid met plakjes komkommer te koelen.

Ik huiver weer als ik aan die vreselijke gebeurtenis denk en ga snel mijn kamer binnen. Het enige goede dat ik eraan heb overgehouden, is dat ik nooit meer vergeet om zonnebrand factor 30 mee te nemen.

Ik gooi de badjas op het bed en stap onder de douche. De hotelzeep ruikt naar niets, maar toch voel ik me schoon als ik mezelf inzeep. Mijn haar was ik uiteraard niet met hotelshampoo. Ik weet nog steeds niet wat ze daar precies in stoppen, of juist niet, maar het gevolg is altijd dat je een bos onhandelbaar touw overhoudt. Daarom neem ik standaard mijn eigen shampoo mee, die je alleen bij de kapper kunt kopen.

Als ik een kwartier later de douche uitzet, ben ik rozig en wil ik zo snel mogelijk gaan slapen. Ik sla de dekens terug en wil me net in het kraakheldere bed laten glijden als er op de deur wordt geklopt. Met tegenzin trek ik de badjas weer aan. Geïrriteerd veeg ik de strengen nat haar uit mijn gezicht.

'*Who's there?*'

Er wordt geantwoord in het Nederlands. 'Doe open.'

Mijn adem stokt. Het is Robert. Ik kijk verlangend naar het grote tweepersoonsbed. Eigenlijk ben ik te moe, maar ik zie hem in gedachten al op de rand van het bed zitten, zijn hoofd een beetje schuin, uitnodigend wijzend naar de plek naast hem. Mijn hart begint van pure vreugde in mijn keel te bonken. Ik kan nu niet gaan slapen. Straks gaat hij naar Elise of, oh horror, Miranda.

Ik doe de deur open. 'Oh, hallo Robert', zeg ik, alsof ik hem hier niet had verwacht. Dit is een spelletje dat vrijwel nooit zijn uitwerking mist. Piloten, of misschien mannen in het algemeen, hebben graag het idee dat ze iets helemaal zelf hebben veroverd en bedwongen. Of het nu een landingsbaan is of een, al zeg ik het zelf, bijzonder aantrekkelijke stewardess.

Hij trekt zijn wenkbrauwen op met een sexy gebaar dat mijn laatste restje vermoeidheid resoluut doet verdwijnen. Ik ben 26 – slapen kan ik na mijn dertigste nog genoeg, als mijn looks me in de steek laten.

Ik zet een stap opzij. 'Kom binnen. Iets drinken?'

In de minibar vind ik genoeg gin en tonic om twee longdrinks te vullen. Zonder iets te zeggen overhandig ik Robert zijn drankje. Daarna ga ik op het bed zitten en trek één been onder me. Mijn badjas valt een beetje open en ontbloot het andere been, dat door vele uren cardio- en krachttraining slank en gespierd is. Ik bekijk tevreden de uitwerking van het plaatje dat ik bied. Robert neemt drie flinke teugen van zijn cocktail en zet het glas dan met een klap op het nachtkastje. We verspillen geen tijd aan zoiets banaals als een gesprek.

Hij sjort aan de band van mijn badjas, die nu helemaal openvalt. Geroutineerd maak ik alle knoopjes van zijn overhemd los. Dat is het grootste voordeel aan een uniform: alle mannen dragen hetzelfde overhemd en ik ben inmiddels geoefend in het losknopen ervan.

Robert trekt zijn shirt uit en zoent me tegelijkertijd. Ik heb me intussen al op zijn broek gestort: zelfde verhaal als het overhemd. Binnen tien seconden ligt het kledingstuk op de grond en dat alles met één hand. Ik kan weer trots zijn op mezelf.

Mijn handen glijden over Robers stevige billen. De zijne zitten aan mijn borsten. Hij is een kenner, merk ik meteen. Precies wat ik al dacht.

'God, je bent lekker', hijgt hij in mijn oor. 'Dit wilde ik op Schiphol al doen.'

Vijf minuten later is het voorbij. Vanaf het bed kijk ik toe hoe hij zijn broek aantrekt en die heerlijke billen weer bedekt. We hebben twee dagen de tijd. Ik hoop ze nog minstens vijf keer terug te zien.

'Tot later', zegt Robert, als hij in zijn overhemd is geschoten en het scheef heeft dichtgeknoopt. De deur valt met een klap achter hem dicht.

Ik sta op, spring voor de tweede keer onder de douche en kruip daarna naakt onder de deken. Die is wel nodig in de zwaar geaircode kamer. Ik werp een blik op mijn telefoon en wil eigenlijk het licht al uitdoen als ik zie dat ik een sms'je heb gekregen. Van Anouk, mijn drie jaar oudere zus.

Ik moet overmorgen naar het ziekenhuis voor onderzoek... Dat vindt de huisarts beter. Balen. Hoe is het daar? Lekker warm? xA

Ziekenhuis? Huisarts?

Oh, shit! Dat ben ik helemaal vergeten. Anouk had iets gevoeld in haar borst en is totaal in paniek geraakt. Ik heb haar al verteld dat het ongetwijfeld niets is, maar ze wilde het per se door de huisarts laten onderzoeken.

Snel sms ik terug. *Balen, ja. Maar het is vast niets, je bent veel te jong voor enge ziektes. Hier is het geweldig. Zon, zee, strand, mannen. xS*

Ik weet zeker dat ze overmorgen sms't dat ik inderdaad gelijk had en dat er niets aan de hand is. Ze is hartstikke jong en bovendien komt er in onze familie helemaal geen kanker voor. Maar Anouk tilt nou eenmaal zwaarder aan dingen dan ik. Toen onze vader volledig onverwacht overleed aan een hartinfarct, wilde ze per se binnenstebuiten worden gekeerd om er maar zeker van te zijn dat er aan háár hart niets mankeerde. Ze was ervan overtuigd dat ze hetzelfde zou krijgen als papa, al was zij vijftien en hij tweeënveertig. Pas nadat de dokter haar helemaal had onderzocht, durfde ze te geloven dat ze niet dood zou gaan.

Mijn telefoon piept opnieuw.

Da's mooi. Veel plezier. En duim voor me.

Als het tijdstip van het onderzoek niet midden in de Antilliaanse nacht valt, zal ik dat zeker doen, ja. Ik sms dat ze daarop kan rekenen en zet mijn telefoon op stil. Daarna doe ik eindelijk het licht uit. Slapen.

'Kom je nog?' Elise bonkt op de deur van mijn kamer. 'Iedereen is al naar de bar.'

'Doe maar rustig, hoor. Ik kom er zo aan.'

Ik leg de laatste hand aan mijn make-up en zet een stap naar achteren om het resultaat in de spiegel te kunnen bewonderen. Vandaag op het strand ben ik al aardig bruin geworden en dan staat alles net even leuker. Ook het magenta halterjurkje dat ik draag. Ik heb het vorige maand in Los Angeles gekocht en dit is de eerste keer dat ik het aanheb. Voor vanavond heb ik speciale plannen en dit jurkje past daar precies in.

Mijn plannen draaien, anders dan die van Elise, niet langer om Robert. Toen ik wakker werd en op het balkon ging zitten om even van het uitzicht te genieten, zag ik hem op het strand zoenen met een stewardess van een Russische maatschappij. Nou wil ik heus niet principieel doen en ik verlang ook geen eeuwige trouw, maar het kind was hooguit zeventien en Robert is minstens veertig.

Net nadat Robert en zijn minderjarige verovering verdwenen waren, zag ik Roberts copiloot Patrick een duik in zee nemen. Het plan is dat ik vanavond dat lichaam eens van dichtbij ga bestuderen.

Elise heeft haar zinnen op onze gezagsvoerder gezet en slaat nu mijn deur bijna uit zijn sponningen met haar gebonk.

'Ik kom al, ik kom al', zucht ik, en na nog een laatste blik in de spiegel pak ik mijn enveloppetasje en doe het licht uit.

Elise kijkt demonstratief op haar horloge als ik de gang op stap. Ik heb haar al zo vaak uitgelegd dat het niet verstandig is om tegelijk met anderen te komen, tenzij je wilt uitdragen dat je niets te doen hebt. Later komen, bij voorkeur een halfuur, wekt de suggestie dat je je met moeite ergens anders hebt kunnen losrukken om de rest van de aanwezigen met je gezelschap te verblijden. Hoe later je komt, hoe groter je voorsprong, maar Elise wil het niet begrijpen.

We lopen naar beneden en steken de straat over naar de bar waar niet alleen onze crew, maar ook luchtvaartpersoneel van andere maatschappijen zich heeft verzameld. Ik verga van de dorst en terwijl ik voel dat blikken zich op ons richten, loop ik op mijn zilverkleurige kleppertjes met hoge hakken naar de bar. Elise volgt me op de voet.

'Hij is zo van mij', zegt ze een kwartier later, als ze zich met haar derde cosmopolitan genoeg moed heeft ingedronken. 'Ik weet zeker dat hij wil. Hij zit de hele tijd naar me te kijken.'

Ze werpt de miljoenste zogenaamd onopvallende blik op Robert en het groepje piloten en stewards, met wie hij aan de bar zit.

'Waarom gaan we dan niet bij hen zitten?'

Elise kijkt me aan alsof ik gek ben geworden. 'Laat ze maar naar ons toekomen. De lol is eraf als ik me aan Robert aanbied. Hij moet het idee hebben dat hij míj heeft versierd.'

Dit is theorie die ik haar heb bijgebracht, maar ik laat haar in de waan dat ze het zelf heeft verzonnen.

Elise heeft haar blik weer strak op Robert gericht. 'Ik weet zeker dat er onder dat shirt een wasbord schuilgaat waar je u tegen zegt.'

Ik zou dat wasbord en andere niet te versmaden onderdelen van Roberts lichaam tot in detail kunnen beschrijven, maar ik houd mijn mond. Niet dat Elise het überhaupt zou horen, want ze heeft het veel te druk met nonchalant overkomen.

Terwijl ik Roberts blik in mijn richting vakkundig ontwijk, richt ik mijn aandacht op Patrick, die naast hem zit en maar tequila's blijft bestellen. Dat is het voordeel van continu leven met een jetlag: drank kan altijd – het is voor je gevoel voortdurend zaterdagavond.

Ik neem een ferme slok van mijn mojito en merk dat Patrick naar me kijkt. Goed, heel goed, dit is waar ik op uit ben. Langzaam laat ik mijn tong langs mijn lippen glijden om de restjes mojito weg te werken.

Bingo. Hij komt mijn kant uit.

'Nog tien', hijg ik. 'Nog negen, acht, zeven...' Kreunend laat ik me achterovervallen op het matje. Mijn hoofd dreunt in de maat van de bonkende muziek. Die laatste cocktail had ik misschien niet moeten nemen.

'Nog zes', spreek ik mezelf streng toe. Druipend van het zweet richt ik me weer op voor de laatste sit-ups. Mijn buikspieren voelen aan alsof ze elk moment kunnen knappen als te strak gespannen elastiekjes, maar ik mag niet opgeven.

'Nog één. Aah.' Met een kreet van opluchting val ik neer. Ik kijk op de klok. Vijfenvijftig minuten, niet slecht. Het is even voor acht uur 's ochtends en ik heb mijn workout er al op zitten.

Tevreden pak ik mijn handdoek en loop naar de kleedkamer voor een welverdiende douche. In de spiegel werp ik een blik op mezelf. Mijn normaal gesproken vlekkeloze en zongebruinde huid is rood van inspanning en mijn hazelnootbruine haar hangt in natte pieken rond mijn gezicht. Ik knijp in mijn bovenarmen. De trainingen met gewichtjes hebben hun vruchten afgeworpen. Daarna bekijk ik kritisch mijn buik. Ik ben alert op elk spoortje dat wijst op een vetrol in wording, maar vind niets. Gelukkig maar. Ik voel er weinig voor om nog meer sit-ups te moeten doen dan de honderd die ik nu dagelijks afwerk. Of ik zou minder moeten eten, maar van mijn strakke regime van drie gezonde maaltijden en maximaal twee tussendoortjes kan bijna niets meer af. Behalve de alcohol, maar die heb ik simpelweg nodig om mijn werk leuk te houden.

Ik draai me om en check mijn billen. Andere vrouwen vergeten die twee lichaamsdelen nogal eens, maar ik houd ze scherp in de gaten. De hoeveelheid tijd die ik gehuld in bikini doorbreng, vraagt om een strakke bilpartij. Ik span mijn spieren aan. Staalhard. Precies zoals ik het graag zie.

Als de deur opengaat, sla ik snel een handdoek om mijn lijf. Miranda komt binnen. Ze werpt een misprijzende blik op mij en loopt dan zonder iets te zeggen langs me heen.

'Ga je sporten?' vraag ik poeslief.

'Zoals gewoonlijk.' Haar stem klinkt scherp, alsof ze me wil waarschuwen niet verder te gaan. Gezien haar figuur vermoed ik dat Miranda in 1995 voor het laatst heeft gesport, maar ik heb een kater en voel weinig voor een hoogoplopende ruzie. Hoewel ik veel zin heb om te vragen of ze nou echt denkt dat één keer sporten haar het figuur gaat opleveren waar Robert op zou vallen. Ze heeft minstens maat 40.

Ik trek de handdoek nog eens extra strak om me heen, om mijn figuur beter te laten uitkomen, en loop naar de douches. Nog voor ik de kraan heb aangezet, hoor ik hoe Miranda de deur van de sportzaal met een klap achter zich dichtsmijt.

Ach, ik begrijp haar pesthumeur ook wel. Ik heb gisteravond gehoord dat Miranda tweeënderdig is en niets liever wil dan een man en een kind en een chocoladebruine labrador om het plaatje compleet te maken. Alhoewel, dat van die labrador weet ik niet zeker, maar ze wil in elk geval dolgraag een gezinnetje. Vooralsnog ontbreekt de vent, waardoor het kind een wat lastig verhaal wordt. Ze zou een hond kunnen kopen, maar dat is voor een alleenstaande stewardess niet heel praktisch.

Ik zou haar het telefoonnummer kunnen geven van Tygo, mijn ex-vriend, bedenk ik als ik me inzeep met dezelfde reukloze hotelzeep als ik op mijn kamer heb. Als ze nou zo graag wil trouwen en kindjes krijgen, heeft ze aan hem een goede. Dat is ook precies wat hij wil.

En dat is dan weer de reden dat Tygo mijn ex is. Als ik ergens niet klaar voor ben, is het voor een paar koters om me heen. Alleen al het idee dat je voortdurend een oppas moet regelen als je uit eten wilt. Spontaan iets gaan doen is er niet meer bij. En dan moet ik zeker mijn intercontinentale vluchten opgeven, omdat ik dan te lang van huis ben? Ik heb juist zo hard gewerkt om de leukste vluchten te krijgen en ik ben echt niet van plan om weer genoegen te nemen met de lijndienst Barcelona om maar zo veel mogelijk in mijn eigen bed te kunnen slapen.

Ik sluit mijn ogen en geniet van het warme water, terwijl ik aan Tygo denk. Hij bleef maar bedelen om een baby en een huwelijk, en na het derde aanzoek heb ik mijn spullen gepakt. Dat ik voor mijn verjaardag kleine witte babysokjes kreeg, hielp ook niet echt. Anders dan Tygo had gehoopt, raakte ik niet bevangen door een enorm verlangen naar iets om die sokjes mee op te vullen. Integendeel, ik kreeg het juist Spaans benauwd. Dat was ook het moment dat ik besloot nog minstens tien jaar niet aan kinderen te denken en daarna pas te bepalen of ik ze wil of niet. Vooralsnog neig ik erg naar 'niet' en kan ik me niet voorstellen dat er ooit een moment komt waarop ik vrijwillig mijn vrijheid zal opgeven.

Tygo daarentegen was zwaar teleurgesteld dat zijn kans op een kind verkeken leek. Hij bleef maar bellen en sms'en. Pas nadat ik hem de babysokken retour had gestuurd met de mededeling dat hij maar een andere moeder voor zijn kind moest zoeken, werd het minder. Nu heeft hij al een maand niets van zich laten horen, wat een record is.

Ik overweeg serieus om hem en Miranda aan elkaar te koppelen. Tygo is weliswaar twee jaar jonger, maar dat is alleen maar gunstig, want dan hebben ze alle tijd voor die tien kinderen die hij waarschijnlijk wil. Aan de andere kant heb ik helemaal geen zin om Tygo te spreken en ik voel me ook niet verantwoordelijk voor Miranda's geluk. Al die mensen met hun kinderwens, ik wil er niets mee te maken hebben.

Met een opgetogen gevoel zet ik de douche uit.

Een uur later lig ik op het strand. Ik heb mezelf in een hangmat geïnstalleerd met de nieuwste *Vogue* en een literfles mineraalwater. Mijn plan is dat ik vandaag helemaal niets ga doen, behalve heel af en toe afkoelen in zee als de zon me even te warm zou worden.

Ik zet mijn grote Chanel-zonnebril op mijn neus en sla *Vogue* open. Maar ik heb nog geen letter gelezen, als ik iemand aan hoor komen.

'Ga je mee zwemmen?' Robert loopt voorbij in een strakke zwembroek met een oerlelijk oranje streepjesdessin. Wie heeft dat uitgezocht? Mevrouw Van der Loo? Dat zou logisch zijn. Als ik de vrouw van een piloot was zou ik hem vetmesten en de meest lelijke zwembroeken voor hem uitzoeken, om hem zo veel mogelijk uit de markt te prijzen. Al weet mevrouw Van der Loo misschien niet dat manlief regelmatig helemaal geen kleren draagt, bij voorkeur op zijn hotelkamer in een ver oord in aanwezigheid van een aantrekkelijke stewardess. Zoals wel meer piloten, trouwens, wat de reden is dat er ook nooit met een zou trouwen. En ook niet met een copiloot, al heb ik me gisteravond opperbest vermaakt met Patrick. Nadat Elise er eindelijk in was geslaagd Roberts aandacht te trekken, was ze de rest van de avond niet bij hem weg te slaan. Ik concentreerde me intussen op Patrick, me afvragend hoe ik hem al die tijd over het hoofd heb kunnen zien. Hij is knapper dan Robert, en tien jaar jonger. Met tien keer meer uithoudingsvermogen en dat, zo heb ik vannacht mogen merken, is niet onprettig.

Ik til mijn Chanel een stukje op en werp Robert een koele blik toe. 'Zeewater droogt mijn haar uit.'

Hij haalt zijn schouders op en loopt door. Even later rent Elise voorbij. In de golven bespringt ze hem van achteren. Hij komt geïrriteerd overeind en beent terug naar het strand. Elise blijft met een pruillipje in zee achter.

'Goodmorning sunshine.'

Ik draai mijn hoofd met een ruk om. Patrick staat achter me, gehuld in een donkerblauwe zwembroek. De aanblik van zijn gespierde bovenlichaam jaagt mijn hartslag omhoog.

'Hé', zeg ik.

'Ga je mee zwemmen?'

Robert loopt chagrijnig voorbij en hoort die vraag. 'Kan niet. Dan wordt d'r haar droog.'

'Wat?'

Ik wuif zijn woorden weg. 'Niets. Natuurlijk ga ik mee zwemmen.'

Ik klim uit mijn hangmat en loop naar zee. Patrick loopt schuin achter me. Ik voel zijn blik over mijn lichaam gaan en trek mijn buik nog eens extra in. We vliegen pas om acht uur vanavond dus we hebben nog alle tijd...

Ik loop de lauwe zee in. Verlangend kijk ik naar Patricks licht gebruinde lichaam. Hij spat water mijn kant op. Hoewel het een kinderachtig spelletje is, spetter ik terug. Hij grijnst. Ik lach terug. Dan voel ik zijn grote handen rond mijn taille. 'We hebben nog uren voordat we moeten werken.'

'Ja.'

Meer woorden hebben we niet nodig. Ik loop de zee uit, op de voet gevolgd door Patrick. Ik sla een pareo om en ga met hem mee naar zijn kamer. Op de gang komen we Miranda tegen. Ze is op weg naar het strand met een dik en zo te zien literair verantwoord boek onder haar arm. Het schiet ineens door me heen dat je als stewardess met maat 40 zeeen van tijd moet overhouden om dat soort boeken te lezen.

Patrick opent zijn kamerdeur. De airco staat te loeien en ik huiver. Van achter slaat hij zijn armen om me heen. 'Zo meteen heb je het niet meer koud, dat beloof ik je.'

Zijn trouwring blijft bijna in mijn navelpiercing haken als hij met me een ferme ruk omdraait.

Ik neem een slok van mijn pina colada en kijk vanuit mijn hangmat genietend uit over zee. Straks moet ik negen uur lang voldoen aan de wensen van een vliegtuig vol uitgelaten, dronken en asociale vakantiegangers. Eén cocktailtje om mezelf de nodige kracht in te drinken kan nog wel. Ik zie dat Elise en Saskia, een stewardessenvriendin die vandaag met een vlucht uit de Dominicaanse Republiek is gearriveerd en vanavond ook met de DA4431 terugvliegt, op het terras van het hotel hetzelfde doen.

De zon begint al te dalen, de dag loopt op z'n einde. Over een halfuurtje moet ik mijn koffer inpakken, mijn stewardessenuniform aantrekken en mijn gezicht weer in de stralende nepglimlach plooien die verhult hoe vervelend we de passagiers eigenlijk vinden.

Ik werp een blik op de nu haast saffierblauwe zee, die hier en daar glinstert alsof er honderden lampjes onder het wateroppervlak verborgen zitten. Ik moet ook niet klagen. Ik heb een geweldige baan. Zonder die vervelende passagiers zou ik hier nu niet in een hangmatje liggen met een cocktail in mijn hand en een verrukkelijke copiloot voor het grijpen, één hangmat verderop. Misschien doe ik dat straks nog wel, hem grijpen.

Plotseling klinkt een ingeblikte versie van het Wilhelmus. Ik tast onder me, op zoek naar mijn mobieltje. Als ik het eindelijk heb gevonden, zie ik dat het Anouk is die me belt. Terwijl ergens in mijn achterhoofd het besef doordringt dat het in Nederland half elf 's avonds is en dat Anouk normaal gesproken nooit zo laat belt, zeg ik vrolijk: 'Ha, zus!'

Eerst hoor ik niets. 'Hallo?' vraag ik vertwijfeld. 'Hallo-o?'

Dan hoor ik het geluid. Het houdt het midden tussen gesnik en het praten van iemand die heel erg verkouden is.

'Anouk? Ben je daar?'

'S-sara?'

'Ja. Nouk, wat is er? Waarom huil je?'

Weer hoor ik even niets. Er bekruipt me een heel onaangenaam gevoel. De laatste keer dat Anouk zo huilde, was toen bleek dat haar toenmalige vriend Stefan haar had bedrogen met zijn ex. Hoewel hun zoontje Max nog maar drie weken oud was, had Anouk haar vriend met harde hand de deur gewezen. Ik geloof dat ze hem daarna nog hooguit twee keer heeft gesproken. Hij heeft Max ook nooit meer gezien. Maar dat is vier jaar geleden.

'Nouk?' vraag ik opnieuw.

Ineens heb ik onze moeder aan de telefoon. 'Sara?'

Ik zit rechtop in de hangmat. Mama is een paar maanden geleden naar de andere kant van het land verhuisd en hoort helemaal niet bij Anouk te zijn.

'Wat is er aan de hand?'

'De uitslag van de mammografie is helemaal niet goed. De dokter heeft een knobbel gezien en een punctie gedaan. Het is kwaadaardig. Het is een tumor.'

Ik ben even uit het veld geslagen.

'Huh?'

'We hebben de hele dag in het ziekenhuis gezeten en er zijn allerlei onderzoeken gedaan. Anouk heeft borstkanker. We weten nog niet welke soort, want er staat nog van alles op kweek, maar ze moet zo snel mogelijk worden behandeld.'

'Maar...' Ik wil iets zeggen, maar weet niet wat. Borstkanker? Anouk is nog geen dertig! En zelfs dertigers krijgen geen borstkanker, daar zijn ze veel te jong voor. Of misschien krijgen ze het wel, ik weet het niet eens, maar ik weet wel dat mijn zus geen kanker hoort te krijgen.

'Lieverd, ik begrijp dat dit heel erg schrikken is. Dat is het voor ons allemaal. Maar het belangrijkste is nu dat Anouk zo snel mogelijk aan de behandeling begint, dan heeft ze een redelijke kans om te overleven.'

De adem stokt in mijn keel. Káns om te overleven?

'Hoe bedoel je?'

'Met de mammografie is vastgesteld dat de tumor al best groot is, wat betekent dat hij er al een tijdje zit. Als ze snel wordt geopereerd om de tumor te verwijderen en vervolgens zware chemotherapie krijgt, is er een goede kans dat de kankercellen worden vernietigd. Maar dan moet het natuurlijk wel operabel zijn. Misschien moet ze worden bestraald om de tumor te verkleinen.'

Ik knipper met mijn ogen om het beeld kwijt te raken van duizenden plastic soldatenpoppetjes, die ten strijde trekken tegen slechterikken in glanzende harnassen.

Chemotherapie, bestraling – het zijn woorden die ik wel met kanker associeer, maar ik heb geen idee wat het allemaal precies inhoudt.

Met een schorre stem vraag ik: 'En anders?'

'Daar denken we nog niet aan', zegt mijn moeder ferm en pas dan besef ik hoe ernstig mijn zus eraan toe is.

'Ik wil Anouk spreken.'

'Zo meteen. Lieverd, ik weet dat ik je heb laten schrikken en dat je dit even moet verwerken, maar er is niet veel tijd. Anouk zal behandelingen moeten ondergaan in het ziekenhuis en ik weet het natuurlijk nog niet zeker, maar er is een kans dat ze daar dan een tijdje moet blijven.'

'Als ze daar de beste zorg krijgt, dan moet dat inderdaad!' roep ik strijdlustig.

Mijn moeder zegt: 'Daar ben ik het helemaal mee eens en Anouk weet zelf ook dat het noodzakelijk is, maar er is wel een probleem.'

'Wat dan? Mam, ze woont in Amsterdam. Hoe kan er nou een probleem zijn? De beste ziekenhuizen van Nederland zitten om de hoek.' Althans, dat vermoed ik. Ik heb me er nooit zo in verdiept. Maar het vu is toch goed?

'Dat is ook zo, maar er is een ander probleem. Ik woon natuurlijk niet meer in de buurt en iemand zal voor Max moeten zorgen als Anouk in het ziekenhuis ligt.'

'Dat is waar.' Ik tik nadenkend met mijn vinger tegen mijn lippen. 'Ik ga nadenken of ik nog iemand weet. Mag ik nu Anouk spreken?'

'Saar,' zegt mijn moeder, 'er breekt een moeilijke tijd aan voor Anouk, maar zeker ook voor Max. Anouk zou er veel geruster op zijn als er iemand voor hem zorgt die hij in elk geval kent. Ze wil niet dat hij buiten de familie wordt op-gevangen.'

'Maar jij woont aan de andere kant van het land! Dat is toch niet echt handig? Max moet naar school. Kan die vriendin van haar het niet doen? Die eh... Mieke!'

'Mieke is vorig jaar naar Dubai geëmigreerd.'

'Oh ja. Els dan? Max kan het ook goed met Els vinden.'

Mijn moeder slaakt een zucht. 'Els heeft drie kleine kin-deren en is net gescheiden. Dat kan niet.'

'Tja, dan weet ik het ook even niet. Ik denk er nog over na, oké?'

'Sara, ik...' Mijn moeder laat even een stilte vallen. 'Ik dacht aan jou. Het zou Anouk enorm geruststellen als jij Max zou kunnen opvangen.'

Mijn mond wordt droog. Ik? Als oppas voor mijn neef-je? Ik begrijp best dat er opvang nodig is nu Anouk niet zelf voor Max kan zorgen, maar in mijn leven is echt geen plek voor een kind. Ik kan hem toch niet alleen laten als ik moet vliegen?

'Max moet ergens heen, Saar', zegt mama. Haar stem klinkt een beetje dwingend. Ik voel me onder druk gezet. Arm kind, hij is pas vier en nu moet hij dit meemaken.

Maar dat ik tijdelijk voor mijn neefje ga zorgen, is echt geen optie. Het kan gewoon niet.

Net als ik dat tegen mama wil zeggen, zegt zij: 'We hebben het er nog wel over. Hier is Anouk.'

'Oh, lieverd toch', zeg ik, als ik mijn snikkende zus opnieuw aan de telefoon krijg. 'Wat vreselijk. Maar ik weet zeker dat het allemaal goed komt. Daar gaan we gewoon voor.'

'Het is zo erg', zegt Anouk bibberig van het huilen. 'Ik ben zo bang. Ik weet niet wat ik moet doen.'

'Je moet in elk geval niet opgeven. Hoe erg het ook is, het komt wel goed. Je hebt ons toch? Ik bedoel: mama en mij? Wij slepen je er wel doorheen.'

'En Max dan?' vraagt Anouk. 'Als ik er niet meer ben, heeft hij niemand.'

'Zo mag je niet praten! Jij zult er altijd voor hem zijn. In elk geval de komende vijftig jaar, en daarna is hij vast oud genoeg om voor zichzelf te zorgen.'

Maar ik kan Anouk niet geruststellen.

'Ik wil nog helemaal niet dood. Ik ben verdomme nog geen dertig!' Ze begint weer te huilen.

'Je gaat ook helemaal niet dood', zeg ik, maar dan heb ik ineens mijn moeder weer aan de telefoon.

'Hoe laat ben je morgen thuis?' vraagt ze.

'Rond de middag. Dan ga ik meteen naar Anouk toe, oké?'

'Ze moet om vier uur in het ziekenhuis zijn voor nog meer onderzoeken. En misschien is de uitslag van de biopsie er dan ook. Zou jij op Max kunnen passen?'

Ik slik. Is dit een manier om mij Max in de maag te splitsen? Want daarover is het laatste woord nog niet gezegd.

'Het is maar een paar uurtjes', zegt mijn moeder als ik geen antwoord geef.

Waarschijnlijk is dit niet het moment om te zeuren en dus zeg ik: 'Natuurlijk. Maak je geen zorgen, ik regel dat. Het komt allemaal wel goed, mam. Houd je taai.'

Als ik ophang, is Patrick verdwenen. Maar wat maakt het uit? Ik heb nu toch al geen zin meer.

2

IK WEET NIET WAAROM IK AANBEL ALS IK VOOR ANOUKS
voordeur sta. Normaal gesproken laat ik mezelf binnen
met mijn sleutel, maar vandaag lijkt me dat om een of andere reden ongepast. Misschien ben ik bang om dingen
te doen zoals ik ze normaal doe, omdat voor Anouk niets
meer normaal is.

'Ben je je sleutel vergeten?' vraagt ze als ze opendoet.

Ik staar haar verbijsterd aan. Het is alsof ik niet had
verwacht dat ze nog gewoon tegen me zou kunnen praten.

'I-ik...'

'Ach, kom binnen, gek. Ik mag dan wel ziek zijn, maar
je hoeft me niet aan te kijken alsof ik een spook ben.'
Ze omhelst me. Ik pak haar vast en pas als ik merk dat
ze niet doormidden breekt, durf ik haar te knuffelen. Ze

ziet er helemaal niet ziek uit en van de verdrietige Anouk van gisteren is ook geen spoortje meer te bekennen.

'Sorry', zeg ik. 'Ik weet gewoon niet zo goed wat ik moet doen. Ik schrok me het apelazarus gisteren. Mama had het ineens over overlevingskansen. Maar dat is onzin, want je gaat helemaal niet dood.'

'Mee eens', zegt mijn zus. 'Maar er moet nog wel het een en ander gebeuren. Maar hé, laten we naar boven gaan. We hebben nog tijd zat om het over ziekte en zeer te hebben, maar nu gaan we het even gezellig houden.'

Mijn moeder omhelst me ook als ik na twee trappen Anouks appartement binnenloop. Ze houdt me langer vast dan normaal.

'Oma, kijk!' Max komt vanuit de slaapkamer de woonkamer binnengehold. Hij houdt een soort knip-en-plakwerk in zijn hand dat hij aan mijn moeder wil laten zien, maar hij struikelt over een rondslingerende brandweerauto en valt op de grond, op zijn kin. Hij schuift een stukje door en komt dan vlak voor de muur tot stilstand.

Meteen zet hij het op een krijsen.

'Oh, arme schat.' Mijn moeder staat naast hem en tilt hem op. 'Kom maar, dan doen we er een kusje op.' Ze geeft een kus op Max' kin. Het krijsen gaat over in snikken en tegen de tijd dat mama zijn tranen heeft weggeveegd, is Max alweer stil. Ze zet hem op de grond. Hij staart mij aan met een mengeling van nieuwsgierigheid en terughoudendheid en slaat zijn arm om de knie van mijn moeder.

'Hé Max', zeg ik. 'Hoe is het met jou?'

Max lacht verlegen en geeft geen antwoord.

'Hij moet altijd even wennen als hij je ziet', zegt Anouk. 'Dat is zo wel over.'

Zo vaak zie ik Max ook niet. Als ik in Nederland ben, probeer ik meestal met Anouk af te spreken op tijden dat mijn neefje niet zo prominent aanwezig is, 's avonds als hij slaapt dus. Gelukkig gaat hij sinds een paar maanden naar school en kan ik op de dagen dat Anouk niet werkt, overdag met haar afspreken. Ik vind Max best leuk, maar ja, het is en blijft een kind.

'Mama moet naar de dokter', verklaart Max dan. Ik kijk op de klok. Is het echt al half vier? Als die vlucht niet twee uur vertraging had opgelopen – doordat twee studentes die vijf maanden op Curaçao hadden doorgebracht van het afscheid nemen een ellenlang ritueel hadden gemaakt, waarna Robert er genoeg van had en hun bagage van boord liet halen, wat uiteindelijk alleen maar meer tijd in beslag nam dan de twee gewoon opsporen en aan boord zetten – dan was ik hier allang geweest. Maar Robert was chagrijnig dat hij met Elise opgescheept had gezeten, terwijl hij liever mij wilde. En gezagvoerders hebben in de regel nogal lange tenen, waarvan lastige passagiers meestal de dupe worden.

Maar ik ben er en het is nog op tijd, al had ik liever nog wat tijd met mijn zus doorgebracht voor ze naar het ziekenhuis moest. Max laat mijn moeders knie los en loopt naar de speelgoedmand in de hoek van de kamer.

Ik kijk Anouk aan. 'Hoe voel je je nu?'

Ze schudt haar hoofd. 'Ik weet het eigenlijk niet. Ik denk elke keer dat ik de tumor kan voelen en dat ik pijn heb, maar eigenlijk voel ik me hetzelfde als altijd. Ik ben alleen ongelooflijk bang.'

'Natuurlijk ben je bang', zeg ik. 'Dat is ook logisch. Maar je zult zien dat de dokter vandaag zegt dat het allemaal goed te behandelen is en dat je het zeker weten overleeft. Er zijn zo veel vrouwen die borstkanker krijgen, weet je. En heel veel overleven het.'

Anouk slaakt een zucht en knikt. 'Ik ben blij dat jij zo positief weet te blijven. Je hebt gelijk, ik ga ervoor vechten en dan krijgt die kanker mij er niet onder.'

'Zo mag ik het horen.' Ik omhels Anouk. Daarna loopt ze naar de slaapkamer om haar tas te pakken. Mama neemt me even apart.

'Anouk heeft Max nog niet verteld wat er precies aan de hand is', zegt ze. 'Dat wil ze pas doen als ze zelf meer duidelijkheid heeft. Als hij vraagt waarom mama naar de dokter moet, zeg dan maar dat je dat ook niet goed weet.'

'Oké.' Ontkenning, dat moet wel lukken.

Mama's mobiele telefoon gaat.

'Met Marja Doesburg? Oh, dag lieverd.'

Het is Frank, mama's vriend. Nadat haar eerste man, onze vader, overleed toen wij nog klein waren, is ze jarenlang alleen geweest. Een paar jaar geleden kwam ze Frank tegen op een bruiloft en nu wonen ze samen.

'Nee, we gaan nu naar het ziekenhuis', hoor ik mama zeggen. 'Ik bel je straks wel.'

Als Anouk en mama weg zijn, ga ik naast Max op de grond zitten. Hij speelt met twee plastic figuren in legeruniform. Hoewel ze exact hetzelfde pak dragen, zijn het blijkbaar vijanden, want Max laat ze met elkaar vechten. Ik denk aan de *Vogue* in mijn tas. Als Max toch zo lekker aan het spelen is, kan ik vast wel even...

'Hier', zegt hij, en hij drukt mij een van de soldaten in handen. Daarna begint hij hem te bewerken met zijn eigen pop. Hij is verrassend sterk. Mijn soldaat eindigt een paar meter verderop.

'Je moet hem wel vásthouden', zegt Max. Met een zucht reikt hij het stuk plastic opnieuw aan.

'Heb je geen zin om een mooie tekening te maken?' stel ik voor. Ik heb te weinig fantasie voor gevechten met plastic legerfiguren. En bovendien is tekenen bij uitstek iets wat Max in z'n eentje kan doen. Ik vind tekenpapier en viltstiften in een laatje en leg het voor hem klaar op zijn speeltafeltje. Daarna installeer ik me op de bank met mijn *Vogue*. Maar ik kan me niet concentreren. Mijn gedachten dwalen voortdurend af naar Anouk. Gisteren was ik ervan overtuigd dat ze het zou overleven, maar nu ik terugben in Nederland en ik echt wel heb gezien dat zij en mama zich grote zorgen maken, weet ik het niet meer zo zeker. Wat is eigenlijk een 'redelijke kans'? Toen ik klein was, overleed een vriendin van mijn moeder aan borstkanker. Het was een drama, want haar man bleef achter met vier kleine kinderen. Had zij een 'redelijke kans' om te overleven gehad?

Op de salontafel ligt een folder. *Borstkanker onder de 50*. Ik pak hem en lees hier en daar een stukje. Er staat nergens wat een 'redelijke kans' betekent. Als je een redelijke kans op turbulentie hebt, heb je meestal een beetje turbulentie, maar niet zo erg dat het cabinepersoneel moet gaan zitten. Ik schud mijn hoofd. Turbulentie, borstkanker – waar het op neerkomt, is dat Anouk niet doodgaat. Een redelijke kans is een kans en mijn zus is een vechter.

'Klaar', kondigt Max aan. Hij komt zijn tekening brengen en blijft op een meter afstand staan kijken. 'Voor mama.'

'Oh, wat lief van je. En wat heb je getekend?'

'Dit is mama.' Hij doet aarzelend een stapje naar voren en wijst op een poppetje met een uitgerekt lijf en harken als handen en voeten. 'En dit is het ziekenhuis. Mama is ziek, hè. Heel erg ziek. Ze gaat dood.'

Hij vertelt het alsof hij meedeelt dat de chocoladepasta op is.

Mijn keel wordt droog. Wat moet ik nou zeggen? Als tante die hem hooguit één keer per maand ziet ben ik niet echt de aangewezen persoon om hem de ins en outs over zijn moeders ziekte mee te delen. Daarom vraag ik: 'Max, waarom denk je dat?'

'Oma zei het tegen mama. Maar het is niet erg, hoor', zegt hij snel, als hij mijn gezicht ziet. 'Want opa is ook dood.'

Ik weet werkelijk niet wat ik moet zeggen.

'Zal ik limonade voor je pakken?'

Gelukkig laat hij zich afleiden. Ik loop snel naar de keuken. Als ik aardbeienlimonade heb ingeschonken en een dvd voor Max heb opgezet, pak ik de folder opnieuw en blader hem helemaal door. Er staan foto's in van vrouwen met maar één borst. De beschrijvingen maken me misselijk en ik leg de folder snel weer weg. Ik realiseer me dat ik helemaal niet aan Anouk heb gevraagd welke borst het is, hoe ze erachter is gekomen, hoe groot de tumor is. Eigenlijk weet ik helemaal niets over borstkanker. De enige andere vrouw met borstkanker die ik ken, op die vriendin van mijn moeder na, is een collega. Maar zij is ten eerste al over de vijftig en ten tweede zat het bij haar in de familie. Ze was een paar maanden weg en kwam toen weer terug met korter haar en een minder leuk karakter. Vanaf dat moment zeurde ze overal over en iedereen die haar tegensprak moest horen dat ze borstkanker had gehad en dat dat haar levensinstelling had veranderd. Eigenlijk was ze altijd al een zuurpruim, ook voor ze wegging. Ik heb haar nooit gevraagd hoe het nou eigenlijk zat met die ziekte. Eerlijk gezegd vond ik altijd dat ze zich een beetje aanstelde.

'Ik vind het saai', zegt Max. Hij zet de dvd-speler uit. Ik verbaas me erover dat hij weet hoe dat ding werkt.

'Wil je iets anders kijken?' Ik pak de afstandsbediening en zap langs de kanalen. De middag-tv stelt niet veel voor. Het journaal wordt honderd keer herhaald en verder worden er vooral oersaaie series uitgezonden. Gelukkig vind ik de *Teletubbies* op de Belgische televisie. Max is fan, herinner ik me.

'Kijk, dat is toch leuk?' zeg ik, als hij een afkeurend gezicht trekt.

Max schudt zijn hoofd. 'De *Teletubbies* zijn voor baby's. Ik ben echt geen baby, hoor.'

Ik zou zweren dat hij zich uren kon vermaken met de talloze herhalingen van dit programma, maar blijkbaar is die fase voorbij.

'Wat wil je dan zien?'

'*Bob de Bouwer!*' Hij rommelt in het kastje en haalt de dvd tevoorschijn. Ik zie een mannetje met een helm op en machines met gezichten.

'Nou zeg, dit is pas voor baby's, als je het mij vraagt.'

Ik zie meteen dat ik geen vrienden heb gemaakt met mijn opmerking. Max zendt me een vernietigende blik.

'Grapje', probeer ik, maar hij trapt er niet in. Ik geef het op en zet gewoon de dvd-speler aan. Meteen is Max helemaal verdiept in Bobs avonturen. Ik frunnik afwezig aan het oor van een knuffelkonijn dat bijna uit elkaar valt. Na een paar minuten draait Max zich om en plukt het konijn uit mijn handen.

'Dit is Beest en Beest is van mij', verklaart hij. Daarna keert hij mij weer de rug toe.

Een uur later zijn mama en Anouk alweer thuis. Anouk ziet bleek en doet haar best om enthousiast te zijn tegen Max, maar ik zie dat ze heeft gehuild. Mama heeft vlekken in haar nek. Ze krabt aan haar pols, een tic die altijd opspeelt als ze nerveus is. Ik wil vragen wat de dokter zei, maar Max is erbij.

'Max, heb je zin om met oma mee te gaan naar de supermarkt?' vraagt mama. 'Dan mag je helpen uitzoeken wat we eten.'

Zijn blauwe ogen beginnen te glimmen. 'Patat!'

'Nou, dat bekijken we nog wel. Hier is je jas.'

Even later zijn ze de deur uit. Anouk laat zich op de bank vallen en ze ziet er ineens heel ziek uit. Of in elk geval heel moe.

Ik ga naast haar zitten en trek haar tegen me aan. Ze leunt met haar hoofd tegen mijn schouder. Ik voel het nat worden waar haar tranen vallen. 'Wat zei de dokter?'

'Mijn borst moet eraf', zegt Anouk snikkend.

'Welke?'

'Links.'

'En dan?'

Anouk haalt haar neus op en veegt langs haar ogen. 'En dan hebben ze zo ongeveer de zwaarste chemokuur die ze konden vinden voor me op het programma staan, waarvan je honderd keer zieker wordt dan van die kanker zelf.

En elke keer moet ik één dag in het ziekenhuis blijven en dan tien dagen thuis. In totaal duurt het bijna tien weken en dan is het nog maar afwachten of het allemaal goed komt, want de kanker is heel agressief, hebben ze ontdekt in het laboratorium. En nu gaan ze ook nog onderzoeken of er uitzaaiingen zijn, want het kan wel door mijn hele lichaam zitten. Zonder dat ik het heb gemerkt!'

Ik strijk mijn zus over haar haar en mompel wat troostende woordjes, maar iets zinnigs komt er niet uit mijn mond. Wat moet ik zeggen? Dat het allemaal wel meevalt?

'Voor mij is het allemaal nog niet zo erg', gaat Anouk dan snikkend verder. 'Maar voor Max wel. Wie moet er voor hem zorgen?'

Gelukkig kan ik dit probleem voor haar oplossen. Ik heb er nog eens over nagedacht. Anouk heeft massa's vriendinnen, die allemaal best een paar dagen op Max kunnen passen. En tussendoor, als ze thuis is, kan ze het zelf doen.

Anouk kijkt me met rode ogen aan als ik haar mijn oplossing uit de doeken doe. 'Ik kan Max niet onderbrengen bij vriendinnen, Saar. Hij zal de komende tijd heel veel te verwerken krijgen en dan kan ik toch niet van hem verwachten dat hij naar mensen gaat die hij alleen maar kent omdat ze hier af en toe langskomen? Ik wil dat hij binnen de familie wordt opgevangen.'

'Tja', zeg ik. 'Maar mama woont zo ver weg. En ze wil natuurlijk niet altijd maar bij Frank vandaan zijn.' Als we het hebben over binnen de familie, is er wat mij betreft nog steeds geen andere optie dan mijn moeder. Ik heb inmiddels genoeg tijd gehad om erover na te denken en ik heb besloten dat ik echt niet op Max kan passen. Ik vind het zielig voor hem dat zijn moeder ziek is, maar hij zal praktisch bij me intrekken en dat kan dus niet. Er past geen kind in mijn leven, ook niet tijdelijk.

Anouk schudt haar hoofd. 'Ik heb het niet over mama. Ze woont inderdaad ver weg en bovendien is ze 52. Ze heeft altijd voor ons gezorgd. Nu mag ze aan zichzelf denken, Saar.'

Ik slik.

Anouk haalt diep adem. 'Het zou zo fijn zijn als jij het kan doen, Saar. Max kent jou en je woont in de buurt. Ik zou met een veel geruster hart in het ziekenhuis liggen, als ik wist dat hij bij jou is.'

Ik merk dat ik onbewust met mijn hoofd begin te schudden. Anouk ziet het. Ze gaat overeind zitten. 'Ik begrijp dat het niet ideaal is met je werk, maar je bent ook best veel in Nederland. Het is ook niet voor altijd. Alleen voor na de operatie en tijdens de chemotherapie. En misschien nog even daarna, want zo'n chemo maakt zo ongeveer alles kapot wat er kapot te maken is. Maar langer dan een halfjaar zal het echt niet duren.'

Een halfjaar? Dat is een eeuwigheid! 'Maar Nouk, ik moet werken en als ik in Nederland ben heb ik het druk. Ik heb geen tijd voor Max. Ik kan hem toch niet alleen thuis laten?'

Anouk schudt geestdriftig haar hoofd. 'Dat hoeft ook niet. Je kunt toch proberen of je een tijdje vrij kunt krijgen, of minder vluchten hoeft te doen. Dat begrijpen ze vast wel op je werk. En als je dan toch nog af en toe weg moet, dan kunnen we een oppas regelen. Er is genoeg geld van papa om dat te kunnen betalen, zegt mama.'

Een oppas, dat idee staat me wel aan. Op die manier hoef ik geen vluchten te laten schieten. En als we een professional aannemen, hoeft Anouk niet bang te zijn dat het niet goed gaat met Max.

Ineens schiet me iets te binnen. 'Je kunt toch die oudere dame vragen waar je Max brengt als je moet werken? Kom, hoe heet ze ook alweer? Dan kan Max bij haar logeren en als ik dan in het land ben, kan ik hem zo nu en dan meenemen om leuke dingen te doen.'

Anouk schudt haar hoofd. 'Nee, dat is geen optie. Ze heeft net vorige week aangekondigd dat ze ermee ophoudt om kinderen bij haar thuis op te vangen.

'Maar hoe zou je het dan gaan doen als je moet werken?'

'Voor de lunch kan hij al overblijven en verder wilde ik hem inschrijven voor de buitenschoolse opvang, voor die twee dagen per week.'

Ik knik opgetogen. 'Perfect! Dat zijn alvast twee dagen waar je je niet meer druk over hoeft te maken.'

Anouk trekt één wenkbrauw op. 'Het lijkt me niet zo'n goed idee om Max naar de buitenschoolse opvang te sturen, waar hij enorm moet wennen. School is al veel voor hem, hoor. Als thuis alles nou was zoals anders kon het wel, maar nu...'

'Oh. Nou ja,' zeg ik, 'dan moeten we een goede oppas zoeken.'

'Natuurlijk alleen voor als jij er niet bent', zegt mijn zus. 'Ik weet zeker dat je meer vrij kunt krijgen als je je baas uitlegt wat er aan de hand is.'

Anouk heeft nooit begrepen hoe het werkt in de luchtvaart. Zelf werkt ze in het onderwijs, waar veel meer aandacht is voor persoonlijke problemen en zo. Bovendien is ze pas een paar maanden geleden weer begonnen met parttime werken, nadat ze vier jaar geen baan heeft gehad om fulltime voor Max te zorgen. In de luchtvaart is het heel simpel: als je niet kunt werken, word je ontslagen. De enige legale reden om aan de grond te blijven is een zwangerschap en daar heb ik gelukkig geen last van. Ik zie mezelf al aankomen bij Ruth, mijn baas. Als je denkt dat Margaret Thatcher koud en afstandelijk was, dan ken je Ruth nog niet. Haar bijnaam 'Trut' is niet voor niets zo ingeburgerd onder Dutchman Air-stewardessen.

'Ik weet het niet, hoor', zeg ik aarzelend. 'Mijn baas is niet zo makkelijk en...'

'Ik praat wel met haar!'

'Nee! Dat doe ik zelf wel.'

'Dus je doet het?'

Ik slaak een zucht. Anouk is doodziek. Ik kan haar dit toch niet weigeren? 'Oké, ik zal met haar praten, maar ik kan je natuurlijk niets beloven. En er moet echt een oppas komen, want ik kan niet al mijn vluchten afzeggen.'

Anouk slaat haar armen om me heen. 'Dank je wel', zegt ze met een stem die alweer begint te trillen. 'Dit betekent heel veel voor me. Ik wist wel dat ik op je kon rekenen.'

'Met hem, met hem, met hem. Met die twee. En met hem daar. En met hem.' Ik wijs ze een voor een aan. 'Oh, en met hém. Wauw.'

Elise kijkt me geschokt aan. 'Heb jij het gedaan met William McPeterson? Dat meen je niet! Hij is de meest gewilde piloot die er bestaat. Ik geloof er niets van!'

Zogenaamd nonchalant trek ik mijn roze zijden jurkje recht. Het is een superstrak strapless model en ik heb wel gezien dat de meeste mannen in de ruimte al een of meer blikken in mijn richting hebben geworpen. Anders dan bij Elise, die in onopvallend donkerblauw gekleed gaat.

Ik kan er niets aan doen dat het nogal triomfantelijk klinkt als ik zeg: 'Toch wel. En alles wat ze over hem zeggen is waar.'

Elise kijkt jaloers. 'Mijn god, hoe krijg je dat toch elke keer weer voor elkaar? Ik kom in deze ruimte niet verder dan... Even tellen... Drie. Nou ja, vier, als je Stijn meerekent, maar eigenlijk telt die niet, want hij viel halverwege in slaap.'

Ik trek een wenkbrauw op. Een passerende ober houdt even in en ik pak twee glazen champagne van zijn dienblad. Elise neemt dankbaar een slok uit het hare. 'Dat was niet mijn schuld, trouwens. Hij had veel te veel gezopen.'

Ik knik en geloof het maar half.

'Tijd om aan mijn trieste cijfer te werken', zegt Elise opgeruimd en ze beent weg in de richting van een groepje piloten in opleiding.

Ik kijk om me heen. Eigenlijk heb ik helemaal geen zin in dit feestje. Ik heb veel te weinig geslapen en bovendien maak ik me te veel zorgen om Anouk om echt in de feeststemming te komen.

Ik denk aan Max. Toen mama en hij terugkwamen van de supermarkt, vertelde Anouk hem dat ze ziek was en dat ze een tijdje in het ziekenhuis moest blijven. Waarop hij opgewekt verklaarde dat hij dat al wist en dat ze doodging. Gelukkig liet Anouk niet merken dat ze uit het veld was geslagen. Ze vertelde hem dat ze helemaal niet van plan was om dood te gaan, maar dat hij wel een tijdje bij mij zou moeten blijven. Max begon meteen te huilen en vervolgens te schreeuwen en terwijl ik de kast af zocht naar winegums – Max' favoriete snoep, heb ik van mijn moeder geleerd – probeerde Anouk de meer pedagogisch verantwoorde manier om hem te troosten. Uiteindelijk lukte het, maar Max bleef de rest van de avond wantrouwig naar mij kijken, alsof ík dit allemaal had verzonnen om hem dwars te zitten.

Volgens Anouk beseft hij nog niet wat haar ziekte allemaal inhoudt, maar zal dat nog wel komen als het eenmaal zover is. Volgende week dus. En dan is het aan de nieuwe oppas om hem daar doorheen te loodsen zonder dat hij er een levenslang trauma aan overhoudt.

Ik voel een por in mijn zij en schiet van schrik naar voren.

'Zo, slecht geweten?' vraagt Saskia.

Ik grijns. 'Altijd.'

Ze plant drie zoenen in de lucht, ergens in de buurt van mijn wangen. 'Hoe is het, schat?'

Normaal gesproken ben ik hier erg goed in: praten over niks met mensen met wie je net negen uur in een vliegtuig hebt doorgebracht, maar nu kan ik het even niet opbrengen. En dat terwijl ik Saskia nog wel tot mijn vriendinnen reken.

Daarom zeg ik luchtig: 'Oh, oké.'

'Dat klinkt ook niet zo enthousiast', zegt Saskia, maar in plaats van te vragen of er iets aan de hand is, fladdert ze alweer naar de volgende gesprekspartner. Ik ben er blij om. Het laatste wat ik van plan ben is mijn collega's vertellen wat er speelt. Dat doe je nou eenmaal niet in de stewardessenwereld. Het gaat altijd súper met je.

Plotseling komt Patrick binnen. Dutchman Air heeft besloten de vijftigste verjaardag van het bedrijf groots te vieren en dus zijn ook partners van personeelsleden uitgenodigd. Ik weet zeker dat het grootste deel van de aanwezigen vanavond geen enkele behoefte heeft gevoeld om zijn of haar partner mee te nemen, maar aangezien de uitnodigingen naar de huisadressen zijn gestuurd, kon blijkbaar niet iedereen er onderuit.

Naast Patrick staat een gevaarte dat zo'n honderd kilo moet wegen, hooguit één meter zestig lang is en zich in een lap heeft gewikkeld, die vermoedelijk voor jurk moet doorgaan. Ze draagt hakjes die vervaarlijk doorbuigen. Haar lange, vet uitziende haar hangt los rond haar gezicht. Ik hoop oprecht voor hem dat het zijn moeder is. En ik begrijp ineens heel goed waarom hij piloot is geworden.

Als Patrick mij in het oog krijgt, schrikt hij zichtbaar. Ik glimlach stralend en steek mijn hand even op. De blik in zijn ogen gaat van geschrokken naar waarschuwend. Wat zou het vliegdekschip zeggen als ze wist wat Patrick en ik nog geen vierentwintig uur geleden hebben uitgespookt? Ik besluit een praatje te gaan maken, nadat ik opnieuw twee glazen champagne heb gescoord.

'Patrick', zeg ik als ik naast hem en de vrouw sta. 'Wat leuk dat je er ook bent. Was jij niet op... Curaçao?'

Ongemakkelijk kijkt hij om zich heen, op zoek naar een veiliger gesprekspartner. 'Ehm. Ja.'

'Oh, wat leuk. Champagne?'

Hij pakt het glas aan en slaat het in drie teugen achterover. Ik richt mijn aandacht op zijn vrouw. 'Hallo, ik ben Sara.'

'Ik ben Inge, Patricks vrouw. Ben jij ook piloot?'

Ik lach hoog. 'Oh nee, ik ben stewardess. Ik zou nooit piloot kunnen worden. Al die knoppen. Piloten weten precies aan welke knoppen ze moeten draaien, weet je.'

Inge kijkt verliefd naar Patrick. 'Ja, hij is heel slim.'

Patrick heeft nu ook Inges glas champagne in zijn hand en is al halverwege. Dit wordt een zware avond voor hem. Ik besluit hen verder met rust te laten. De lol is er al af.

'Fijne avond verder', zeg ik met mijn stewardessenglimlach. Als ik wegloop hoor ik Inge zeggen: 'Wat een aardige vrouw.'

Patricks antwoord gaat verloren in de muziek.

'Wát is dat?' Elise duikt naast me op met een cocktail in haar hand. Met een blik vol afschuw kijkt ze in Patricks richting.

'Zijn vrouw.'

'Vróúw?'

Ik giechel. 'Of wat daar voor door moet gaan.'

'Oh, daar heb je Trut. Wc?'

'Goed idee.'

We maken ons snel uit de voeten en duiken het toilet in. Ruth loopt met een gezicht als een stalen masker door de ruimte. De meeste van de vijftien stewardessen die ze onder zich heeft, zien haar één keer per jaar bij het functioneringsgesprek en vinden zelfs dat al veel. We hebben er een gewoonte van gemaakt onszelf last minute te laten inroosteren als we een afspraak met haar hebben voor tussentijdse evaluaties, voortgangsgesprekken en meer van dat soort ongemakkelijke uurtjes waarin Ruth je met één blik kan beroven van het grootste deel van je zelfvertrouwen – en dat is zelfs vóór ze een woord heeft gezegd. En aan deze vrouw moet ik dus gaan uitleggen dat mijn zus kanker heeft en dat ik op mijn kleine neefje moet passen.

De deur gaat open. Ik schiet in een kaarsrechte houding als ik zie dat het Ruth is die binnenkomt. Elise werkt haar make-up bij in de spiegel en babbelt wat over een steward van een andere maatschappij met wie ze in Maleisië in de palmbomen heeft gehangen. Ik geef haar een onopvallende, maar pijnlijke schop tegen haar enkel.

'Au! Idioot, wat...' Ze houdt haar mond als ze in de spiegel ziet wie er ineens in de ruimte staat. Elises gezicht plooit zich, net als het mijne, als vanzelf in een stralende glimlach.

'Hai, Ruth', zegt Elise. 'Hoe is het? Je ziet er...'

'Hm-hm.'

'We wilden net gaan', zeg ik, hoewel Elise al haar make-upspullen bij de wastafel heeft uitgestald. Snel grabbelt ze alles bij elkaar.

Met haast niet bewegende lippen vraagt Ruth nog: 'Alles goed met jullie, eh...'

'Elise.'

'Sara.'

'Juist, ja.' Het is duidelijk dat ze op haar vraag geen antwoord verwacht. Althans, geen eerlijk antwoord.

'Wij eh... gaan.' Elise beent langs Ruth heen naar de deur. Ik volg haar direct. Ik durf haar echt niet te vragen mijn rooster aan te passen.

3

IK LEG MIJN SCHRIJFBLOK RECHT EN KLIK MET MIJN BAL-
pen. 'Ze is vijf minuten te laat.'

Anouk knikt. Ik zie dat ze gespannen is. Vandaag zoeken we een oppas uit, die haar natuurlijk bij lange na niet
kan vervangen, maar die aan alle eisen voldoet om op Max
te mogen passen als Anouk in het ziekenhuis ligt en ik er
niet ben. Mijn verwachtingen zijn hoog gespannen. Bij het
bureau dat Anouk heeft benaderd, hebben we erop aangedrongen dat ze iemand sturen met veel, heel veel ervaring.
Om mijn gebrek daaraan te compenseren.

De eerste die we verwachten is Ria, een vrouw van achter in de vijftig met vier kinderen en zestien kleinkinde-
ren, die jaren in allerlei soorten kinderopvang heeft gewerkt. Ze heeft zelfs in Parijs op de kinderen van een of
andere minister gepast.

Anouk kauwt op de achterkant van haar pen. 'Als Max haar niet leuk vindt, nemen we haar niet, hoor.'

'Natuurlijk niet', zeg ik om haar gerust te stellen. Maar Ria heeft met al haar werkervaring mijn grote voorkeur. De alternatieven zijn een dertigjarige die zelf geen kinderen heeft en bij Ikea heeft gewerkt als begeleidster in de ballenbak en een gescheiden moeder van achtenveertig die net haar jongste kind heeft uitgezwaaid en nu iets te doen zoekt. Ze is een paar jaar begeleidster in de kinderopvang geweest, maar heeft geen referenties opgegeven.

'De bel!' roept Max. Hij spurt nieuwsgierig naar de deur en blijft bovenaan de trap staan. Ik loop naar beneden en doe open.

'Mevrouw Doesburg?'

Haar priemende oogjes boren zich in de mijne. 'Eh... ja', zeg ik, bang om het verkeerde antwoord te geven. Aarzelend pak ik haar uitgestoken hand. Ik onderdruk een kreet als ze de mijne bijna fijnknijpt.

'Ik ben Ria.'

'Sara.'

Ze kijkt op het papiertje dat ze in haar hand houdt. 'Niet Anouk?'

'Anouk is mijn zus. Kom verder, dan stel ik u aan haar voor.'

Ze zegt niet dat ik haar mag tutoyeren en geen haar op mijn hoofd die eraan denkt om dat automatisch te doen.

Ik ga haar voor naar boven. Max is inmiddels in het appartement verdwenen en verschuilt zich achter Anouk als we binnenkomen. Ze duwt hem zachtjes naar voren. Max is altijd een beetje verlegen bij vreemden, maar nu kijkt hij ronduit bang. Zo bang dat hij zijn manieren vergeet en alleen maar naar de vrouw staart, terwijl zij haar hand heeft uitgestoken en wacht tot hij hetzelfde doet. Ria trekt haar hand terug. De blik op haar gezicht is onheilspellend. Waarschijnlijk jeuken haar handen om hier eens wat stevig achterstallig opvoedwerk te verrichten. Zelfs ík ben bang voor haar en dat terwijl ik normaal gesproken in het vliegtuig wel raad weet met nare vrouwen.

'Hallo, ik ben Anouk', zegt mijn zus. Ik zie aan haar gezicht dat ook zij pijn lijdt als ze Ria de hand schudt. 'Koffie?'

'Liever een kopje thee. Met een wolkje melk.'

Ik vang Anouks blik. Uit welke tijd stamt dit mens?

Ik vul de waterkoker, rommel wat met kopjes, pak nieuwe theezakjes terwijl er genoeg op het aanrecht klaarstaan en speur dan langer dan nodig de kast af op zoek naar koekjes. Anouk en ik hebben van tevoren een vragenlijst gemaakt, maar niet één vraag durf ik aan Ria te stellen.

'Waarom bent u geïnteresseerd in deze baan?' hoor ik Anouk echter dapper beginnen.

Ria zegt even niets. Ik kijk naar haar vanuit mijn ooghoeken. Ze smakt met haar lippen en kijkt misprijzend om zich heen. Hier en daar ligt speelgoed van Max, maar het is zeker geen bende. Toch verraadt de blik in haar ogen dat ze de boel graag eens goed onder handen zou nemen.

'Om je vraag te beantwoorden: ik wil er graag aan bijdragen dat kinderen niet de dupe worden als mensen het zelf niet meer redden', zegt Ria.

Ik slik. Anouk is doodstil. Uiteindelijk zegt ze: 'Max wordt niet de dupe. Dat zal ik nooit laten gebeuren.'

'Je wilt niet weten hoe vaak ik dat al heb gehoord. Maar het zijn altijd de kinderen die de dupe worden als de ouders zonodig allebei willen werken.'

'Ik wil niet "zonodig werken", er is geen "allebei" en als het aan mij had gelegen, had ik er niet voor gekozen om borstkanker te krijgen, maar sommige dingen heb je nu eenmaal niet in de hand.'

Way to go, girl!

Ria lijkt een beetje uit het veld geslagen. 'Aha. Ik was er niet van op de hoogte dat de zaken er zo voorstonden.'

'Dan had men u beter moeten informeren. En zelfs al huurde ik een oppas in omdat ik wilde gaan werken, dan hoef ik nog niet van een betweterige bejaarde te horen dat mijn kind daarvan de dupe zou worden. Sara, laat die thee maar zitten. We zijn al uitgepraat.'

Er valt een pijnlijke stilte. Uiteindelijk staat Ria heel langzaam op. Ze zegt: 'Ik weet wanneer ik niet word gewaardeerd. Jammer voor jullie. Er zijn er maar weinig met zo veel ervaring als ik.'

'En zo'n pestkarakter', mompelt Anouk. Ik moet mijn best doen om het niet uit te proesten. Ria pakt haar jas en haar tas en sluit de deur zachtjes achter zich. Even later horen we haar de voordeur dicht trekken.

Ik draai me om naar Anouk. Als we elkaar aankijken, barsten we tegelijk in lachen uit.

'Wat een naar mens!' roept Anouk uit. 'Een soort *evil* Mary Poppins. Was ik erg onaardig tegen haar?'

'Ja, maar daar vroeg ze zelf om.' Ik zet een gek stemmetje op en zeg: 'Het zijn altijd de kinderen die de dupe worden.'

Anouk grinnikt. 'Hoe haalt ze het in haar hoofd? Als ik de baas van dat bureau was, zou ik mijn medewerkers eens uitleggen wat 'de klant is koning' inhoudt. Ik zie het al voor me dat jij tegen je passagiers zegt: "Het is altijd het milieu dat er de dupe van wordt dat u gaat vliegen."

Ik schud mijn hoofd. 'Dat belooft nog wat voor de andere twee die we vanmiddag krijgen.'

Ik pak de twee glazen groene thee en ga naast Anouk op de bank zitten. 'Dan hebben we wel een probleem. Eén van hen zal toch Max' nieuwe oppas moeten worden. Ik bedoel, we hebben nog maar twee dagen.'

'Desnoods stel ik de operatie uit.'

'Nee! Je moet niet langer wachten dan nodig is.'

'Als ik geen goede oppas voor Max kan vinden, is het heel erg nodig om langer te wachten. Jij vliegt overmorgen naar Kaapstad en ik kan Max toch moeilijk alleen laten!'

'Mama kan vast wel oppassen. Je weet zelf ook wel dat ze dat best wil doen.'

'Als ze niet kan, stel ik het uit', zegt Anouk resoluut. 'En die baas van jou mag zich trouwens ook wel wat flexibeler opstellen.'

Ik bestudeer het kleed op de grond alsof ik het nooit eerder heb gezien. Anouk denkt dat ik alle mogelijke moeite heb gedaan om onder de vlucht naar Kaapstad uit te komen, maar in werkelijkheid heb ik niet eens geprobeerd om Ruth te spreken. Om problemen te voorkomen zeg ik maar niets. In het onderwijs is gewoon veel meer begrip voor dit soort dingen. Luchtvaartpersoneel onder elkaar staat niet bekend om de warme omgangsvormen.

Ik herinner me dat Janine, een jonge stewardess die toen nog maar net bij Dutchman Air werkte, zwanger raakte nadat ze het met een veelbelovende copiloot had gedaan. Die man zat niet op een kind te wachten, niet in de laatste plaats omdat zijn avontuur met Janine voor hem eenmalig en vrijblijvend was geweest, maar Janine wilde het kind houden. Onder druk van Dutchman Air besloot ze echter anders en ze onderging een abortus, in Spanje. Maanden-lang voelde ze zich beroerd, maar ze werd nog niet voor één vlucht uitgeroosterd. Zelfs niet die ene vlucht waar ze haar copiloot weer tegenkwam, die deed alsof hij haar niet kende. Ik zat ook op die vlucht en trof haar huilend in de galley aan. Enigszins beschaamd bedenk ik nu dat ik haar toen een aansteller vond en dat ik er later nog met Saskia om heb gelachen. De copiloot in kwestie was eigenlijk best een sukkel, die nog heeft geprobeerd Saskia te versieren, maar van een koude kermis thuiskwam.

'Het komt wel goed', zeg ik, maar ik hoor zelf ook hoe weinig overtuigend het klinkt.

Anouk neemt een slok van haar thee. Dan zegt ze: 'Ik hoop het.'

'De dokter heeft toch gezegd dat je vijftig procent kans hebt om te genezen? Ik vind dat veel.'

'Vind je? Ik vind het nogal weinig. En trouwens, wat heb ik aan vijftig procent? Doe dan veertig of zestig, dan maakt het tenminste nog iets uit. Maar vijftig? Het kan vriezen, het kan dooien.'

'Vijftig procent is toch juist beter dan veertig? Je moet wel positief blijven denken, Nouk.'

'Dat is alleen zo verdomd moeilijk als je vijftig procent kans hebt om dood te gaan.'

'Om te overleven', verbeter ik haar.

De bel gaat. Anouk loopt naar beneden om open te doen.

Max kijkt naar mij. Blijkbaar is zijn angst voor die heks van net groter dan zijn angst voor mij, want hij vraagt: 'Is die mevrouw er weer, tante Sara?'

'Natuurlijk niet. Die stomme mevrouw komt niet meer terug.'

Er breekt een voorzichtige grijns door op zijn gezicht. 'Stomme mevrouw', herhaalt hij. 'Stomme mevrouw!'

'Eh... Max, dat mag je niet zeggen.'

'Stomme mevrouw!'

Oeps. Ik zal toch beter op mijn woorden moeten letten als hij in de buurt is.

Anouk komt de trap weer op. 'Gewoon rechtdoor', zegt ze. 'En dat is Max.'

'Stomme mevrouw.'

Ik kijk recht in het engste gezicht dat ik ooit heb gezien.

'Nou, tot ziens dan maar.'

Anouk en ik knikken. 'Ja, tot ziens. We bellen nog wel.'

Of niet. Zelfs ik – hoe graag ik ook een oppas wil vinden – begrijp dat we Max niet kunnen opzadelen met een dertigjarige gothicfiguur die het als ballenbakbegeleidster niet heeft gered omdat ze de kinderen nachtmerries bezorgde. Ze leek Anouks ziekte interessanter te vinden dan Max en bleef er maar vragen over stellen. Ik begin steeds meer te twijfelen aan de kwaliteit van het bureau dat mijn zus heeft ingehuurd. Al onze hoop is nu gevestigd op de gescheiden moeder die iets te doen zoekt om het legenest-syndroom te bestrijden.

Ik verwacht er niet te veel van, maar zeg: 'Die laatste is vast heel leuk. Ze is natuurlijk zelf ook moeder.'

'Ja, vast.' Anouk strijkt haar pony uit haar gezicht. Ik probeer me mijn zus zonder haar prachtige bruine haar voor te stellen. Straks zal Anouk kaal zijn. Het is een onwerkelijk idee en ik druk de gedachte snel weg. Misschien hoort ze tot die paar procent van de kankerpatiënten die níet kaal worden van chemotherapie.

Kankerpatiënten – wat een verschrikkelijk woord. Mijn zus is kankerpatiënt.

'Max, wil je limonade?' Anouk geeft hem een gele plastic beker met zijn favoriete aardbeienlimonade. Ik heb de afgelopen twee dagen al meer geleerd over Max' favorieten dan in de vier jaar ervoor. Zo had ik er geen idee van dat hij favoriete koekjes, dropjes, broodjes, sapjes en groenten heeft. En tegenover elke favoriet staat een variant van hetzelfde product waar hij ronduit een afkeer van heeft. Het is maar goed dat Anouk bezig is alles op te schrijven en dat mama redelijk is ingevoerd in de voorkeuren van haar kleinkind, want aan mij heeft hij niets. Ik weet niet eens wat mijn eigen favoriete koekjes en dropjes zijn. Ik pak gewoon iets dat vooraan ligt en hoop dat de rij bij de kassa niet zo lang is.

Mijn neefje klokt de limonade achterelkaar weg en overhandigt mij zijn lege beker. 'Hier.'

Ik pak die aan en zet hem op tafel. Helemaal fout, blijkt.

'Max,' zegt Anouk streng, 'je kunt best je eigen beker opruimen. Tante Sara is niet je persoonlijke assistent.'

'Assistent', herhaalt Max.

'Ruim je beker zelf eens op.'

Braaf komt hij naar me toe, pakt de beker en zet die op het aanrecht. Hij moet ervoor op zijn tenen gaan staan. Ik bekijk het tafereel met groeiende bezorgdheid. Is opvoeden een soort aangeboren talent, een bepaalde antenne die je wel of niet hebt? Of moet ik straks zelf verzinnen wat Max allemaal wel en niet moet en mag doen. Net op dat moment gaat de bel. Dat moet de gescheiden moeder zijn. Voor de deur staat een blond meisje van een jaar of twintig. Ik kijk haar vragend aan.

'Hallo, ik ben Julia. Bent u Anouk Doesburg?'

'Nee, dat is mijn zus. Maar wat kan ik voor je doen?'

'Uw zus zoekt toch oppas voor haar zoontje?'

Ik kijk haar verbaasd aan. We zoeken inderdaad een oppas, geen speelkameraadje. 'Maar jij bent toch niet Thea?'

'Nee, dat moet ik even uitleggen. Thea komt niet.'

Ik doe de deur verder open en zet een stap opzij. 'Kom maar even binnen.'

Anouk is al net zo verbaasd als ik. Ze kijkt me vragend aan, ik haal mijn schouders op.

'Ik geloof dat ik jullie een verklaring ben verschuldigd', zegt Julia, maar meteen daarna wordt haar aandacht afgeleid door mijn neefje. Ze gaat op haar hurken zitten en kijkt hem met een stralende lach aan. 'Hallo, jij moet Max zijn.'

'Soms is hij een beetje verlegen', zegt Anouk. 'Dat moet je maar niet... Oh.'

Max begroet Julia alsof hij haar al jaren kent. Meteen vertelt hij: 'Ik heb Scoop.'

Julia blijkt niet alleen te weten wat dat is, ze krijgt het ook voor elkaar oprecht enthousiast te klinken. 'Echt waar? Laat maar eens zien, dan.'

Maar zoals ik had vastgesteld: we zoeken geen speelkameraadje, maar een oppas. En echte, ervaren oppas. Julia ziet er niet uit alsof ze de vereiste opvoedboeken heeft gelezen, laat staan geschreven.

Terwijl Max het bewuste stuk speelgoed zoekt, zegt Anouk: 'Wil je misschien iets drinken, Julia? Thee? Koffie?'

'Oh lekker, koffie. Als het niet te veel moeite is, hoor. Ik begreep dat je erg ziek bent. Oh, hoor mij nou. Wat onbeleefd om meteen je te zeggen.'

Anouk glimlacht. 'Geen enkel probleem. Ik voel me vijftig jaar ouder als mensen u tegen me zeggen. En ik maak wel even koffie. Daar heb ik zelf ook zin in.'

'Kijk!' Trots houdt Max zijn Scoop omhoog. Nu herinner ik me weer dat de gele graafmachine, Max' grote trots, hoort bij Bob de Bouwer.

Julia bewondert het ding uitvoerig. 'Dat is een stoere. Wauw! Zelf vind ik Liftie de leukste.'

'Liftie? Die is stom!'

Julia doet alsof ze echt geschokt is. 'Niet waar! Liftie is juist lief. En Dizzie, die vind ik ook leuk.'

Met die keuze lijkt Max zich wel te kunnen verenigen. Maar Scoop blijft zijn favoriet. 'Wil je spelen?' vraagt hij.

Anouk grijpt in. 'Mama en tante Sara gaan even met Julia praten, lieverd. Je mag zelf wel even met Scoop gaan spelen.'

Julia gaat op de bank zitten en kijkt ons aan. Ze heeft opvallend blauwe ogen. Haar blonde haar is slordig opgestoken en langs haar gezicht vallen een paar losse plukken. Ze is absoluut knap. Misschien kan ze beter stewardess worden dan kinderoppas.

Ze neemt zelf het woord. 'Ik begrijp dat jullie Thea hadden verwacht, maar zij werkt niet meer voor Tante Toos.'

Ik frons. 'Wie is Tante Toos?'

'Dat is het bureau', zegt Anouk. 'Dat heet Tante Toos.'

Julia knikt. 'Precies. Tante Toos is mijn tante, al heet ze eigenlijk tante Liesbeth. Maar ze vond "Toos" gezelliger klinken. Ze heeft een bestand van vooral vrouwen die graag willen oppassen en die belt ze dan als ze een klus voor ze heeft. Ze is een lieverd, maar haar probleem is dat ze iedereen vertrouwt. En Thea kon ze dus beter niet vertrouwen. Ze heeft haar moeten ontslaan, omdat bleek dat ze gestolen had bij het vorige gezin waar ze werkte. Mijn tante was op zoek naar iemand anders en net op dat moment belde ik haar om te vragen of ze misschien werk voor me had. Ik werkte in een kinderdagverblijf, maar werd er stapelgek. Ik wil me richten op één of twee kinderen, niet op vijftien tegelijk.'

Anouk knikt. 'Dus je hebt ervaring.'

'Oh, ja. Ik heb eerst sociaal pedagogisch werk gestudeerd en daarna een jaar in de kinderopvang gewerkt. Tot ik vorige maand besloot dat het niets voor mij was. Afgelopen maand ben ik nanny bij een Amerikaans gezin geweest, maar zij gingen halsoverkop terug naar Washington. Ze vroegen of ik mee wilde, maar daar had ik geen zin in. En nu zit ik dus hier.'

'Hoe oud ben je?' vraagt Anouk.

'Tweeëntwintig.'

Ik schraap mijn keel. Dat lijkt me wel een beetje jong voor een verantwoordelijke baan. We zoeken iemand die de het aankan om voor langere tijd op een kind te passen, niet iemand die het oppaswerk als makkelijk bijbaantje ziet. Net als ik er een opmerking over wil maken zegt Anouk: 'Je bent aangenomen.'

'Wat?' Ik kijk naar mijn zus.

'Ja, ik wil heel graag dat jij de oppas van Max wordt als Sara moet werken. Ik zie aan hem dat hij je vertrouwt en dat is voor mij veel belangrijker dan dertig jaar ervaring.'

Julia lijkt zelf ook nogal overrompeld door Anouks pijlsnelle beslissing. Ze kijkt wat onzeker naar mij. Ik zal op dit moment een niet al te snuggere aanblik bieden met mijn mond open. 'Nou, wat leuk', zegt Julia. 'Wanneer wil je dat ik begin?'

'Wanneer je kunt. Is volgende week goed voor je?'

'Ja, perfect. Ik heb mijn baan opgezegd, dus ik kan beginnen wanneer je wilt.'

Anouk haalt diep adem. 'Volgende week dan. Bij mijn zusje thuis. Ik geef alles nog wel even door aan je tante.'

'Eh... Anouk?' zeg ik. 'Hadden we niet afgesproken dat het over twee dagen was?'

Maar mijn zus negeert me. 'Goed, dan zien we je volgende week verschijnen. Leuk je ontmoet te hebben.'

Julia geeft ons allebei een hand, zegt Max gedag en loopt dan naar beneden.

'Max, het is tijd om te koken. Wil jij mama helpen?'

Anouk trekt de koelkast open en begint erin te rommelen. Ze haalt champignons, paprika en gehakt tevoorschijn en zoekt daarna in de voorraadkast naar uien, macaroni en saus. Al die tijd kijk ik naar haar. Ze vermijdt mijn blik zorgvuldig.

Ze laat Max de champignons snijden aan zijn eigen tafeltje, wat hij geweldig vindt. Dan zet ze water voor de macaroni op.

'Volgende week?' vraag ik uiteindelijk.

Zonder op te kijken zegt Anouk: 'Ja, volgende week. Ik kan toch niet van haar verlangen dat ze over twee dagen al begint? Ze is halsoverkop naar ons toegestuurd.'

'Dat is ons probleem niet. Je moet overmorgen naar het ziekenhuis, ik moet naar Kaapstad en nu we toch een oppas hebben, lijkt het me voor mama fijner als ze haar handen vrij heeft om bij jou te zijn. We hebben Julia nodig.'

'Ik verzet de operatie wel. Die ene week zal ook niet meer zo veel uitmaken.'

'Denk je dat het niet uitmaakt? Volgens mij is het echt hoe eerder, hoe beter.'

'En sinds wanneer ben jij dokter?'

Ik schrik van haar scherpe toon. 'Wat heb jij ineens? Ik bedoel het alleen maar goed, hoor.'

Anouk gaat de paprika met harde hand te lijf. 'Ja, jij bedoelt het altijd goed. God, wat bedoel je het toch weer goed.'

Anouk hakt met woeste bewegingen de paprika verder in kleine stukjes. Ik ben nu ook geïrriteerd. Ik help haar toch een oppas te vinden?

Ik grijp mijn tas en loop naar de gang om mijn jas te pakken. 'Ik ga naar huis.'

Net voordat ik de deur open trek, zie ik dat Max met grote, bange ogen naar zijn moeder kijkt. Anouk is gestopt met de paprika te mishandelen en steunt nu met haar handen op het aanrecht. Haar hoofd is gebogen en haar schouders maken ongecontroleerde bewegingen.

Ik voel me opeens opgelaten. Hoe haal ik het in mijn hoofd om boos te worden op mijn doodzieke zus?

Ik zet mijn tas op de grond en sla mijn armen om Anouk heen. Ze draait zich om en klampt zich aan me vast, terwijl ze haar best doet om te stoppen met huilen, wat niet lukt. Max laat de champignons voor wat ze zijn en komt op zijn moeder afgerend. Hij slaat zijn armen om onze vier benen tegelijk heen en drukt zich tegen ons aan. Dan begint hij ook te huilen. Anouk laat mij los en tilt hem op. Ik pak de hand van mijn zus.

'Kom mee, vergeet die macaroni, we gaan lekker uit eten. Waar wil je naartoe, Max?'

Meteen klaart zijn gezicht op. 'Patat!'

'Als jij patat wilt, krijg jij patat. Pak je je jas?'

Anouk zet hem neer en hij draaft naar de gang. Dan knuffel ik mijn zus opnieuw. 'Ik begrijp dat je bang bent, maar met Max komt het heus wel goed nu we Julia hebben. Jij moet nu zorgen dat je beter wordt, en snel ook.'

Anouk bijt op haar onderlip en veegt haar tranen weg. 'Ik ben zo bang, Saar. Ik wil geen chemo, ik wil geen kaal hoofd en ik wil al helemaal niet dood.'

Nu branden er ook tranen achter mijn ogen. Ik knipper om ze weg te krijgen.

Met schorre stem zeg ik: 'Je gaat ook helemaal niet dood. Zit hier ergens een snackbar in de buurt?'

'Nou, dan gaan we maar.' Anouk staat in het midden van de kamer en treuzelt. Naast haar staat een weekendtas, die helemaal vol zit met foto's van Max. Hij heeft haar gisteren geholpen met kleding inpakken. Outfits die hij mooi vindt, zoals een legerbroek met bijpassend zwaard, die Anouk ooit eens met carnaval heeft gedragen. Later, toen hij in bed lag, hebben we het grootste deel van de kleding weer uitgepakt en vervangen door pyjama's, joggingbroeken en ruim zittende T-shirts. Blijkbaar het uniform dat je nodig hebt als je een operatie moet ondergaan.

Tijdens het inpakken vond ze in haar kledingkast een hele stapel strapless topjes plus drie halterbikini's. 'Hier, voor jou', zei ze. 'Straks kan ik ze toch niet meer aan. Dat is geen gezicht met maar één borst.'

Ik weigerde ze aan te pakken, waardoor ze nu weer in Anouks kast liggen, maar ze heeft wel gelijk. Straks heeft ze alleen nog haar rechterborst, en hoewel er wel een reconstructie mogelijk is, wordt het natuurlijk nooit meer hetzelfde als nu.

'Ik zie er niet uit met één borst', zei Anouk ook nog. 'Wie wil mij ooit nog? Als je kunt kiezen voor een vrouw met twee mooie borsten of iemand met één normale en één gefabriceerde vol littekens, of erger nog: geen borst, dan weet je het toch wel?'

'Welnee', zei ik. 'Zo moet je niet denken. Die dokter weet heus wel wat hij doet. Het komt er straks vast allemaal goed uit te zien.'

'Denk je?' Anouk keek omlaag naar haar borsten en pakte ze vast. 'Ik heb me nooit gerealiseerd dat ik ze zou missen, maar ik weet zeker dat dat wel gaat gebeuren.'

'Ze? Eén. En die ene maakt je ziek, dus die kun je maar beter kwijt dan rijk zijn.'

Anouk zuchtte. 'Da's waar.' En daarna grijnsde ze. 'Ik kan altijd nog de dokter versieren. Hij is van mijn leeftijd en nogal knap, weet je.'

'Moet je werk van maken', grinnikte ik, blij dat Anouk haar gevoel voor humor niet had verloren. 'Een leuke dokter is nooit weg.'

'Dat leek mij ook wel. En hij gaat me zelf verminken, dus daar kan hij achteraf nooit over klagen.'

Nu lachte ik niet. Verminken... Wat een naar woord.

'Wat is er?' vroeg Anouk.

'Ik dacht even aan dat 'verminken'. Je kunt toch een reconstructie krijgen? Dat stond in die folder.'

'Ja, ik heb het gelezen. Maar ik durfde er niet over te beginnen. Ik moet eerst nog even overleven en dat leek me belangrijker.'

Ik ging op mijn zij op haar bed liggen en zei: 'Natuurlijk overleef je het! En dan zoeken we op kosten van de verzekering samen een paar nieuwe borsten voor je uit. Welke cup had u gewenst, mevrouw? Misschien neem ik zelf ook wel nieuwe.' Ik keek kritisch naar mijn kleine B-cup.

Tot mijn opluchting grinnikte Anouk. 'Ik hoop dat het zo gaat, Saar. Ik hoop het echt.'

Naast Anouks weekendtas staat een koffertje met een zwaaiende Bob de Bouwer erop. En daarnaast twee enorme sporttassen, een met kleding en een met speelgoed. Het zijn Max' logeerspullen.

'Moeten we echt alles meenemen?' vraag ik. 'Julia kan toch naar jouw huis gaan als ze iets nodig heeft?'

'Lekker handig voor haar. Als jij per se wilt dat jullie in jouw huis verblijven, dan moet je toch wat spullen meenemen.' Anouk kijkt sip naar de twee tassen. 'Arme Max.'

Hij luisterde serieus toen Anouk hem vertelde dat ze naar het ziekenhuis moet en dat hij daar op bezoek mag komen, maar dat hij voor tijdje bij mij gaat wonen. Ik weet niet zeker of hij helemaal doorhad wat er stond te gebeuren, maar hij keek in elk geval heel ernstig en knikte een paar keer wijs. Anouk maakt zich er zorgen om dat Max helemaal geen vragen stelt. Ze is bang dat hij er niets van begrijpt en straks boos op haar is dat ze zomaar weg is gegaan. Ik denk dat het allemaal wel meevalt. We hebben een leuke oppas gevonden en hij kan toch naar haar toe in het ziekenhuis? Anouk maakt zich tegenwoordig druk om alles. Ze kijkt zenuwachtig om zich heen. 'Ik kan mijn zonnebril nergens vinden. Ik kan echt niet weg zonder mijn zonnebril.'

'Eén, hij staat op je hoofd en twee, wat moet je in het ziekenhuis nou met een zonnebril?'

Ze vist de bril uit haar kastanjebruine haar. 'Oh ja. Wacht even, ik moet nog wat pakken.'

Anouk verdwijnt weer naar de slaapkamer.

Ik blader door het boekwerk dat mijn zus voor de oppas heeft gemaakt. Het is een alfabetisch geordende verzameling van zo ongeveer alles wat met Max te maken heeft plus uitleg hoe ze het moet oplossen.

'We moeten gaan', roep ik. 'Anders komen we te laat. Je moet je over een halfuur melden bij de balie.'

Anouk komt met lege handen de kamer weer binnen. 'Nou, ze zullen me heus niet weigeren als ik later kom, hoor. Ik heb echt nog wel tijd om even de was uit de droger te halen. Max' pyjama zit er ook bij.'

Ik pak haar tas van de grond. 'Dat doet mama wel als ze na de operatie komt, of Julia.'

'Maar ik moet ook nog...'

'Anouk, we moeten gaan.' Ik pak haar hand. 'Je kunt het wel blijven uitstellen, maar dat heeft geen zin. Kom, ga jij vast in de auto zitten. Dan neem ik Max' spullen mee.'

Hij is vandaag gewoon naar school. Anouk wilde hem liever zo lang mogelijk bij zich houden, maar het leek haar geen goed idee om hem mee te nemen naar het ziekenhuis. Om kwart over drie moet ik hem ophalen. Daar baal ik wel van, want ik wil liever bij Anouk in het ziekenhuis blijven, maar ze heeft het zelf zo geregeld en ze blijft maar zeggen dat ze liever wil dat ik bij Max ben dan bij haar. Ze heeft zelfs gezegd dat ze graag even alleen wil zijn, wat volgens mij nergens op slaat, maar zij is de patiënt dus zij mag het zeggen.

Het gevolg is dat ik vanmiddag mijn neefje moet vermaken. Ik denk dat ik hem meeneem naar de kinderboerderij, wat hij volgens Anouk erg leuk vindt. Vanavond moet ik hem eten geven en in bed leggen. Morgenochtend neemt Julia het van me over en ga ik naar Schiphol.

Ik moet twee keer lopen om al Max' spullen mee te nemen, maar uiteindelijk staat alles in de auto en kunnen we gaan. Een paar keer begin ik een gesprek, maar Anouk geeft nauwelijks antwoord. Ik zet de radio maar aan.

Als we stilstaan voor een stoplicht, kijk ik opzij. Anouk is wit weggetrokken en bijt hard op haar lip.

Ik leg mijn hand op haar knie en knijp erin. 'Hé, het komt allemaal wel goed.'

Ze legt haar klamme hand op de mijne, maar geeft geen antwoord. Misschien heb ik ook wel makkelijk praten, maar ik weet gewoon zeker dat het zo is. Over een paar maanden is Anouk weer beter. Spontaan zeg ik: 'Als dit allemaal achter de rug is, mag jij een plek op de wereld uitzoeken en dan regel ik tickets voor ons om daar samen naartoe te gaan, afgesproken?'

Ze knikt en kijkt me sip aan. 'Dat is lief van je.'

'En ik weet zeker dat dat moment er komt.'

We parkeren de auto en gaan het VU medisch centrum binnen. Anouk gaat steeds langzamer lopen. Ze lijkt nog steeds helemaal niet ziek. Dat is het gekke. Als je een onschuldig verkoudheidje hebt, merkt iedereen het meteen. Maar van Anouk zou je zeggen dat ze kerngezond is en alleen in het ziekenhuis is omdat ze bij haar oude oma op bezoek gaat. Helaas moeten we bij de informatiebalie niet vragen naar oma's kamer, maar naar de afdeling opname voor oncologie.

Pas als we bijna aan de beurt zijn, realiseer ik me dat dit nergens op slaat. Anouk is hier eerder geweest en weet best waar ze moet zijn.

'Nee, dat is een andere afdeling', zegt ze, als ik het aan haar vraag. 'Dat was de polikliniek.'

Ik geloof het maar half, maar als zij het moment van de waarheid nog een paar minuten wil uitstellen, ben ik best bereid om het spelletje mee te spelen.

We informeren naar de afdeling en zoeken daarna onze weg door het ziekenhuis. Ik kijk naar mijn zus. Haar kastanjebruine haar heeft ze in een staart gebonden, die heen en weer zwiept als ze loopt. Ze heeft zich zelfs een beetje opgemaakt. Ze draagt vandaag een witte broek, die ze in haar laarzen heeft gestopt, en een bruin vest. Ze lijkt nog dunner dan ze al is. Ik ben altijd jaloers geweest op Anouks slanke figuur, waarvoor ze nauwelijks moeite hoeft te doen. Anouk heeft nog nooit een sportschool van binnen gezien. Twee weken nadat Max was geboren, paste ze alweer in haar oude kleding.

Wat een slecht moment om jaloers te zijn op mijn zus, roep ik mezelf streng tot de orde. Ik sla mijn arm om haar heen als we de balie 'opname' naderen.

'Geitjes!'

'Max, wacht ik... Ik moet de fiets nog op slot zetten.'

Mijn neefje haakt zijn vingers door het hek van de kinderboerderij en duwt zijn neus ertegenaan. Ik worstel intussen met Anouks fiets. Met het kinderzitje achterop is die topzwaar en dreigt elke keer om te vallen. Anouk heeft me op het hart gedrukt de fiets goed op slot te zetten en heeft er twee kettingsloten bij geleverd. Maar nu dat kreng bijna omvalt en ik moet proberen met mijn ene hand de fiets tegen te houden en met de andere de sloten te ontwarren, ben ik geneigd dat verzoek even te vergeten. Max trekt nu ongeduldig aan mijn broek. 'Tante Sara, geitjes!'

'Ik weet het, Max, maar ik... Shit!'

'Shit', herhaalt Max.

'Nee! Vergeet dat woord meteen weer, Max. Dat heb ik niet gezegd.'

Hij grijnst. 'Wel. Shit.'

'Max! Oh, sh... shoot!' Anouks fiets klettert omver, op mijn voet. Ik moet op mijn wang bijten om niet weer te vloeken. Max springt geschrokken achteruit.

'Dat doet mama nooit', zegt hij bedremmeld.

Ik heb zin om linea recta naar huis te gaan, maar aangezien ik geen flauw idee heb wat ik daar met Max moet doen, waag ik toch maar een tweede poging om de fiets vast te zetten. Die slaagt zowaar. 'Kom mee', zeg ik.

Eenmaal binnen wil Max maar één ding: naar de geitjes. Anouk heeft me aangeraden vooral geen brood mee te nemen, omdat de beesten dan erg opdringerig worden en dat vindt Max eng. Maar nu hij zo ongeveer de enige zonder brood is, hebben de geiten totaal geen oog voor hem. Max staat er een beetje verloren bij.

Mijn oog valt op de konijnenhokken, even verderop, waar het veel rustiger is.

'Kom Max, dan gaan we naar de konijnen.'

'Ik wil niet naar de konijnen, ik wil de geiten aaien. Met mama mag ik altijd de geiten aaien.'

'Je mag de konijnen aaien', probeer ik. 'Dat is toch ook leuk?'

Max slaat een verongelijkte zucht, maar als hij ziet dat de geiten hem inderdaad geen blik waardig keuren, volgt hij me toch maar naar de konijntjes.

'Wil je er eentje vasthouden?' vraagt een verzorger.

Max knikt een beetje verlegen. Hij mag op een bankje gaan zitten en krijgt een enorme Vlaamse reus op schoot. Hij begint het beest meteen te aaien. Zelf bekijk ik het konijn met argusogen, maar gelukkig blijft het stil zitten. Max vindt het prachtig.

Als dit allemaal achter de rug is, moet ik maar een konijn voor hem kopen. Misschien in januari, als hij jarig is. Dat duurt nog een paar maanden, tegen die tijd moet Anouk toch wel weer beter zijn.

Ik ga naast Max op het bankje zitten en geniet van het herfstzonnetje. Heel even sluit ik mijn ogen. Ik denk aan Anouk en zie weer haar bleke gezicht voor me toen ze naar de zaal werd gebracht waar ze vandaag moet verblijven. Een vierpersoonszaal, waar ze gezelschap heeft van drie andere kankerpatiënten, die er stuk voor stuk nogal ziek uitzagen. Eén, een vrouw die iets ouder oogde dan Anouk, had nog haar. De andere twee waren kaal en zagen er ellendig uit. Anouk stelde zich snel aan hen voor en vluchtte toen de kamer uit. Ik was blij dat ik haar kon volgen. Toen ik haar achterliet, moest ze alweer huilen. Ik troostte haar en beloofde dat ik elke dag zal bellen vanuit Kaapstad en meteen bij haar langskom als ik terug ben. Dat leek haar een beetje gerust te stellen. Gelukkig is mama er morgen – op de dag van de operatie – dan is Anouk niet zo alleen.

Max babbelt tegen mij, of tegen de verzorger, of tegen zichzelf – dat is me niet helemaal duidelijk. Af en toe hum ik wat terug. Ik open mijn ogen als ik voetstappen hoor naderen. Er komt een man aan met zijn dochter. Als ze maar niet Max' konijn wil.

De man loopt voorbij. Dan stopt hij ineens en kijkt om. 'Sara? Sara Doesburg?'

Ik trek mijn wenkbrauwen op. 'Ja?'

Zijn blik valt op Max. Hij lijkt verbaasd. 'Heb jij een... Ik bedoel, wat leuk. Hoe oud is hij?'

Hè? Wie is deze man?

'Oh, sorry. Volgens mij herken je me niet. Ik ben René.'

'René...' Ik herhaal zijn naam in de hoop me dan te herinneren wie hij is, maar er komt niets.

'Middelbare school, klas 3b, met wiskunde zat je achter me. René Brandsma.'

Verrek, díé René. Ik zie ineens weer de lange, nogal onopvallende jongen voor me die me altijd hielp met wiskunde, waar ik geen snars van snapte. Hij is eigenlijk geen spat veranderd, hoewel hij wat breder en kaler is geworden. En hij heeft een kind bij zich, dat ongeduldig aan zijn broek trekt.

'Ik weet het weer', zeg ik. 'Jezus, dat is lang geleden. Volgens mij heb ik je na het eindexamenfeest nooit meer gezien.'

Terwijl ik het zeg, heb ik al spijt van mijn woorden. Aan het eindexamenfeest wil René vast niet worden herinnerd. Hij was verliefd op Anna, destijds een vriendinnetje van mij, en wilde haar die avond versieren, maar hij werd zo dronken dat hij over haar heen kotste. Gillend verdween ze naar de douches bij de gymzaal.

'Maar hoe oud is hij?' vraagt René met een blik op Max. 'Vier.'

'Zo, dan was je er ook jong bij.'

'Max is mijn zoon niet. En trouwens, moet jij nodig zeggen.'

René grijnst. 'Daar heb je gelijk in. Dit is Sophie, mijn dochter van drie. Ze is verslaafd aan de kinderboerderij en altijd als ze bij mij is, wil ze erheen.'

'Hm. Oké.' Ik kijk langs hem heen, hopend dat hij de hint oppikt en weggaat. Ik had vroeger al niets met hem, en dat is niet veranderd.

Maar René lijkt onze kleine reünie wel leuk te vinden en gaat tegenover me op een bankje zitten. Sophie kruipt bij hem op schoot.

René houdt zijn hoofd schuin en kijkt me aan. 'Vertel eens, hoe is het je vergaan na de middelbare school?'

'Oh, niets bijzonders. Gewoon, een baan gezocht.'

'Ja?'

'Ja.'

'En wat voor baan?'

Ik overweeg iets saais te verzinnen. Ervaring heeft geleerd dat als ik zeg wat ik echt doe, mensen niet snel ophoepelen. Er schiet me alleen zo gauw niks anders te binnen.

Toch zeg ik: 'Stewardess.'

'Oh, wat leuk.'

Er valt een stilte. Ik leun achterover en wacht op de gebruikelijke vragen, maar ze blijven uit.

Uiteindelijk vraag ik om de stilte te doorbreken: 'En jij?'

'Ik ben verdergegaan in de cijfers. Ik ben controller.'

'Oh. Boeiend.'

René staat op. 'Heb je zin in koffie? Zal ik even halen bij het winkeltje?'

Ik kan niet snel genoeg een goede smoes bedenken en bovendien koestert Max zijn konijn nog steeds alsof het een kostbare schat is. 'Goed', zeg ik.

'Wil jij dan heel even op Sophie letten?'

René wacht het antwoord niet af en loopt weg. Het meisje blijft rustig zitten. Ik kijk naar haar. Ze heeft zwarte krullen en donkere ogen, die ze op Max gericht houdt. Hij heeft alleen maar oog voor het konijn.

Dan richt Sophie haar aandacht op mij. 'Hoe heet jij?'

'Sara.'

'Oh. En jij?'

Max geeft geen antwoord. 'Hij heet Max', zeg ik.

'Papa en mama zijn gescheiden.'

'Oh ja?'

'Ga jij ook scheiden?'

'Nee. Ik ben niet getrouwd.'

'Waarom niet?'

Wat is dat toch met kinderen? Onbeschaamd stellen ze je allerlei vragen en dat heb je maar schattig te vinden. Ik vind het niet schattig, ik vind het irritant.

'Jij bent wel nieuwsgierig.'

'Wat is dat?' Sophie stopt een pluk haar in haar mond en begint erop te kauwen.

'Dat betekent dat je alles wilt weten.'

'Oh.' Ze is heel even stil. Maar zegt dan: 'Ga jij ook trouwen?'

Ik slaak een zucht. 'Nee, ik ga niet trouwen.'

'Waarom niet?'

Dat heeft ze net ook al gevraagd. Het kind is niet alleen nieuwsgierig, maar ook nog dom.

'Oh, oh', zegt Max.

'Wat is er?' Maar terwijl ik het vraag, zie ik het al. Midden in zijn blauwe Bob de Bouwer-shirt zit een groot gat. Het konijn heeft blauwe draadjes rond zijn snuit.

Ik spring op en kan nog net een vloek inslikken. 'Kom maar, Max.' Met zo ver mogelijk uitgestoken handen til ik het konijn van zijn schoot. Het begint te spartelen en ik slaak een kreet. Het volgende moment huppelt het beest weg in de richting van het kippenhok.

'Hé, niet loslaten!' roept de verzorger. 'Dan loopt hij weg, dat snap je toch wel?'

Ik werp een vernietigende blik in zijn richting. 'Dat beest heeft zijn shirt kapotgebeten.'

'Dan moet je je kinderen geen nieuwe kleren aantrekken als je naar de kinderboerderij gaat. Jullie hippe moedertjes trekken jullie neusjes op voor alles wat ook maar een klein beetje met natuur te maken heeft, en denken dat kinderen in de nieuwste merkkleding naar de kinderboerderij moeten gaan. En als er dan iets stukgaat, is de paniek compleet.'

'Je moet die beesten gewoon opvoeden!'

De verzorger kijkt cynisch. 'Wel eens gehoord van een gehoorzaamheidscursus voor konijnen? Ik niet!'

'Weet ik veel! Ik weet alleen dat dit hartstikke gevaarlijk is. Wat als dat konijn Max had gebeten?'

'Dat doet hij niet.'

'Je koffie.' René houdt ineens een plastic bekertje voor mijn neus. 'Is er iets?'

'Dat pokkebeest heeft Max' shirt kapotgebeten', mopper ik. De verzorger kijkt me nog één keer kwaad aan en beent dan weg om het konijn te gaan vangen.

Te snel neem ik een te grote slok van mijn koffie, waardoor ik mijn tong brand.

'Gaat het?' vraagt René. Hij gaat weer op het bankje zitten en lijkt het allemaal wel grappig te vinden. 'Maar vertel eens hoe je aan dit kind komt. Hij lijkt wel een beetje op je.'

'Max is mijn neefje. Mijn zus Anouk is zijn moeder.'

'Anouk Doesburg!' roept René uit. 'Die ken ik nog wel. Man, volgens mij was de halve school verliefd op haar.'

Het klopt, Anouk was heel erg populair op de middelbare school. Jammer dat ze uiteindelijk is blijven hangen aan Stefan, die ze kende uit een of andere vage kroeg waar ze in haar wilde periode vaak kwam. De wilde periode duurde slechts een half jaar, Stefan bleef iets langer.

'Dus ze heeft een kind gekregen', zegt René. 'En wie is de gelukkige vader?'

'Die is er niet. Althans, die was er wel, maar Anouk voedt Max nu in haar eentje op.'

'Stoer', vindt René. 'En hij mag lekker met tante Sara naar de kinderboerderij. Vind je dat leuk, Max?'

Mijn neefje knikt. 'Mama ligt in het ziekenhuis', vertelt hij vrolijk.

'Oh ja?' René kijkt mij aan. 'Niets ernstigs, hoop ik?'

'Borstkanker.'

'Jezus. Dat is heftig.'

Ik heb geen zin om Anouks ziekte met René te bespreken en zeg kortaf: 'Ja, maar het komt wel weer goed. Zeg, ik moet gaan.'

De koffie is niet te drinken en dus gooi ik het bekertje met inhoud en al in de prullenbak. Daarna pak ik Max' hand en trek hem mee.

René kijkt een beetje verbaasd. 'Oh, nou, tot ziens dan.'

'Doei.' Zonder hem nog één blik waardig te keuren loop ik weg.

Om zes uur ben ik bekaf. Koken is wel het laatste waar ik nu zin in heb. Het wordt Chinees vanavond. Ik kruis een paar dingen aan in het foldertje.

'Hier', zeg ik, 'we nemen lekker Lap Tjap Ya.'

'Wat is dat?' vraagt Max.

'Pekingeend in pittige ketjapsaus', lees ik voor.

'Eend?'

'Ja, eend. Kom nou maar mee, dan gaan we.'

Omdat ik Anouks auto met kinderzitje nog niet heb opgehaald, ben ik gedwongen weer op de fiets te gaan. Ik hijs Max achterop terwijl ik het stuur recht probeer te houden. Pas bij de derde poging lukt het.

Bij de Chinees op de Rijnstraat is het druk en warm. Max kijkt wantrouwend naar al die mensen. Zelfverzekerd loop ik door de ruimte naar het doorgeefluik waar je moet bestellen.

'Ik wil graag Lap Tjap Ya met nasi en een portie Chinese garnalen', zeg ik.

'Wat is dat dan?' vraagt Max, nog steeds een beetje ongerust. Hij heeft het nog niet eens geproefd of hij begint al te piepen.

Ik zoek een plek op de overvolle bank. Max komt tegen me aan staan. Er liggen kinderboekjes, maar hij heeft geen interesse. Als ik niets zeg, klimt hij uiteindelijk op schoot.

'Ik moet plassen.'

Oh god, ook dat nog. Dit is echt het laatste waar ik op zit te wachten. Anouk had nog gezegd dat Max altijd moet plassen voor we de deur uit gaan, maar dat ben ik even vergeten.

Hij zal moeten wachten.

'Ik denk dat we over twintig minuten wel thuis zijn, Max.'

'Maar ik moet nu plassen.'

Een paar mensen kijken onze kant op. 'Tja, Max, dat gaat nu even niet.'

Gelukkig houdt hij zijn mond.

Vijf minuten later zegt Max een beetje benauwd: 'Ik moet echt plassen, hoor.'

'Ik ga wel even vragen hoe laat het eten klaar is.' Ik zet hem op de grond en loop naar het luik. Daar krijg ik te horen dat het druk is en dat het nog wel even kan duren. Ik kijk achterom naar Max. Er zit niets anders op. 'Is er dan een toilet in de buurt?'

'In het restaurant.'

Ik slaak een zucht en draai me om. 'Kom maar mee, Max.'

Ik pak zijn hand en trek hem mee naar de ingang van het restaurant. Er komt meteen een ober op ons af, maar ik moet hem teleurstellen. Een beetje chagrijnig wijst hij ons de wc's.

Ik aarzel tussen het dames- en het herentoilet, maar kies uiteindelijk voor het eerste als er een kok met een ranzig schort om de heren-wc binnengaat. Ik open een hokje voor Max.

'Ik wacht hier wel even.'

Hij blijft staan en kijkt me aan. 'Wat? Wat is er?'

'Jij moet mijn broek openmaken.'

'Oh. Oké.' Ik pruts aan zijn knoop. 'Au!'

Boos kijk ik naar de afgebroken nagel van mijn wijsvinger. Het bloedt een beetje en ik stop de vinger in mijn mond.

'Krijg je hem zelf niet open, Max?'

Hij probeert het even, maar schudt dan zijn hoofd. 'En nu moet ik heel nodig plassen, tante Sara.'

'Oké.' Ik droog mijn vinger af met een papieren handdoekje en probeer dan opnieuw Max' knoop los te maken. Hij zit zo stevig vast dat ik eraan moet rukken om er beweging in te krijgen. Heel wat anders dan de knoopjes van een pilotenhemd. 'Het lukt niet', zeg ik. 'Wacht, misschien zo. Ik moet gewoon wat harder trekken.'

Met een rinkelend geluid landt de knoop op de vloer. Max en ik kijken er allebei een beetje bedremmeld naar. In zijn broek zit een gat.

'Is hij nu stuk, tante Sara?'

'Dat denk ik wel. Maar hij is in elk geval open.'

Max doet zijn broek naar beneden en klautert op de wc. Ik kijk met opgetrokken neus naar zijn handjes op de bril. Die gaan we thuis met ontsmettende zeep wassen, ik wil niet dat hij zo aan mijn meubels zit.

Als Max klaar is, lopen we terug naar het afhaalgedeelte van het restaurant. Hij moet met beide handen zijn broek ophouden, want nu de knoop eraf is blijft de rits ook niet dichtzitten en dat betekent dat zijn broek de hele tijd afzakt. Gelukkig is onze bestelling klaar. Half struikelend over zijn broekspijpen loopt Max achter me aan naar buiten. Ik hijs hem opnieuw in het zitje achter op de fiets, hang de tas met eten aan het stuur en rij slingerend naar huis.

Als ik de tafel heb gedekt en we eindelijk kunnen eten, trekt Max zijn neus op. Hij kijkt vol afschuw naar het bord dat ik voor hem heb neergezet. Hij heeft nog niet eens geproefd.

Ik neem zelf een hap en voel de ketjapsaus branden op mijn tong. Heerlijk.

'Kom op, neem nou eens een hap', dring ik aan als hij aan zijn vork friemelt en zijn blik strak op de grond gericht houdt. Max doet een pietepeuterig klein beetje op zijn vork en stopt dat in zijn mond. Meteen trekt hij een vies gezicht.

'Ik lust dit niet.'

'Natuurlijk wel. Het is hartstikke lekker.'

Hij schudt zijn hoofd. 'Het is vies en het doet pijn.'

'Max, stel je niet zo aan. Je hebt maar een heel klein beetje geproefd en meteen roep je dat je het niet lust. Je moet het wel probéren, hoor.'

'Maar ik lust het niet!' roept hij uit. Hij smijt zijn vork op zijn bord. 'Het doet pijn in mijn mond!'

'Dan neem je een slokje water!'

'Nee! Ik wil geen water! Ik wil naar mama!'

Hij geeft een boze mep op de tafel en zijn gezicht betrekt. Ik herken de tekenen al en ja hoor, Max begint keihard te huilen. Geïrriteerd spring ik overeind, maar als ik eenmaal sta, weet ik niet wat ik moet doen.

Max' gezicht wordt rood en daarna bijna paars. Hij duwt zijn bord hard van zich af, waardoor de eend en de ketjapsaus alle kanten op spetteren.

'Max!' schreeuw ik. 'Doe eens normaal! Kijk nou wat je doet!'

Hij luistert niet. Hij springt van zijn stoel en blijft naast de tafel staan huilen.

Ik pak een keukenrol en veeg de rommel op. Daarna smijt ik de derrie in de vuilnisbak. Ik ga weer aan tafel zitten en neem een hap van mijn eigen eten. Max krijst gewoon door.

'Max, hou op!' roep ik, terwijl ik mijn vork op mijn bord neerknal. 'Hou gewoon op!'

Hij begint nu te stampvoeten. 'Nee!' Hij beent naar de gang. Aan zijn schoenen zit ook smurrie, hij laat bruine voetstappen achter op mijn vloer.

Als hij de kamer weer binnenkomt, heeft hij het Bob de Bouwer-koffertje in zijn hand. Verloren staat hij midden in de kamer. Tranen en snot hebben een donkere vlek gemaakt op zijn shirt. Tussen het snikken door hijgt hij: 'Ik... ga... naar... mama...'

Ineens voel ik een soort medelijden, met mezelf, maar ook met Max. Hij zou natuurlijk ook liever thuis zitten bij een kerngezonde Anouk. Ik pak Max' koffer uit zijn hand en zet die in de gang. Daarna til ik mijn neefje op.

'Kom maar', zeg ik sussend. Ik ga op de bank zitten en neem hem op schoot. Mijn T-shirt wordt nat als Max zijn gezicht tegen mijn schouder legt. Ik weersta de neiging zijn hoofd weg te duwen. Hij huilt nog steeds, maar het wordt al minder.

Ik werp een spijtige blik op de klok. *Grey's Anatomy* begint over een halfuur en ik moet nog zorgen dat Max iets te eten krijgt.

Als hij is gestopt met huilen, zet ik hem op de grond en loop naar de koelkast. 'Eens kijken of hier nog iets in zit dat je wel lekker vindt. Hou je van...' Maar ik vind helemaal niets at Max lekker zou kunnen vinden. Eigenlijk vind ik überhaupt niets waar je een maaltijd van kunt maken.

Met een zucht zeg ik: 'We gaan terug naar de Chinees en dan nemen we iets wat je wel lust.'

Als we weer op de fiets zitten, denk ik aan Anouk. Vanaf de eerste seconde dat ze ontdekte dat ze zwanger was, heeft ze ernaar uitgezien om moeder te worden. En toen Max er eenmaal was heb ik haar nooit ook maar één seconde horen klagen, ook al stond ze er al snel alleen voor. Sommige vrouwen hebben blijkbaar een groot talent voor het moederschap terwijl anderen, zoals ik, simpelweg niet begrijpen waarom je je vrijheid zou opgeven voor zoiets als een kind. Zelfs nu, terwijl ik weet dat het tijdelijk is, heb ik het gevoel dat ik verstikt word door Max' voortdurende aanwezigheid en vraag om aandacht. Ik vind het zielig voor hem dat zijn moeder ziek is, maar ik heb vanavond één ding geleerd: ik wil geen kind. Niet voor altijd, niet tijdelijk en zelfs niet voor een uur. Ik kan het gewoon niet. Ik geef Max vanavond te eten, zal hem ook nog wel in bed leggen, maar daarna bel ik mijn moeder en dan moet zij maar komen om voor hem te zorgen. Zij heeft Anouk en mij grootgebracht, blijkbaar bezit zij het talent wel.

Als ik bij de Chinees kom, is het veel rustiger. Dezelfde mevrouw staat achter de balie. Ze herkent me.

'Ik wil graag iets wat niet te scherp is en een gegarandeerd succes bij kleine kinderen.'

Ze schudt haar hoofd. 'Die eend is ook veel te pittig. Nederlandse kinderen houden daar niet van.'

Ik kijk haar aan. 'En daar kom je nu mee?'

Ze haalt haar schouders op. Ik betaal voor de foeyonghai die ze aanraadt en gelukkig is die binnen vijf minuten klaar. Daarna til ik Max weer op de fiets. Hij is nu wel stil, maar heeft nog altijd een pruillip.

Het is inmiddels kwart voor negen, *Grey's Anatomy* kan ik wel vergeten. Max prikt met zijn vork in het zompige ei.

'Kom op, neem eens een hap.'

Hij schudt zijn hoofd. 'Ik heb geen honger.'

Ik bijt op mijn lip om mijn irritatie te verbergen. 'Max', zeg ik, 'we zijn helemaal teruggefietst naar de Chinees om voor jou eten te halen en dan ga je me nu vertellen dat je geen honger hebt? Dat is niet erg aardig, vind je wel?'

Hij haalt zijn schouders op en laat zijn vork vallen. 'Nou en?'

'Max, je eet dat op. Luister nou eens naar mij.'

Hij slaat zijn blik neer en blijft zo zitten, kennelijk niet van plan om te doen wat ik vraag.

'Max, eet je eten op en zeur niet zo!'

En dan stromen er weer tranen over zijn wangen. Ze vallen in de foeyonghai, die er nu zo mogelijk nog onaantrekkelijker uitziet. Hij laat zich van zijn stoel glijden en kruipt op de bank, waar hij zijn gezicht in de kussens begraaft en opnieuw een keel opzet. Nu ben ik er echt klaar mee. Ik voel een stekende hoofdpijn opkomen.

Ik smijt de foeyonghai in de prullenbak en been naar de badkamer, waar ik de douche aanzet. Ik loop naar de bank, til Max op en probeer zijn kleren uit te trekken terwijl hij tegenstribbelt.

'Nee!' roept hij hard als ik zijn arm uit zijn mouw wil halen.

'Max, werk even mee, je moet douchen.'

Gelukkig ben ik sterker en uiteindelijk slaag ik erin mijn neefje in de badkuip onder de douche te zetten. Hij is woest op mij en stampt zo hard in bad dat de benedenburen het waarschijnlijk zullen horen. Ik ben ook woest op hem, dus dat is dan wederzijds.

'Nee!' gilt hij als ik de shampoo pak. Ergens tussen Max' spullen zit speciale kindershampoo, maar ik ben te moe om die te halen en dus gun ik hem wat van mijn eigen, dure fles.

'Au!' krijst Max als er een beetje schuim in zijn oog komt. 'Au au au!' Hij wrijft in zijn oogjes en schopt naar mij als ik zijn handen wil wegtrekken om het schuim uit te spoelen.

Chagrijnig zet ik een stap achteruit. Ik laat het wassen maar zitten – van die dure shampoo is hij vast ook heel schoon geworden. Max kijkt me boos aan als ik de douche uitzet. Het is duidelijk dat wij vanavond geen vrienden meer zullen worden.

'Ik zal je afdrogen en dan gaan we slapen', zeg ik.

'Nee!' Hij lijkt niet meer woorden op zijn repertoire te hebben dan dat. 'Wil! Ik! Niet!'

'Maar ik wel.' Nogal ruw droog ik hem af. Daarna laat ik hem zelf zijn pyjama aantrekken, die gelukkig bovenop in zijn tas ligt. Hij zit binnenstebuiten, maar het kan mij niet schelen.

Max wil me niet meer in de buurt hebben. Hij kruipt zelf in bed en pakt het boek waaruit Anouk altijd voorleest. Beschermend stopt hij het onder zijn kussen – ik mag geen verhaaltje voorlezen, zou ik dat al van plan zijn.

'Welterusten, Max', zeg ik als ik de deur dichtdoe. Ik kan het niet opbrengen om nog even bij hem te gaan zitten. Hopelijk is hij moe en gaat hij snel slapen. Zelf wil ik ook naar bed, maar Max slaapt in mijn kamer en ik zal moeten wachten tot hij diep in slaap is voor ik zelf naar bed kan gaan.

Ik zet de vuile borden in de vaatwasser en ruim het koffertje op dat Max in de kamer heeft laten staan. Ik kijk naar de twee sporttassen die nog in de gang staan. Hoeveel spullen kan één kind nodig hebben? Ik heb echt geen zin om alles uit te pakken. Hopelijk doet Julia dat morgen. Als ik met een glas groene thee op de bank kruip, piept mijn telefoon twee keer kort. Ik open het bericht. Het is van Anouk.

Hoe gaat het? Is Max lief geweest? XXX

Ik wil eigenlijk terug sms'en dat ik het niet aankan en dat iemand anders het maar moet overnemen, maar Anouk moet morgenochtend onder het mes. Dus stuur ik: *Alles top hier. En bij jou? Welterusten. X*

4

OKÉ. NOG MAAR EEN PAAR UUR EN DAN ZIT IK IN HET vliegtuig naar Kaapstad. Ik hoef Max alleen maar aan te kleden, ontbijt te geven en naar school te brengen. Dat is hooguit anderhalf uur werk. Ondanks de neiging de deken over mijn hoofd te trekken en me nog eens om te draaien, kom ik overeind en ga op de rand van het bed zitten. Max slaapt nog, of doet alsof.

Ik sluip naar de badkamer en ga voor de spiegel staan. Ik heb wallen onder mijn ogen en mijn haar pluist. Gisteravond heb ik mijn make-up er niet goed afgehaald en nu zitten er zwarte vlekken op mijn oogleden. Ik zie eruit als een spook. Snel stap ik onder de douche. Nu kan het nog. Als Max wakker wordt is het gedaan met de rust.

Als ik de kraan uitzet, hoor ik hem al. Hij babbelt wat en lijkt zich wel te vermaken. Ik heb nog even geen zin om hem te laten merken dat ik wakker ben. Dan piept mijn telefoon. Het kan Anouk zijn, die over een uur naar de operatiekamer moet. Ik schiet een badjas aan en loop naar mijn telefoon. Een sms'je van een nummer dat ik niet ken.

Hoi, dit raad je nooit: ik krijg een baan in Saint-Tropez! Kan dus niet op Max passen. Sorry... Julia

Nee.

Zeg dat het niet waar is.

Meteen bel ik Julia op. Mijn handen trillen. De telefoon gaat over. En nog eens. En nog eens. Julia neemt niet op. Met een luide vloek smijt ik mijn telefoon door de kamer. Te laat zie ik dat Max in de deuropening staat. Hij klemt Beest stevig onder zijn arm en kijkt me met grote ogen aan. Maar ik heb geen tijd voor hem. Ik pak mijn mobiel, die half onder de bank is geschoven, en probeer nog tien keer Julia te bellen. Ik spreek haar voicemail in en eis dat ze terugbelt. Daarna stuur ik haar drie sms'jes, maar ze reageert niet.

Ik moet mijn moeder bellen. Ze neemt op nog voor de telefoon twee keer is overgegaan. Ik realiseer me ineens dat ze natuurlijk al uren in spanning zit over Anouk, hoewel de operatie nog niet eens is begonnen.

'Ja, lieverd?'

'Mam, je moet me helpen. Julia heeft afgezegd.'

'Hoe bedoel je? Alleen voor vandaag?'

Ik schud mijn hoofd en laat me op de bank vallen, terwijl Max nog altijd in de deuropening staat. 'Nee, niet alleen voor vandaag. Ze heeft helemaal afgezegd. Alles. En nu hebben we niemand. Ik ga dat bureau bellen en om iemand anders vragen, maar ze kunnen vast niet vandaag al iets regelen.'

Mijn moeder is even stil. 'Nee, bel ze maar niet. Ik zorg voor Max als je weg bent. Ik vind het niet goed om nu op stel en sprong een nieuwe oppas te regelen die Anouk helemaal niet kent. Dat is voor Max ook niet goed.'

Pas als de last van mijn schouders is gevallen, voel ik hoe zwaar hij was. Het was ook volkomen irreëel om te denken dat ik wel voor Max kon zorgen. Eindelijk heeft mama begrepen dat het allemaal te veel is voor mij. Eindelijk gaat zij het regelen.

'Ik weet zeker dat Anouk dat ook beter zou vinden', zeg ik. Goddank. Dit logeerpartijtje is eenmalig geweest.

'Cabin crew, take your seats for take-off.'

Ik verlaat snel de galley en klap mijn crew seat naar beneden. Ik zit tegenover drie zakenmannen, die opvallen door hun wijd opengesperde ogen. Ze proberen zo stoïcijns mogelijk te kijken, maar dat is lastig met dat poeder in je neus. Waarschijnlijk barsten ze van de energie en gaan ze straks rondjes lopen door het vliegtuig, zogenaamd tegen de trombose. Ik vind het allemaal best, zolang ze mij maar niet tot last zijn.

De motoren beginnen te loeien, hoewel het vliegtuig nog stilstaat. Dan maken we vaart en binnen een minuut zijn we los van de grond. Ik zie twee kinderen verderop in de rij gebiologeerd naar buiten kijken. Aan de andere kant van economy class begint een baby te huilen. Met mijn gezicht strak in een glimlach gevouwen werp ik mijn collega-stewardess Irene een blik van verstandhouding toe. Zij zit vlak voor het gezellige gezinnetje en mag hen straks voorzien van alles waar ze om vragen. Waarschijnlijk dekens, opgewarmde flesjes, speelgoed, en voor papa en mama uiteindelijk een extra fles wijn omdat ze elkaars gezelschap zonder alcohol niet zo lang kunnen verdragen.

De zakenmannen schuiven ongeduldig heen en weer. Ik vraag me af wat ze in Kaapstad gaan doen. Zaken? Vrouwen? Een van hen kijkt me aan. Ik wend mijn blik niet af. Het is helemaal geen onaantrekkelijke man.

Ik klik mijn riem open en klap het stoeltje op. De gezagvoerder heeft het teken gegeven dat de riemen los mogen en meer mensen staan op. Meteen schieten hier en daar de lampjes aan waarmee passagiers aangeven dat ze een stewardess nodig hebben. Althans, dat is de oorspronkelijke functie. Meestal gaan ze aan kort nadat mensen zich afvragen wat er gebeurt als ze op dat ene knopje drukken. Ik zie niemand die me echt heel hard nodig lijkt te hebben. Het is een behoorlijke misvatting om te denken dat stewards en stewardessen dit vak hebben gekozen omdat ze het zo leuk vinden te voldoen aan alle wensen van passagiers die vliegen op het goedkoopste ticket dat ze konden vinden en vervolgens verwachten behandeld te worden als de koningin. Voor ons is het gewoon een goedkope manier om de wereld te zien.

In de galley vind ik Irene, die bezig is de trolleys klaar te maken. We brengen zo meteen drankjes rond en zakjes met tweeënhalve amandel erin. Ze heeft een gezicht als een donderwolk. Nu al.

'Is er iets?' vraag ik.

'Volgens mij word ik verkouden. Ik heb barstende koppijn.'

'Dan neem je een aspirientje.'

'Heb ik al gedaan, maar het helpt niet. Het enige wat helpt is drank.'

Ik kijk naar haar witte gezicht en rode ogen. 'Heb je niet gewoon een kater?'

Ze trekt een gezicht. 'Dat zou best eens kunnen. Ik heb trouwens ook pijn in mijn voet, omdat er drie dagen geleden iemand met een trolley overheen is gereden. Het is pimpelpaars, ik kan mijn schoen bijna niet aan.'

Ik rommel wat met pakken jus d'orange en tomatensap, die bijna niet op de trolley passen.

'Lekker geïnteresseerd ben je', merkt Irene op.

Ik wil zeggen dat ze haar mond moet houden, dat ze geen kanker heeft en dus geen recht om te klagen, maar ik hou me in en duw mijn trolley de galley uit.

De uren daarna praat ze niet tegen me, wat best vervelend is als we de maaltijden uitdelen en ik al snel door mijn kip- en pastagerechten heen ben en alleen nog maar vegetarisch kan serveren. Irene heeft massa's kip en pasta, maar die weigert ze met mij te delen. Ik krijg boze passagiers op mijn dak, maar zij is niet van plan mij te helpen. Uiteindelijk moet ik helemaal naar het andere deel van economy class lopen om daar het toeristenvoer op te halen. Daar vind ik Rudy, die mij gelukkig wel gunstig is gezind.

'Die heks denkt alleen maar aan zichzelf', zegt hij, als ik Irenes naam noem. 'Zij gaat het niet leuk krijgen in Kaapstad, als ze zich zo opstelt.'

'Ik zag de *Capitool* in haar tas.'

Rudy rolt met zijn ogen. 'Oh nee, zij is er natuurlijk zo eentje die cultureel gaat doen. Nou, mij niet gezien.'

Ik schud ook mijn hoofd. De laatste keer dat ik een reisgids bij me had, was toen ik drie jaar geleden met mijn moeder naar Parijs ging.

'Hé, bedankt.' Ik keer met een hele stapel maaltijden terug naar mijn eigen gedeelte van de cabine en grijns naar
Irene. Ik neem me voor om tijdens de vlucht minimaal één
keer per ongeluk op haar voet te stampen.

'Kom, we gaan.' Rudy pakt mijn arm en duwt me met
zachte hand het vliegtuig uit. 'Ik ken de receptionist van
ons hotel en ik weet zeker dat hij een mooie kamer voor
ons kan regelen.'

Ik kijk hem aan. 'Je denkt toch niet serieus dat ik...'

'Schat, ik val niet eens op vrouwen en ik bedoelde natuurlijk een mooie kamer voor jou en een mooie kamer
voor mij. Kom op.'

We verlaten als eerste het vliegtuig, terwijl onze collega's nog bezig zijn. Sommige omdat ze denken dat
schoonmaken hun taak is en andere omdat er goede verhalen de ronde doen over de twee copiloten van vandaag.
Een van hen staat mij ook wel aan, maar dan is het juist
zaak om als eerste weg te zijn. Jammer genoeg voor de
vier stewardessen die nog in het vliegtuig zijn, weet alleen ik dat.

Rudy en ik lopen naar de aankomsthal, waar onze koffers al rondjes draaien op de band. Gelukkig staat de ho-
telshuttle ook klaar. Nog geen kwartier later checken we
in bij het hotel. Rudy en de receptionist praten wat en ik
moet me wel heel sterk vergissen als die twee straks niet
op dezelfde kamer te vinden zijn. Ik krijg een suite op de
bovenste verdieping, met uitzicht op de luchthaven. Dat
is niet iets om blij van te worden, maar ik zit tenminste
niet op de eerste, tweede of vierde verdieping. Daar bevin-
den zich bars en cafés, die in dit soort hotels vrijwel uit-

sluitend door feestend luchtvaartpersoneel worden benut. Tegen een feestje zeg ik geen nee, maar ik bepaal graag zelf wanneer het genoeg is geweest.

Terwijl ik wacht tot de receptionist alles in orde heeft gemaakt, zet ik mijn telefoon aan. Anouks operatie zou inmiddels achter de rug moeten zijn. De telefoon piept een heleboel keer achter elkaar. Drie sms'jes van mijn moeder, een van Anouk, twee van telefoonmaatschappijen en een van Julia.

Die laatste gooi ik ongelezen weg. Nu hoeft het al niet meer. Onbetrouwbare trut.

Ik kijk naar wat mijn zus me heeft gestuurd, voor de operatie.

Dank je wel. Lief dat je aan me denkt. Ik moet zo onder narcose en mag eigenlijk niet sms'en maar doe het toch. Xxxxxx

Ik glimlach. Dan open ik met trillende vingers het eerste berichtje van mijn moeder. Ze laat weten dat ze Max uit school heeft gehaald. Een paar uur later heeft ze een berichtje gestuurd om te zeggen dat de operatie goed is verlopen maar dat Anouk nog niet bij kennis is. Daarna heeft ze ge-sms't dat ze even met Anouk heeft gepraat en dat die veel pijn heeft, maar dat de chirurg tevreden is over de operatie.

Inmiddels heeft de rest van de crew ook de lounge betreden. De twee copiloten zijn erg in trek, zowel bij hun mannelijke als vrouwelijke collega's. Een van de twee trekt mijn aandacht. Ik vang zijn blik, al lopen er al twee stewardessen om hem heen. Hij is knap en op een ander moment zou ik zeker werk van hem hebben gemaakt, maar ik moet mijn moeder even bellen.

Ik sta op en loop naar de receptie om mijn sleutel in ontvangst te nemen. De copiloot staat meteen naast me. Hij pakt de sleutel aan voor ik het kan doen.

Ik pluk hem uit zijn hand en zeg: 'Dan zal ik maar eens naar mijn kamer gaan.'

Rudy vraagt of ik nog even iets met hem ga drinken in de bar op de tweede verdieping. 'Dat is de beste van het hele hotel', verzekert hij. 'De cocktails zijn er lekkerder dan in de andere bars, en de barkeepers zijn er vele malen knapper.'

'Je weet toch dat we niet op dezelfde types vallen?' zeg ik gekscherend. 'Ik denk dat ik maar ga slapen.'

'Doe niet zo saai. Je bent toch jong en dynamisch?'

Ik glimlach. 'Ik ben moe, Rudy. Morgen, oké?'

Ik heb net mijn moeder gebeld en gehoord dat het nog niet zo goed gaat met Anouk. Ze ligt nog op de intensive care en krijgt morfine tegen de pijn. Mijn moeder zei dat er allemaal apparaten en slangen om haar heen hangen. Dat beeld krijg ik maar niet uit mijn hoofd.

Het staat in schril contrast tot de mooie suite die Rudy heeft kunnen regelen. Lekker ruim met in het midden een mooi hemelbed. Aan weerszijden staan nachtkastjes van mooi, donker hout met versiersels. Er is een aparte zitkamer, waar een grote, zachte bank staat en twee fauteuils. Als ik niet zo moe was, zou ik de tijd nemen om er even van te genieten, maar ik kan mijn ene voet bijna niet meer voor de andere krijgen en wil alleen nog maar slapen.

Als ik eindelijk in bed lig, piept mijn telefoon weer. Een nummer dat ik niet ken. Daar kijk ik dan morgen wel naar.

Van heel ver weg dringt een snerpend geluid door. Geïrriteerd bedenk ik dat ik wil dat het stopt, maar dat gebeurt niet. Ik maai wat met mijn hand heen en weer.

Dan ineens is het geluid weg en zak ik weer gelukzalig weg. Maar het begint opnieuw en lijkt wel harder te klinken.

Heel langzaam open ik mijn ogen. Het is licht om me heen. Even denk ik dat ik thuis ben, maar dan realiseer ik me dat ik me in een hotelkamer bevind en dat het vervelende geluid de telefoon naast het bed is. Ik reik ernaar met één hand, maar mis de hoorn. Het hele apparaat valt op de grond. Het gerinkel stopt. Een stem ver weg roept 'hallo'. Daarna: 'Sara?'

Ik vis de hoorn van de grond. 'Ja?'

'Hé slaapkop, het is al half acht. Ga je mee zwemmen?'

Ik vermoed dat het Rudy is. 'Zwemmen? Nee, man.'

'Oh, doe niet zo saai. We gaan met z'n allen naar het strand. De taxi is er al bijna.'

Ik hoor aan zijn stem dat hij dronken is en weet zeker dat hij net uit de bar is gerold. Ik weet niet wie 'wij' zijn, maar ik vermoed dat het hele clubje lazarus is.

'Ga maar zonder mij. Tot later.'

Ik hang op en wrijf de slaap uit mijn ogen. Half acht pas. Ik draai me nog een keer om, maar hoe ik het ook probeer, ik kan de slaap niet meer vatten. Dan die ongelezen sms maar eens bekijken.

Hoi, ik vroeg me af hoe het met Anouk is. Als ik een keer op Max moet passen, bel me dan. René

Suf kijk ik naar de tekst. René? Ik ken helemaal geen René.

Dan begint me iets te dagen. Oh, díé René. Mijn god, hoe komt die aan mijn nummer? Echt niet dat ik hem een berichtje terug ga sturen. Hernieuwd contact met iemand die ik jaren geleden al een saaie sok vond, daar zit ik niet op te wachten.

Ik kom uit bed en ga op de stoel voor het raam zitten. Normaal gesproken ben ik dol op Kaapstad, maar het gevoel dat ik in Nederland zou moeten zijn knaagt aan me. Anouk heeft er alleen niets aan als ik hier ga zitten piekeren. Ik moet de stad in gaan en shoppen, dan voel ik me straks vast vrolijker.

Net als ik wil gaan douchen wordt er op de deur van mijn kamer geklopt. Ik trek snel een badjas aan over mijn zijden nachthemdje en doe open.

Voor de deur staat de copiloot die gisteren al de hele tijd naar me keek. Ik kan niet zeggen dat hij geen moeite heeft gedaan: hij draagt een dienblad met daarop broodjes, croissantjes en verse sapjes. Op de grond staat nog een dienblad met koffie en thee en gekookte eieren.

Het ziet er niet slecht uit allemaal. 'Kom binnen, eh...'

'Harm.'

'Kom binnen, Harm. Ik ben trouwens Sara.'

Zelfverzekerd stapt hij langs me heen de kamer in. 'Dat weet ik.'

Ik weet nog niet of ik zijn doortastende manier van doen leuk vind, maar ik heb wel trek. Ik doe de deur dicht en ga op het bed zitten, mijn benen over elkaar geslagen. Harm heeft de dienbladen op het bed gezet en draait nu een van de fauteuils om die in het slaapgedeelte voor het raam staan. Hij gaat zitten en kijkt naar mij terwijl ik aan een croissantje begin te knabbelen.

'Had je geen zin om te zwemmen?' vraagt hij.

'Ik had geen zin om met een stelletje dronkenlappen op stap te gaan. En ook niet om eerst op zoek te gaan naar de vaste dealer, omdat ze anders het dagje strand niet volhouden.'

Harm grijnst. Er valt een krul over zijn voorhoofd, die hij met een nonchalant gebaar wegveegt. 'Snap ik.'

Ik pak de afstandsbediening en zet de televisie aan. Het Afrikaanse nieuws wordt voorgelezen. Het blijft een geinige taal en ik probeer het rappe gepraat van de nieuwslezeres te volgen.

Harm kijkt ook naar het scherm. Af en toe werp ik een blik op hem.

Het donkerblauwe pilotenuniform kan veel doen voor de uitstraling van een man. Van sommige piloten blijft zonder uniform maar weinig over, maar van Harm wel. Hij draagt een lichtroze polo en een zorgvuldig uitgekozen, nonchalant versleten spijkerbroek. Daaronder oude sneakers met halve sokjes. Die vind ik gruwelijk, maar ik zou het hem kunnen vergeven.

Als hij zijn blik losmaakt van de televisie en op mij richt, kijk ik snel weg. Hij staat op en gaat naast me zitten. Hij pakt een broodje, dat hij tussen zijn handen heen en weer laat gaan. Hij plukt er kleine stukjes af, die hij op het bord laat vallen.

'Wat ga je vandaag doen?' vraag ik.

Hij haalt zijn schouders op. 'Ik heb nog geen plannen. Kaapstad heb ik al zo vaak gezien. Jij?'

'Ik weet het ook nog niet. De vorige keer dat ik hier was, heb ik een paar leuke tentjes ontdekt in het centrum. Misschien ga ik daar straks even naartoe.'

Ik vraag hem bewust niet om mee te gaan. Als ik ergens allergisch voor ben, zijn het collega's die verwachten dat anderen ze op sleeptouw nemen.

Harm knikt. 'Klinkt leuk. En vanavond ga je zeker ook naar het feest op de vierde?'

'Welk feest?'

'Rudy schijnt het te regelen met wat mensen. Hij kent de halve stad, als je het mij vraagt. Hij zei dat hij je nog zou uitnodigen.'

'Ik zie wel.'

'Sjonge jonge, echt gezellig ben je niet, hoor.'

Ik kijk Harm onderkoeld aan. 'Sorry?'

'Nou, ik heb goede verhalen over je gehoord, maar ik vind je nu nogal ongezellig.'

Ik neem mijn laatste slok thee. 'Moet je niet weer eens gaan?'

'Hoezo?' Harm trekt één wenkbrauw op. 'Had je geen andere plannen?' Zijn hand reikt naar de ceintuur van mijn badjas.

Ik pak de hand en duw hem terug. 'Bedankt voor het ontbijt, Harm. Heel attent van je.'

Daarna sta ik op en loop naar de badkamer om een douche te nemen. Nog voor ik de kraan opendraai, hoor ik de deur van mijn kamer met een knal in het slot vallen.

5

'HOU OP', MOMPEL IK ALS IK EINDELIJK IN MIJN AUTO ZIT
en heel even mijn ogen sluit. Maar rust is me niet gegund,
mijn telefoon gaat.

Uiteindelijk vis ik hem uit mijn tas en neem op.

'Sara.'

'Hé Saar, met Chantal!'

Mijn gezicht klaart op. Hoewel Chantal en ik al jaren
bevriend zijn, heb ik haar al een tijd niet meer gesproken.
Ze heeft de afgelopen tijd al een paar keer geprobeerd me
te bereiken, maar ik had nog niet de moeite genomen terug te bellen. Ze lijkt er niet echt mee te zitten. 'In welke
uithoek van de wereld bevind jij je?' vraagt ze.

'Schiphol.'

Ze lacht. 'Heel avontuurlijk. Ga je weg of kom je terug?'

'Ik kom net uit Kaapstad. Wat een rampvlucht.'

'Oh ja?' vraagt ze. 'Veel turbulentie of zo?'

Ik moet toegeven dat de nachtvlucht vanuit Kaapstad een van de rustigste is die ik ooit heb meegemaakt. Vrijwel alle passagiers sliepen een uur na het opstijgen en werden een uur voor het landen wakker. Eén huilend kind en een nogal dronken man in de business class, verder geen enkel probleem. Het was mijn eigen toestand die me parten speelde. Het feestje op de vierde was nogal een succes. Om negen uur 's ochtends rolde ik beschonken mijn bed in. Er is een grens aan wat aspirientjes kunnen doen.

'Zoiets, ja. Ik ben in elk geval blij dat ik bijna thuis ben.'

'Heb je zin om morgenavond te komen eten?'

Ik wil eigenlijk zo veel mogelijk tijd vrijhouden voor Anouk, maar ik wil Chantal niet weer afwijzen. 'Heb je iets te vieren?' vraag ik ontwijkend.

'Nee, maar ik heb je al zo'n tijd niet meer gezien. Ik kan Isa ook vragen, als je dat leuk vindt.'

Isa is een andere goede vriendin. Ik ben de schakel tussen Isa en Chantal, die elkaar niet zo vaak zien als ik er niet bij ben. Het zijn dan ook twee tegenpolen. Dat ze aanbiedt Isa uit te nodigen, zegt iets over hoe leuk ze het vindt als ik kom.

'Dat lijkt me erg gezellig', zeg ik dus maar. 'Hoe laat?'

'Uurtje of zeven?'

'Oké, tot morgen.'

Ik hang op. Meteen gaat mijn telefoon weer. Het is mijn moeder.

'Hoi mam.'

'Dag lieverd, waar ben je?'

'In de auto. Ik rij nu naar huis.'

'En ga je dan door naar het ziekenhuis?'

'Ja, als dat kan.' Eigenlijk wil ik slapen, maar ik wil ook mijn zus zien. 'Hoe laat is het bezoekuur?'

'Oh, dat maakt niet uit', zegt mijn moeder. 'Ik heb de verpleging uitgelegd dat jij je niet altijd aan de bezoektijden kunt houden. Dat vonden ze geen probleem.'

'Oké, dan ben ik er over een uur.'

'Mooi. Als je dan aan het eind van de middag weer thuis bent, breng ik Max naar jou.'

'Naar mij? Hoezo?'

'Omdat Frank vanavond komt en we samen naar Anouk gaan. Morgen rijden we terug naar huis, want Frank moet 's middags werken. Maar ik zorg dat we er overmorgen weer zijn, in het weekend.'

'En Max dan?'

'Jij bent er toch?'

'Ja, maar ik... Kun je hem niet meenemen?'

'Nee, hij moet naar school. Maar je hoeft je geen zorgen te maken. Als jij weer moet vliegen, dan zorg ik voor hem.'

'Nee, maar...'

'Lieverd, tot straks!'

Ik smijt de telefoon in mijn tas. Ik kan morgenavond niet eens.

Twintig minuten later ben ik thuis. Ik parkeer mijn koffer in de slaapkamer, trek mijn jas uit en zet de Senseo aan. Ik heb koffie nodig om op de been te blijven. Vanavond wil ik lekker in bad en dan vroeg slapen. Wie kan daar een kleuter bij gebruiken? En waarom zou Max niet een paar dagen school kunnen missen, zodat hij met mijn moeder mee kan. Hij is pas vier. Wat doen ze dan de hele dag? Een beetje vingerverven? Het is heus niet zo dat hij door mijn toedoen straks niet kan klokkijken of rekenen.

Bij het aanrecht drink ik mijn koffie op. Ik zet meteen nog een kop. De cafeïne heeft een licht verhelderend effect, net genoeg om te zorgen dat ik niet staand in slaap val. In de slaapkamer verruil ik mijn stewardessenuniform voor een spijkerbroek, een vest en Uggs. Het is koud en ik haat oktober. Wat moet Nederland deprimerend zijn als je niet af en toe naar een zonzekere bestemming vliegt. Ik trek mijn jas aan en ga op weg naar het ziekenhuis.

Bij de receptie vraag ik Anouks kamernummer. Ze ligt niet meer op de intensive care, heb ik van mijn moeder gehoord, en gelukkig heeft ze ook wat minder pijn. Maar toch ben ik bang voor hoe ik mijn zus zal aantreffen. Als ik de kamer heb gevonden, kijk ik voorzichtig om de hoek. Er staan vier bedden, waarvan er twee bezet zijn.

Anouk ligt bij het raam. Ik slik. Ze ziet er nog zieker uit dan ik had verwacht. Naast haar bed staat een soort kapstok met daaraan meerdere zakjes. Vanuit die zakjes lopen slangetjes naar een infuusnaald in haar hand. Ze lijkt ontzettend mager in dat grote bed, net of ze elk moment doormidden kan breken. Ze heeft haar ogen dicht. Ik durf bijna niet naar binnen te gaan, maar je kunt ook moeilijk in de deuropening blijven staan.

Ineens ben ik bang dat ze dood is. Zoals ze daar ligt, zwak en stil, zou ze net zo goed gestopt kunnen zijn met ademen. Net als ik paniek vol opkomen, doet ze gelukkig haar ogen open.

Een beetje verdwaasd kijkt Anouk ze om zich heen. Maar dan krijgt ze mij in het oog en verschijnt er op haar bleke gezicht iets wat waarschijnlijk voor een glimlach moet doorgaan.

'Hé, Nouk', zeg ik zachtjes. Ik buig voorover en geef een kus op haar wang. Ze voelt warm aan.

'Hé', fluistert ze terug.

Ik pak een stoel en ga naast het bed zitten. 'Hoe voel je je?'

'Kon beter.'

'Heb je nog pijn?'

Anouk kijkt naar de zakjes aan de kapstok. 'Dankzij de morfine niet echt. Ik voel me alleen heel vaag, maar dat hoort erbij.'

'Hoe ging de operatie?'

Mijn zus wendt haar blik af. 'Ze hebben de tumor verwijderd. En mijn borst. Ik durf niet te kijken, maar volgens de zusters ziet het er best oké uit.'

Anouk moet na elke zin even ademhalen. Ze praat langzaam en zacht... Ik moet mijn best doen om haar te verstaan.

'Dat is toch goed nieuws?' probeer ik de moed erin te praten.

Anouk reageert nauwelijks.

Misschien kan ik het onderwerp 'operatie' beter later rusten.

'Wacht. Ik heb iets voor je.' Uit mijn tas haal ik een plat pakje dat ik uit Zuid-Afrika heb meegenomen. Er zit een kleurige sjaal, die ze zowel om haar nek als om haar hoofd kan dragen. Afrikaanse vrouwen dragen hem ook als hoofdversiering en hopelijk kan dit het leed dat kaal hoofd heet een beetje verzachten.

'Wat mooi, dank je wel', zegt Anouk als ze het met moeite heeft opengemaakt.

Ik wil iets positiefs zeggen om haar op te vrolijken. In een opwelling zeg ik: 'Het leuke is dat je hem ook om je hoofd kunt dragen, voor als je straks kaal bent. Dan zie je er prachtig uit.'

Terwijl ik het uitspreek, realiseer ik me dat ik een grote fout heb gemaakt. Anouks gezicht betrekt.

Ik pak haar hand en zeg: 'Shit, sorry. Zo bedoelde ik het helemaal niet. Ik wilde je niet van streek maken, maar... Shit, wat stom van me. Misschien word je wel helemaal niet kaal!'

Anouk doet haar best om niet te huilen. 'Nee, hij is prachtig', zegt ze dapper. 'Lief van je.'

Ik pak de sjaal uit haar hand en leg die op het nachtkastje. Opnieuw verander ik van onderwerp. 'Het gaat goed met Max.'

'Echt waar?' vraagt ze zacht. 'Julia is weg, hè?'

Dat heeft mama haar dus verteld. 'Ze is zelfs nooit komen opdagen. Maar goed, mama is er.'

'En jij.'

Daar gaan we weer. Begrijpt niemand dat er in mijn leven echt geen ruimte is voor een kind?

'Ja', zeg ik. 'En ik.'

Gelukkig is het huis nog heel even van mij alleen als ik thuiskom. Ik laat me op de bank vallen en kijk tevreden om me heen. Geen speelgoed, geen kinderschoenen, geen tekenpapier, geen kind. Heerlijk. Maar ik zit nog maar net of de bel gaat. Met een zucht loop ik naar de intercom om de deur te openen. Dan klinkt er gestommel op de trap.

Mijn moeder komt binnen, met Max achter zich aan. Ze slaat haar armen om me heen en geeft me een kus. 'Dag schat. Wat fijn dat je er weer bent.'

Max zegt niets en blijft zo dicht mogelijk bij zijn oma in de buurt.

'Wil je iets drinken?' vraag ik haar.

'Nee, ik ga meteen weer. Frank is bijna bij Anouks huis. We willen even snel eten en dan naar het ziekenhuis. Overmorgen ben ik er weer.'

'Ja, daarover gesproken, kun je niet morgenavond komen? Ik moet namelijk weg.'

Mijn moeder kijkt alsof ik iets heel geks heb gezegd. 'Moet je weg? Je wist toch dat Max zou komen?'

'Ik dacht dat jij zou oppassen.'

'Als jij er niet bent, ja. Maar nu ben je weer in Nederland. Waar moet je heen dan?'

'Chantal', zeg ik nukkig. 'Ik heb haar in geen tijden gezien.'

Mijn moeder slaakt een zucht en kijkt me een beetje vermoeid aan. 'Kun je dat niet verzetten? Met Max erbij kun je niet 's avonds afspreken.'

Zoveel is inmiddels wel duidelijk, ja.

'Hij kan toch met jou mee?' probeer ik. 'Ze begrijpen op school heus wel dat hij een dagje niet komt nu zijn moeder ziek is.'

'Nee, dat kan niet. Het is beter voor hem om zijn gewone ritme aan te houden, dat zeggen ze op school ook.'

Ik zal iets nieuws moeten bedenken. 'Hij blijft tussen de middag toch over?'

'Alleen op de dagen dat Anouk werkt, maar dat is nu niet aan de orde. En trouwens, hij is morgenmiddag vrij.'

'Vrij?' echo ik.

'Ja, de kleuters hebben geen school op vrijdagmiddag. Ik dacht dat je dat wist.'

Wilde ik net mijn afspraak met Chantal en Isa omzetten naar een lunchdate, blijkt zelfs dát niet meer te kunnen. Kriegelig zeg ik: 'Dat overblijven gaan we weer invoeren.'

Mijn moeder draait zich naar Max toe. 'Dag schattebout, zul je lief zijn?'

Max geeft geen antwoord. Dat voorspelt niet veel goeds. Gelaten ondergaat hij de afscheidsknuffel. Pas daarna ben ik aan de beurt. Ik krijg een kus van mijn moeder en een kneep in mijn arm. 'Succes, schat. Bel maar als er iets is, hè.'

'Mam!' Als mijn moeder aanstalten maakt om de deur uit te lopen, krijg ik het ineens benauwd.

Ze draait zich een beetje verbaasd om.

Ik kijk naar Max, trek de deur van de gang dicht en zeg op gedempte toon: 'Ik bel morgen die school wel op. Het gaat maar om één ochtendje! Je kunt hem toch wel meenemen?'

'Saar, kom op. Dat gaat niet.'

Ik zucht geërgerd. 'Ik weet niet eens hoe ik voor een kind moet zorgen. De vorige keer dat ik hem te eten gaf, krijste hij alle bij elkaar.'

'Er staat eten in je koelkast.'

'Maar dan nog!'

Mijn moeder houdt haar hoofd schuin. 'Je redt het echt wel. Maak je nou maar niet zo druk. Succes, lieverd.'

En weg is ze. De buitendeur valt achter haar dicht.

Max heeft inmiddels Scoop uit zijn tas gehaald en zit op de grond te spelen.

'Ik heb honger', verkondigt hij.

Ik trek de koelkast open. Er staan twee borden in met vershoudfolie eroverheen. Mama heeft er een briefje op geplakt met de mededeling dat het tagliatelle met bolognesesaus is en dat het zeven minuten in de magnetron moet. Mijn combimagnetron zit ingebouwd onder het fornuis, wat Max de gelegenheid geeft om op de grond te gaan zitten kijken hoe de borden ronddraaien.

Ik kijk liever televisie. De stem van Albert Verlinde schalt door de kamer. Dan piept de magnetron. 'Klaar!' roept Max.

Hij trekt het deurtje open en net voordat zijn hand in het apparaat verdwijnt, schreeuw ik: 'Niet doen!'

Max schrikt en begint meteen te huilen.

Zelf ben ik ook geschrokken en in plaats van hem te troosten, roep ik: 'Je moet uitkijken, Max! Dat is hartstikke warm!'

Natuurlijk troost dit hem niet en hij begint nu echt te krijsen. Zijn gezicht is rood en nat van de tranen. Misschien heb ik een beetje overdreven gereageerd.

'Sorry, Max', zeg ik iets rustiger. 'Maar je moet uitkijken.'

Ik til hem op. Hij klampt zich helemaal aan me vast. Ik bedenk hoe we eruit moeten zien met z'n tweetjes. Ik zit met Max opgescheept, maar hij natuurlijk net zo goed met mij. Ik zou hem een tante gunnen die wist hoe ze met hem moest omgaan en die het logeerpartijtje tot een feest wist te maken, maar hij moet het met mij doen. En ik heb geen flauw idee hoe lang nog.

6

DE KLEUTERJUF ZIET ERUIT ALSOF ZE ZO METEEN EEN potje gaat zitten huilen. 'Ik vind het zo erg voor je', zegt ze. 'En voor Maxje natuurlijk. Het is zo oneerlijk.'

'Ja', zeg ik, terwijl ik iets probeer te bedenken om op een fatsoenlijke manier zo snel mogelijk van haar af te komen.

Dit is al de zoveelste keer dat dat mens me aanspreekt. En elke keer gaat haar repertoire niet veel verder dan 'ik vind het zo erg'. Wat heb ik eraan?

Max zoekt zijn rugtasje in een krat die vol met tassen zit. Overal krioelen kinderen. In het klaslokaal ruikt het naar Yoki Drink.

Mijn belaagster wil me nog niet laten gaan. Ze pakt mijn hand vast en geeft er klopjes op. 'Als we iets voor je kunnen doen, moet je het zeggen.'

'Natuurlijk.' Ik trek mijn hand terug. 'Heel vriendelijk, bedankt. Max, ga je mee?'

'Maar hoe ís het met haar? Vertel eens.'

'Het gaat goed. Ze is geopereerd. Nu moet ze herstellen voor ze aan haar chemokuur mag beginnen.'

'En heeft ze haar borst nog?'

Mijn god. Kan ze zich niet lekker met haar eigen zaken bemoeien in plaats van met de borsten van mijn zus?

Onwillig schud ik mijn hoofd. 'Nee. Max, kom! Dan gaan we.'

'Oh, wat vreselijk.' Ze slaat een hand voor haar mond. 'Het lijkt me zo erg om je borst te moeten missen. Het is zo veel meer dan gewoon een lichaamsdeel, hè.' Ze pakt haar eigen flinke cup F vast alsof ze even wil controleren of alles nog op zijn plek zit.

'Nou, zeker. Eh, Max, heb je je tas? Dan gaan we. Doeg!'

Ik vlucht het klaslokaal uit. De juf staat nog steeds met haar borst in haar hand. Ik haal opgelucht adem als we eindelijk buiten zijn.

'Oh, Max, is dat je tante? Sjonge jonge, hoe is het nu met Anouk?' Er komen twee moeders op me af. Ze trekken hun kinderen mee, allebei jongens van Max' leeftijd.

'Sorry, ik heb geen tijd', zeg ik. Ik til Max op de fiets en rij snel weg.

'Waar gaan we heen?' vraagt Max.

'We gaan naar de stad, lunchen met Chantal en Isa, maar die ken je niet.'

'Mag ik Scoop?'

'Nee, dat kan niet, want Scoop is thuis.'

'Maar ik wil hem.'

Ik werp een blik naar achter. 'Nou Max, dat lijkt me niet de bedoeling. We gaan naar een restaurant en daar mogen geen graafmachines komen.'

'Hij moet mee!'

'Max, als we terugkomen mag jij weer met Scoop spelen.'

Max' gezicht loopt rood aan. 'Nee, hij moet mee!'

Ik heb geen zin in zulke toestanden in het restaurant. Dus heb ik niet veel keus.

'Oké', zucht ik. 'Hij mag mee. Kom, dan gaan we hem halen.'

Het lijkt wel een toverspreuk. Max begint direct het deuntje van Bob de Bouwer te zingen, ook al kent hij nog niet de helft van de tekst. De rest vult hij aan met gehum of eigen verzinsels. Ik trap harder, omdat ik nu vijf straten moet omfietsen. Ik zet de fiets in het rek, laat Max in het zitje en race naar boven. Waar ligt dat pokkeding?

Ik vind de graafmachine uiteindelijk onder de bank. Het is één uur, we hadden al in het restaurant moeten zijn. Snel ren ik naar beneden en duw Max zijn speelgoed in handen. Hij zegt niet eens dank je wel.

Als we weer op weg zijn en ik met driftige gebaren trap, hoor ik een stemmetje achter me. 'Ben jij boos, tante Sara?'

Ik ben inderdaad boos. Ik ben boos dat ik niet gewoon met mijn vriendinnen kan eten, maar dat ik met een klein kind naar de stad moet. Ik ben boos dat mijn moeder, die met vervroegd pensioen is, niet hier kan blijven om op Max te passen, maar morgen naar de andere kant van het land rij met de man die niet eens mijn vader is. Ik ben boos dat ik te laat ben en vooral ben ik boos dat mijn zus, mijn mooie, sterke zus, hier niet zo ver vandaan in een ziekenhuis ligt met een ernstige ziekte, wat oneerlijk is, want onze familie heeft al iemand verloren en nu is het de beurt aan een ander.

Maar dat kan ik natuurlijk niet tegen Max zeggen. Dus minder een beetje vaart, draai me half om, leg mijn hand op zijn hoofd en zeg: 'Nee Max, ik ben niet boos. Ik vind het leuk dat we samen op pad gaan.'

Het is de eerste keer vandaag dat ik me niet aan hem erger. Hij knikt tevreden en werpt een gelukzalige blik op Scoop, die voor hem in het zitje geklemd zit.

'Heb je niet gewoon een boterham met pindakaas?' Ik begin een beetje wanhopig te worden.

Het meisje haalt haar schouders op. 'Ik zal het even aan de kok vragen.'

'Hij lust niet zo veel', zeg ik verontschuldigend. Chantal en Isa knikken, hoewel ze geen kinderen hebben en er dus waarschijnlijk geen snars van begrijpen. Maar ze lijken het wel leuk te vinden dat Max er is en dat scheelt een hoop.

Max zit bij Chantal op schoot en heeft haar net ingewijd in alle geheimen van Scoop en zijn vrienden. Ze heeft het zelfs voor elkaar gekregen dingen te onthouden, wat Max prachtig vindt. Als ze een paar dingen door elkaar haalt, legt de kleine schoolmeester het geduldig nog een keer uit.

Ik heb mijn vriendinnen net verteld dat mijn zus ziek is. Ze kennen Anouk en willen precies weten hoe het nu met haar gaat.

'Ze krijgt waarschijnlijk volgende week haar eerste chemokuur', vertel ik. 'En dan krijgt ze er nog vijf. Als die zijn afgelopen, is alle kanker uit haar lichaam verdwenen en kan ze aan het herstel beginnen. Dat gaat niet van de ene op de andere dag, omdat chemo alles kapotmaakt. Ook de goede cellen. Ze zal er dus nog lang last van hebben, maar uiteindelijk wordt Anouk weer helemaal beter.'

'Dat is al zeker?' vraagt Chantal.

Ik werp een blik op Max. Mama, Anouk en ik hebben afgesproken dat we de waarheid voor hem verborgen houden en dat vind ik een prachtig idee, ook voor anderen. Ik heb geen zin om Chantal en Isa te vertellen dat het niet honderd procent zeker is dat Anouk beter wordt. Dan gaan ze alleen maar allerlei conclusies trekken en dat kan ik nu echt niet gebruiken.

'Ja, dat is wel zo goed als zeker', lieg ik dus. 'Het ziet er allemaal heel goed uit.'

Chantal aait Max over zijn kruin. 'Gelukkig maar. Ook voor hem, natuurlijk.'

'Ja, dan kan hij weer lekker naar huis.' Ik trek een gezicht. Alleen Chantal ziet het.

'Hoezo?'

'Ik ben gewoon niet gemaakt voor een bestaan als moeder.' Ik zou haar graag meer vertellen, maar als hij wil begrijpt Max een hoop en hij luistert geïnteresseerd mee. Gelukkig heeft Chantal aan een half woord genoeg.

'Ja, het zal wel even flink wennen zijn.'

'Ik weet gewoon niet wat ik moet doen. Ik weet niet wat ze eten, hoe laat ze slapen, hoe ik ze moet vermaken, ik weet niets.' Als ik in het meervoud spreek, merkt Max vast niet dat we het over hem hebben.

Chantal knikt begrijpend. 'Maar je zult er vanzelf wel achter komen, toch?'

Ik zucht. 'Ja, vast.'

Ineens steekt ze haar vinger in de lucht en roept: 'Tun-Fun! Daar moet je heen!'

'Wat?'

Chantal leunt een beetje naar voren. 'TunFun. Dat is een of andere speeltuin in het centrum, onder de grond. Mijn broer gaat daar altijd heen met z'n kinderen.'

'Ik weet het niet, hoor.'

'Kinderen vinden het prachtig.'

'Ik zal het onthouden', beloof ik, vooral om er vanaf te zijn.

'Mevrouw?' De serveerster is terug. 'We hebben geen pindakaas in huis. Iets anders dan maar?'

Ik sla de kaart nog een keer open en verzucht: 'Doe dan maar zo'n broodje met oude kaas, maar dan zonder sla en ook zonder ei. Alleen brood en kaas. En zelf wil ik graag de salade met ossenhaas.'

Chantal en Isa bestellen ook, de serveerster neemt de menukaarten mee.

Nu maar hopen dat Max kaas lust. Hij heeft een rijtje met dingen die hij echt niet eet, maar ik kan me niet herinneren of kaas daar op staat. Leverworst in elk geval wel, en broccoli ook.

Max klautert van Chantals schoot en trekt aan mijn blouse. 'Zullen we gaan?'

'Maar we zijn er net. We gaan eerst nog eten.'

'Ik wil naar huis.'

Ik til hem op schoot. 'We gaan straks weer naar huis. Waarom ga je niet even op de grond met Scoop spelen?'

Maar er is nergens plek. De tafeltjes staan zo dicht op elkaar dat Max geplet zou worden als iemand z'n stoel naar achteren schuift.

'Ik vraag wel of ze tekenpapier en stiften hebben', zegt Chantal en ze loopt weg.

Isa kijkt haar met grote ogen na. 'Volgens mij wil ze een kind.'

'Zou je denken? Volgens mij is Richard daar nog helemaal niet aan toe.'

'Nee, maar Chantal wel.'

Waarschijnlijk is Isa gewoon jaloers op Chantals slanke lijn en hoopt ze daarom dat Chantal zwanger raakt en voor altijd haar figuur verliest.

'Hoe staat het eigenlijk met jouw liefdesleven?'

Isa grijnst. 'Goed. Ik heb de nodige projectjes lopen. Eén daarvan begint aardig serieus te worden, wat betekent dat ik misschien met de andere twee moet stoppen en ik weet nog niet of ik dat wil.'

Ik schiet in de lach. Sinds Isa in de puberteit het verschijnsel 'jongen' ontdekte, heeft ze al 'projectjes lopen', zoals zij dat noemt. Het komt erop neer dat ze date met meerdere mannen tegelijk en soms, als iets uitloopt op meer dan twee dates en de belofte echt nog eens te bellen, stopt met de anderen en verdergaat met één. Vooralsnog is er nooit een relatie uit voortgekomen die langer duurde dan een halfjaar, en dat ligt voor honderd procent aan Isa. Een leek kan zien dat ze lijdt aan bindingsangst.

'En jij?' vraagt ze, kennelijk niet van plan me meer te vertellen over wat 'aardig serieus' precies inhoudt. Ze houdt ons graag op de hoogte van haar avontuurtjes, zolang ze maar vrijblijvend zijn. Zodra een man deze fase overleeft en langer blijft hangen, wordt ze zo gesloten als een oester. Mij best.

'Niets bijzonders', zeg ik. 'The usual.' Isa weet wat dat betekent en stelt verder geen vragen.

Chantal komt terug met een wit vel en een grote, zwarte merkstift. 'Hier Max, maak maar een mooie tekening.'

Dat ziet mijn neefje wel zitten. Hij laat zich van mijn schoot glijden om op die van Chantal te klimmen. Zij overhandigt hem de stift en hij begint in het wilde weg krassen en rondjes te maken. Wat het moet voorstellen blijft onduidelijk, maar hij is zo ingespannen bezig dat zijn tong een stukje uit zijn mond steekt.

'Hoe is het op je werk?' vraag ik aan Chantal.

'Goed, hoor. Ik heb een gesprek gehad met mijn manager en als ik zo blijf functioneren, kan ik volgend jaar misschien accountmanager worden.'

Ik heb nooit begrepen wat Chantal leuk vindt aan haar baan. Ze zit voornamelijk op kantoor of in de auto en moet bedrijven dingen aansmeren die ze niet nodig hebben. Maar ja, ieder zijn ding.

'En met Richard?' vraag ik.

'Alles goed. Vrienden van ons gaan trouwen en ik hoop dat hij geïnspireerd raakt. Maar vooralsnog heeft hij geen woord gezegd.'

'Vraag hem dan zelf, als je zo graag wilt trouwen', zegt Isa.

Ik weet nooit zo goed wat ik van Richard moet vinden. Hij is wel aardig, maar lijkt over het algemeen vooral met zichzelf bezig te zijn en niet met Chantal. Isa heeft een hekel aan hem, sinds hij een keer een opmerking over haar figuur heeft gemaakt.

Chantal rolt met haar ogen. 'Natuurlijk ga ik hem niet zelf vragen. Sorry hoor, maar ik ben echt ouderwets in die dingen. Hij moet míj vragen, zo hoort het.'

Isa staat op. 'Ik ga naar de wc.' Ze beent weg.

'Nou zeg, wat heeft zij ineens?'

Chantal haalt haar schouders op. 'Ze heeft het niet zo op kinderen, denk ik. Ze zei dat ze het maar raar vond dat je Max meenam terwijl jullie elkaar al bijna nooit zien, waarop ik zei dat je vast niet anders kon en daar was zij het dan weer niet mee eens.'

'Aha.'

'Ik vind het wel gezellig', zegt Chantal. Ze babbelt met hem over zijn tekening. Ik ben een beetje ontdaan over Isa's gedrag, en vooral over wat Chantal net heeft verteld. Misschien was Chantal altijd al een betere vriendin dan Isa, bedenk ik. Bij Isa gaat het voornamelijk over háár.

Chantal kijkt me onderzoekend aan. 'Is er iets?'

'Nee, hoor.' Ik tover een glimlach op mijn gezicht. 'Niets aan de hand.'

'Maak je niet druk over Isa. Die draait wel weer bij.'

Ik knik maar eens.

'Is het eten er nog niet?' vraagt Isa als ze terugkomt.

De serveerster komt het net brengen. Max inspecteert vol wantrouwen zijn broodje met kaas, maar als Chantal een stukje afsnijdt en dat in zijn mond stopt, eet hij het braaf op. Ik realiseer me dat mijn vriendin het kinder-gen heeft dat ik mis. Ze krijgt het voor elkaar om Max zonder mokken het hele broodje te laten opeten.

Isa ziet het misprijzend aan. Max eist veel aandacht op, vooral van Chantal. Als ze haar bord leeg heeft, legt ze haar bestek eroverheen en vraagt: 'Heb je geen oppas?'

Alsof ik nog niet op dat idee was gekomen. 'Nee. Sorry dat ik hem heb meegenomen, maar er is geen school op vrijdagmiddag.'

'Ach, wat maakt het uit', zegt Chantal. 'Sara kan er toch ook niets aan doen?'

Max kiest net dat moment uit om van de schoot van Chantal te klimmen en een rondje rond de tafel te lopen. Hij ziet de met volle vaart naderende ober niet aankomen. We springen alle drie van schrik overeind als het dienblad met daarop drie cappuccino met een hoop gekletter op de grond landt. De koffie vliegt in het rond. 'Godverdomme!' klinkt het luid door het restaurant. 'Kun je niet uitkijken?'

Te midden van de chaos staat Max met een trillende onderlip beteuterd te kijken. Er zit koffie op zijn shirt. Als het ineens helemaal stil is en alle ogen zich op hem richten, rent hij naar mij toe en klampt zich vast aan mijn been. Hij begraaft zijn gezicht tegen mijn dij en begint hard te huilen. Ook dat nog.

Ik kijk de ober aan, die terugkijkt met een gezicht als een donderwolk. 'Sorry,' stamel ik, 'ik wilde niet... Ik bedoel, hij zag u niet...'

De man aan de tafel achter ons bemoeit zich er nu ook mee. 'Stomme muts, kun je die tapijtschuiver van je niet bij je houden?'

Ik reageer niet. Mopperend begint de ober de rommel op te ruimen. De gasten in het restaurant verliezen hun aandacht en draaien zich weer om. Ik ga ook weer zitten en neem Max op schoot. Mijn vriendinnen zijn stil.

'Iemand koffie?' vraag ik opgewekt.

Isa schudt haar hoofd. 'Ik moet gaan. Hier is twintig euro. Doei.' Ze plant snel een kus op mijn wang en ook een in de buurt van Chantals gezicht en is dan vertrokken. Het zou best eens een tijdje kunnen duren voor ik haar weer zie.

7

'S NACHTS SLAAP IK SLECHT. MAX HAALT ZWAAR ADEM
en houdt me wakker. Ik probeer het geluid te negeren,
maar dat lukt niet. Ik weet niet waarom, maar ik moet de
hele tijd aan papa denken. Hoe zou hij hebben gereageerd
op Anouks ziekte? Waarschijnlijk rustig en bedachtzaam,
zoals hij was. Ik denk dat hij elke dag aan Anouks bed zou
hebben gezeten, waarschijnlijk zonder veel te zeggen.

Ik wilde het eerst niet geloven, dat hij dood was. Mama
vond hem 's ochtends naast zich in bed, al helemaal koud.
Tijdens zijn slaap was hij overleden aan een hartaanval. Ik
weet nog steeds niet hoe mama het voor elkaar heeft gekregen om rustig te blijven, maar ze heeft de dokter gebeld terwijl Anouk en ik nog sliepen. Hij was er al toen mama uit de
slaapkamer kwam en ons meenam naar beneden. Ik weet
nog precies wat ze zei, alsof het gisteren pas is gebeurd.

'Sara, Anouk, ik moet jullie iets vertellen.'

Uit de uitdrukking op haar gezicht konden we al opmaken dat het iets heel ergs was. Anouk bleef kalm, maar ik schrok en begon meteen te snikken. Toen trok mama me tegen zich aan en zei: 'Papa is vannacht overleden.'

Ze huilde niet, haar stem trilde niet eens. Ik weet nog dat ik daarom eerst dacht dat het niet waar was, maar meteen daarna bedacht ik dat het wel erg vreemd zou zijn als mama hierover zou liegen. Daarna raakte ik volledig in paniek. Anouk begon zachtjes te huilen, maar ik schreeuwde en schopte en vloog mama bijna aan.

Die dag hoefden we niet naar school, en de dagen daarna ook niet. We zagen papa pas weer toen hij in een kist in het rouwcentrum lag. Toen ze hem in ons huis de trap af droegen, mochten we dat van mama niet zien. Zelf keek ze wel. Toen ze terugkwam in de kamer was ze helemaal wit.

Ik durfde niet naar papa te kijken toen hij in een kist lag, maar Anouk zei dat dit de laatste keer was dat ik papa kon zien en dat ik maar beter wel kon kijken. Ik weet nog steeds niet of ik haar daar dankbaar voor moet zijn of niet. Met trillende knieën ging ik naar binnen en twee minuten later stormde ik weer naar buiten, waar ik moest overgeven op de parkeerplaats voor het rouwcentrum. Ik durfde niet meer naar binnen, maar ik had papa in elk geval nog gezien. Ik verkondigde het later trots tegen iedereen die het maar wilde horen. Maar dat asgrauwe gezicht, die witte handen die gevouwen op zijn buik lagen, het was mijn vader niet. Niet de vader die ik kende.

In de maanden na zijn dood huilde ik elke avond om hem. Eerst waar mama en Anouk bij waren, later alleen. Mama had zelf genoeg verdriet, had Anouk een keer tegen me gezegd. Langzaamaan werd het huilen minder, maar ik miste papa wel. Vooral wanneer de band van mijn fiets lek was, als mijn konijn een gaatje in het gaas van de ren had geknaagd, als we met de auto de weg niet konden vinden, en vooral als ik 's avonds ging slapen en er niemand een verhaaltje kwam voorlezen, zoals hij elke avond had gedaan. Inmiddels gaan er dagen en zelfs weken voorbij dat het gevoel er niet is, maar als er iets gebeurt, zoals nu met Anouk, mis ik papa weer. Ik zou zijn rustige, kalmerende stem willen horen en dan zou ik zeker weten dat alles goed zou komen.

Om half zeven kan ik niet meer slapen en sta ik maar op om koffie te maken. Het wordt een lange dag. Vanavond vlieg ik naar Barcelona en vannacht hoef ik ook niet op al te veel slaap te rekenen. Ik ken inmiddels de leuke adresjes in de stad, en anders zijn er altijd wel collega's die de places to be van het moment weten.

Ik heb me net met koffie en een *Cosmopolitan* op de bank geïnstalleerd als ik Max hoor. Hij is aan het zingen, dus is alles goed. Lang duurt dat niet. Nog geen vijf minuten later stopt het zingen. Ik hoor trippelende voetstapjes op de gang. Max komt de kamer binnen met Beest stevig onder zijn arm geklemd en zijn duim in zijn mond. De *Cosmopolitan* zal even moeten wachten.

'Goedemorgen Max', zeg ik zo opgewekt mogelijk. Hij komt naast me op de bank zitten en kruipt tegen me aan. Zijn natte duim veegt hij af aan mijn nachthemd.

Ik wil opstaan of in elk geval opschuiven, maar hij laat me niet gaan. Ik kijk naar de natte plek op mijn nachthemd.

Max merkt het niet. Hij is nog moe. Hij legt zijn hoofd op mijn schoot en doet zijn ogen dicht. Dat komt goed uit, dan kan ik nog even verder lezen.

Als Max in slaap valt, snurkt hij een beetje. Ik denk dat hij verkouden wordt.

Max slaapt nog een uurtje. Als hij wakker wordt, heb ik het blad net uit.

'Ik ga even douchen, Max.'

'Ik ook!'

'Nee gekkie, jij bent gisteravond nog in bad geweest. Jij hoeft niet te douchen.'

'Ik ook!' Zijn gezichtje betrekt alweer.

'Wil je een dvd kijken?' vraag ik.

Even lijk ik succes te boeken. Max kijkt verlangend naar de televisie. Maar dan zegt hij: 'Nee. Ik wil douchen!'

'Max, dat gaat niet. Ik ga nu even in mijn eentje douchen en jij gaat leuk een dvd kijken. Wat wil je zien? Bob de Bouwer?'

'Bob de Bouwer is stom!'

Ik ben oprecht geschokt dat Max zijn grote held zo makkelijk laat vallen. Hij heeft een vastberaden blik in zijn ogen en ik weet inmiddels dat ik geen schijn van kans maak tegen deze vierjarige. Dus ik zwicht. 'Oké, je mag mee onder de douche. Kom maar, trek je pyjama maar uit.'

Binnen een paar minuten staat Max poedelnaakt in de badkamer te wachten. Ik treuzel een beetje. Het is toch een raar idee om met hem onder de douche te gaan. Ik weet dat Anouk het wel eens doet, maar dat is anders. Max lijkt het niks uit te maken. Hij kijkt geïnteresseerd toe als ik schoorvoetend mijn nachthemd uittrek. Ik gooi het in de was en zet de douche aan. Pas als ik Max eronder heb gezet, trek ik mijn onderbroek uit.

Max neuriet zachtjes en speelt met de shampooflessen, die hij zwemles geeft in het kleine laagje water dat in bad blijft staan. Ik was ondertussen in recordtempo mijn haar en mijn lichaam en zet al na vijf minuten de douche uit. Snel stap ik eronder vandaan en pak een handdoek, die ik stevig om me heen sla.

'Zo, wat hebben we lekker gedoucht, hè Max?'

Hij kijkt op en knikt stralend. Ik wikkel ook hem in een handdoek. Daarna loopt hij naar de kamer, waar hij met Scoop gaat spelen. Ik slaak een diepe zucht en ontmoet mijn eigen blik in de spiegel. Ik begin wallen te krijgen.

Ik kleed me snel aan, borstel mijn haar en doe een beetje mascara op. Dan staat Max alweer aan de badkamerdeur te rammelen.

'Tante Sara, wat gaan we doen?'

'Max, even wachten. Ik ben nog bezig.'

'Ik wil niet wachten.'

Ik pak een spijkerbroek en een trui uit de slaapkamer en laat Max zichzelf aankleden. Dat duurt wat langer, maar hij vindt het leuk en ik heb intussen de tijd om de huiskamer op te ruimen.

Ik kan nog steeds niet geloven dat één kind zo veel rotzooi kan maken. Overal liggen stiften, blaadjes, boekjes en meer spullen die ter vermaak van Max dienen, maar waar hij altijd na een paar minuten op uitgekeken is.

'Tijd voor ontbijt', kondig ik aan als alles min of meer is opgeruimd. Ontbijt is iets nieuws is mijn leven. Als ik uit mijn werk kom, ben ik vaak moe van de vlucht en de jetlag en word ik meestal pas rond lunchtijd wakker. En als ik ergens in een hotel zit, wordt het 's nachts vaak zo laat dat ik 's ochtends ook niet op tijd op ben, al kun je in veel hotels tot elf uur ontbijten.

Maar door Max moet ik wel. Hij is het gewend en neemt geen genoegen met een glas melk, zoals ik laatst probeerde omdat ik niets in huis had.

Ik maak een boterham voor hem en neem zelf een kop koffie.

Anouk heeft gezegd dat ik Max moet voorbereiden op alles wat er gaat gebeuren, vooral nu zijn vertrouwde leventje helemaal op z'n kop staat. Ik heb gisteren al voorzichtig aangekondigd dat ik vanavond wegga, maar daar reageerde Max nauwelijks op. Daarom waag ik een nieuwe poging.

'Vind je het leuk als oma er is?' vraag ik.

Max reageert niet. Hij kauwt op zijn boterham en kijkt me glazig aan.

'Nou?' dring ik aan.

Hij knikt. 'Ja.'

'Zou je willen dat ze vanavond weer zou komen?'

Max schudt zijn hoofd. Dat gaat lekker zo.

'Maar ze komt straks wel weer.'

Max schudt zijn hoofd. 'Nee.'

'Toch wel.'

'Nee.' Max' gezicht betrekt. 'Wil ik niet.'

'Maar ik moet weg. Het is toch leuk met oma?'

Max schudt nu heftiger met zijn hoofd. 'Neehee! Ik wil naar mama.'

Dat begrijp ik maar al te goed.

Max laat zich van zijn stoel glijden en komt naast me staan. Hij wurmt zich tussen mij en de tafel en klimt op mijn schoot. Ik zet hem op de grond. Dat aanhankelijke gedoe heeft wat mij betreft lang genoeg geduurd. 'Nou ja, vandaag komt oma dus. Het wordt hartstikke leuk, ik weet het zeker.'

Max klemt zich vast aan mijn been en zet een keel op. 'Nee!' schreeuwt hij.

Ik probeer hem te negeren, maar dat gaat nogal lastig nu hij met zijn volle gewicht aan mijn been hangt en moord en brand schreeuwt. Wat is er nou ineens mis met mijn moeder?

Uiteindelijk til ik Max maar weer op. 'Stil nou maar', zeg ik. Het helpt niet echt. Het schreeuwen is inmiddels overgegaan in een onbedaarlijke huilbui. Hij slaat zijn armen om mijn nek en wurgt me bijna.

'Max, toe.' Ik houd hem met één hand vast en probeer met de andere zijn armen los te maken. Als dat eindelijk is gelukt, zet ik hem op de grond. Hij stampvoet en blijft maar huilen. Dan rent hij naar de slaapkamer en komt een paar seconden later terug met Beest.

'Ik ga weg!' schreeuwt hij tussen het snikken door. Krijgen we dat weer. Ik zou er geen bezwaar tegen hebben als hij vertrok, maar dat kan ik misschien beter niet zeggen.

'Nee, Max, blijf nou maar hier.'

'Nee!' Hij rent langs me heen en voor ik het in de gaten heb, staat hij al op de gang. Ik hol achter hem aan.

'Max, nee!' Ik maai nog met mijn arm, maar het is al te laat. Max kukelt voorover naar beneden, hij probeert zich nog vast te grijpen, maar stuitert verder tot hij op het tussenstukje bij eenhoog tot stilstand komt. Meteen zet hij een keel vanjewelste op. Ik wist al dat hij hard huilde, maar het was allemaal niets vergeleken bij wat hij nu laat horen.

Ik ren naar hem toe en til hem op. 'Waar doet het pijn, Max? Waar doet het pijn?' vraag ik. Het zal me toch niet gebeuren dat hij iets gebroken heeft, of een hersenschudding heeft opgelopen. Of zo'n zwelling in z'n hersenen wat je wel eens bij van die medische programma's ziet en waar mensen dan aan doodgaan.

Ik leg Max op de bank neer, maar hij wil niet dat ik hem loslaat en klemt zich weer vast. Ik zie in elk geval nergens bloed zie, gelukkig.

Of misschien is dat juist wel erger. Hij kan natuurlijk vanbinnen helemaal stuk zijn.

Wie kan ik bellen? De dokter.

Met Max als een wurgslang om mijn nek zoek ik in mijn tas naar mijn telefoon. In de lijst van contacten vind ik het nummer van mijn huisarts, die ook Max' dokter is.

De assistente neemt op.

'Ik moet de dokter spreken', zeg ik. 'Snel!'

'Wat is er aan de hand?' Ze klinkt nogal onderkoeld.

'Mijn neefje is van de trap gevallen.' Omdat Max mijn keel nu echt bijna dichtknijpt, leg ik hem opnieuw op de bank neer. Eindelijk laat hij los.

'Wat zijn de klachten? Huilt hij? Ziet u bloed?'

'Ja, hij huilt. Hoort u dat niet? En nee, ik zie geen bloed, maar u weet zelf ook wel dat hij niet per se hoeft te bloeden om ernstig gewond te zijn. Geef me de dokter nou maar.'

'Kan hij gewoon lopen?'

'Weet ik veel, ik heb hem op de bank gelegd!' Nou ja, inmiddels zit Max rechtop, maar dat betekent nog niet dat hij kan lopen.

'Probeer dat dan eerst maar eens. Als uw neefje helemaal geen klachten heeft en gewoon huilt, is er geen reden dat de dokter naar hem kijkt.'

'Maar hij is gevallen! Hij kan hersenletsel hebben.'

'Mevrouw,' antwoordt de assistente, 'dan zou u nu merken dat het kind symptomen vertoont, die u dan weer aan mij zou vertellen zodat ik ze aan de dokter kan doorgeven, en dan zou binnen tien minuten de huisarts of zelfs de ambulance voor de deur staan. Kinderen vallen wel vaker van de trap, daar hoeft de dokter niet elke keer voor te komen.'

'Maar...', protesteer ik nog. Het is echter wel duidelijk dat de assistente niet van plan is mij door te verbinden met de dokter, laat staan dat de huisarts langskomt.

Ik hang maar op en bel mijn moeder. De vaste lijn is in gesprek en haar mobiel neemt ze niet op, ook al probeer ik het vier keer.

Max heeft nog steeds de sirene aan. 'Rustig maar', mompel ik, terwijl ik over zijn knie wrijf. 'Ik bel iemand en dan komt het allemaal goed.'

Maar wie? Mijn vriendinnen hebben geen kinderen en weten vast niet wat ze moeten doen en van Anouks vriendinnen heb ik geen telefoonnummers. Kan ik gewoon naar de eerste hulp rijden?

Mijn oog valt op een sms'je. *René.*

Hem moet ik bellen. Hij heeft verstand van kinderen. Hij heeft er zelf een.

Ik loop naar de gang om elk geval iets te kunnen verstaan en bel hem.

'Met René!' roept hij opgewekt.

'Ja, hoi. Met Sara. Sara Doesburg. Ik eh...'

'Hé, Sara. Wat leuk dat je belt.'

'Oh, je weet wie ik ben?'

Hij grinnikt. 'Je hebt toch net je naam gezegd?'

'Ja, maar ik dacht... Nou ja, laat maar. Ik heb je hulp nodig, geloof ik.'

'Zeg het maar.'

'Max is van de trap gevallen en ik denk dat hij gewond is, maar de dokter wil niet komen. En nou dacht ik, jij hebt verstand van kinderen en zo... en ik ben bang dat hij hersenletsel heeft.'

'Hersenletsel?' herhaalt René. 'Dat is niet zo mooi. Maar weet je het zeker? Volgens mij hoor ik hem huilen.'

Ja, hij huilt heel hard. Omdat hij natuurlijk pijn heeft, maar die stomme doktersassistente weigert dat geloven.'

'Het is juist een goed teken dat hij huilt', zegt René. 'Dat betekent dat hij goed bij kennis is. Als hij niet huilt, dan moet je je pas zorgen gaan maken.'

'Echt? Maar hij huilt toch niet voor niets?'

'Hij huilt in elk geval van schrik', zegt René rustig. 'Dat is een heel normale reactie. En natuurlijk heeft hij zich pijn gedaan. Hou hem gewoon even goed in de gaten. Als hij nou heel lang blijft huilen of veel pijn heeft, kun je altijd nog naar de dokter gaan.'

'Maar...'

'Wil je dat ik naar je toe kom? Als je je zo veel zorgen maakt.'

'Nee, nee. Dat hoeft niet. Ik denk dat ik het wel red.'

'Echt waar? Het is een kleine moeite, hoor.'

'Nee joh, dat is echt niet nodig.' Ik vind het prettig om te horen dat Max misschien toch niet zo zwaargewond is als ik dacht, maar dat betekent niet dat ik René meteen over de vloer hoef te hebben.

'Oké, nou, succes ermee.'

Ik zeg hem gedag en hang op. Het huilen is inmiddels overgegaan in een zacht snikken. Ik ga naast hem zitten.

'Waar doet het pijn?'

Hij wijst naar zijn knie. 'Hier.'

'Laat eens kijken.' Ik stroop zijn broekspijp op. Zijn knie is rood en opgezwollen.

'Dat wordt een blauwe plek', stel ik vast. 'Doet het verder nog ergens pijn?'

Max haalt zijn schouders op en klimt van de bank. 'Nee.' Hij loopt naar de tas met zijn speelgoed en haalt zijn soldatenpoppetjes eruit. Dan gaat hij op de grond zitten spelen alsof er niets is gebeurd.

Nou ja zeg. Als er niets aan de hand is, hoefde hij toch niet zo te huilen? Ik ben me lam geschrokken. René zal wel denken dat ik een imbeciel ben.

Mijn telefoon gaat. Mijn moeder.

'Lieverd, je had gebeld?'

'Ja, ik... Eh... ik wilde vragen hoe laat jullie er vanmiddag zijn.'

Ik spreek af om half twee in het ziekenhuis. Als mijn moeder daarna Max een tijdje bij zich houdt, kan ik even de stad in. Ik heb een nieuwe bikini nodig.

Ik sla mijn armen om mijn stiefvader heen en hij geeft me drie zoenen.

'Ha Saar, hoe is het?'

Wat moet ik zeggen? We staan voor de ingang van het ziekenhuis, waar mijn zieke zus vandaag de uitslag krijgt van haar lymfeonderzoek. 'Het gaat', antwoord ik. 'Met jou?'

'Hetzelfde. Heftig, hoor, van Anouk. We denken er de hele tijd aan. De anderen waren ook helemaal van slag.' Hij bedoelt zijn kinderen.

'Ik zag dat ze kaartjes hadden gestuurd – heel aardig van ze.'

Mijn moeder, die een grote bos bloemen uit de auto heeft gehaald, komt ook aangelopen. 'Ha lieverd', zegt ze. 'En daar is mijn grote vent!'

'Ja hoor, present', mompelt Frank, maar natuurlijk kijkt mijn moeder naar Max. Frank glimlacht guitig naar me, ik grinnik.

Max klemt zijn armen stevig om mijn moeders benen en begraaft zijn hoofd tegen haar knieën. Ik begrijp nog steeds zijn driftbui van vanochtend niet, hij is juist dol op zijn oma. Ik pak de bloemen aan, zodat mijn moeder hem kan optillen.

'Heb je het leuk bij tante Sara?' vraagt ze.

Max knikt vol enthousiasme. 'We hebben gedoucht!'

Great. Dank je wel, Max. Mijn moeder reageert gelukkig alsof het de normaalste zaak van de wereld is. 'Oh, dat is leuk! Dus je bent weer helemaal schoon.' Ze blaast op zijn buik alsof het een toeter is en Max schatert het uit.

We lopen naar binnen. Max heeft zijn aandacht inmiddels verplaatst naar Frank, die hij opa noemt, en wil zijn hand vasthouden. Ik zorg dat ik naast mijn moeder kom te lopen, een paar meter achter Frank en Max.

'Vanavond naar Barcelona', zeg ik.

Ze knikt. 'Ja. Heb je wel goed geslapen vannacht? Het zal nog een lange dag voor je worden.'

Ik grijp de gelegenheid aan om een beetje te overdrijven. 'Nee, ik heb heel slecht geslapen. Max is verkouden aan het worden en was voortdurend wakker.'

Mijn moeder kijkt me bezorgd aan. 'Hè, wat vervelend.'

'Ja, het is vermoeiend, zo'n kind.' Ik probeer een beetje zielig te kijken. Dat mist zijn uitwerking op mijn moeder nooit.

Bijna nooit. Vandaag negeert ze mijn uitdrukking en loopt stug door.

'Mam,' zeg ik, 'het is echt vermoeiend om Max de hele dag om me heen te hebben.'

'Dat begrijp ik, maar het is nou eenmaal even niet anders.'

'Jij kunt hem vanmiddag toch wel meenemen? Dan kan ik even de stad in. Ik moet nog wat dingen kopen en...'

'Vanmiddag gaan Frank en ik naar Simone. En daarna gaat ze met ons mee naar Anouk.'

Simone is de zus van mijn moeder. Sinds mijn moeder is verhuisd zien ze elkaar minder, maar ze spreken elkaar bijna dagelijks.

'Dan neem je Max toch mee?'

Mijn moeder schudt haar hoofd. 'Je weet dat Simone gek is op Max, maar we willen even rustig kunnen praten. Ook over Anouk, en ik wil niet dat Max dat hoort.'

'Dan zet je Max in de slaapkamer.'

Mijn moeder kijkt me aan. Ze is duidelijk geërgerd. 'Nee, ik zet Max niet in de slaapkamer. Je hoeft toch pas vanavond te vliegen? Dan heb je tijd genoeg om vanmiddag nog even op te passen, Sara.'

Ik haat het als mijn moeder mijn naam uitspreekt alsof ik een klein kind ben.

We lopen naar de zaal waar Anouk ligt. Het is de eerste keer dat Max zijn moeder gaat zien sinds ze het ziekenhuis in is gegaan. Het was mijn taak om hem voor te bereiden, maar door alles wat er vanochtend is gebeurd, is het er niet meer van gekomen. Ik heb Max alleen in de auto even snel verteld dat we naar Anouk gaan. Hij is opgetogen en raakt er niet over uitgepraat dat we zijn moeder gaan bezoeken.

'En dan gaan we weer naar huis', zegt hij. 'Met mama.'

Ik voel mijn moeders blik op me gericht, maar nu is het mijn beurt om háár te negeren.

'Kijk Max, daar is mama', zegt Frank als we de zaal op lopen. Ineens blijft hij staan, verlegen en een beetje angstig. Ik bots bijna tegen hem op.

Hij pakt mijn knie vast. 'Kom op, Max', zeg ik. 'Daar is mama. Zie je haar al?'

Hij knikt, maar verzet geen stap meer.

Anouk gaat wat meer rechtop zitten. 'Hé, lieverd. Kom eens bij me, ik heb je gemist.'

Maar Max durft niet meer. Hij duwt zijn gezicht tegen mijn been en wil niet eens meer opkijken. Ik verwacht dat mijn moeder dit oplost, maar die loopt door naar het bed van Anouk.

'En?' vraagt ze zacht. Ze wil weten wat de uitslag van het lymfeonderzoek is.

Ik zie dat Anouk haar hoofd schudt. Mijn hart slaat over. Dan zegt ze: 'Ik heb de uitslag nog niet. De dokter had een spoedgeval, hij komt straks pas. En ik wil nu eerst Max zien.'

Maar haar zoontje houdt nog altijd mijn knie in een ijzeren greep en weigert los te laten.

'Kom mee, Max.' Ik zet een stap naar voren en sleep hem mee.

Anouk waagt ook een poging. 'Ik ben het, Max. Mama. Ik ben nog steeds dezelfde, hoor. Kom je me een kusje geven?'

Ik pak Max' handen en weet ze los te maken van mijn been. Daarna ga ik op mijn knieën zitten en kijk mijn neefje aan. 'Wat is er? Vind je het een beetje eng?'

Hij knikt en trekt een pruillip, die onmiddellijk begint te trillen. Hij vecht ertegen, maar er verschijnen tranen in zijn ooghoeken. Het duurt niet lang of de tranen rollen over zijn wangen.

Ik vind het zielig voor hem. De hele tijd wil hij naar zijn moeder en als we er dan eindelijk zijn, schrikt hij zich het apezuur van het grote ziekenhuisbed, de slangen en de infusen en durft hij niet meer.

'Kom maar.' Ik til hem op. 'Je hoeft niet bang te zijn. Kijk eens, het is mama gewoon. Ze heeft alleen een ander bed dan thuis.'

'Hé, lieverd.' Anouks stem trilt. Ze moet duidelijk moeite doen om haar eigen tranen binnen te houden. Ze heeft de uren afgeteld tot ze Max weer zou zien en ik neem aan dat ze een ander weerzien had verwacht.

Ik zet Max op Anouks bed neer. Ze strekt haar armen naar hem uit. Op de binnenkant van haar elleboog, waar voortdurend bloed wordt afgenomen, zit een grote blauwe plek. Max kijkt er vol afschuw naar.

'Geef mama maar een knuffel', zeg ik zacht. Hij schuift een stukje dichter naar Anouk toe en raakt voorzichtig haar hand aan. Dan merkt hij dat zijn moeder ondanks alles nog steeds dezelfde is en durft hij eindelijk in haar armen te kruipen. Anouk geeft hem een kus op zijn wang en daarna op zijn hoofd. Ze knuffelt hem zo hard dat ik even bang ben dat haar infuus eruit schiet of dat Max zal stikken.

Nu Max over zijn eerste angst heen is, weigert hij Anouk nog los te laten. Glunderend zit hij naast haar op het bed en kijkt naar haar op. Nuffig zegt hij: 'Zo, ik zit.'

Ik schiet in de lach. Anouk straalt.

'Hoe is het gegaan de afgelopen dagen?' vraagt ze.

'Oh, het gaat goed, hoor. We moeten allebei wennen, maar het gaat steeds beter.'

Mijn moeder knipoogt naar me.

De dokter maakt zijn entree. Het is een man van midden dertig met bruine krullen. Anouk heeft geen woord te veel gezegd, hij is inderdaad aantrekkelijk.

'Goedemiddag allemaal', zegt hij. 'Ik geloof dat ik ongelegen kom. Ik kom straks wel terug.'

'Nee!' zegt mijn moeder. Ze krabt aan haar pols. 'We kunnen het maar beter weten, toch?'

Anouk aarzelt. Ze kijkt naar Max.

'Ik neem hem wel even mee', zegt Frank direct. Max vindt het maar niks dat hij nu alweer weg moet, maar als Frank hem een ijsje belooft en toezegt dat hij straks terug mag naar Anouk, gaat hij toch mee.

De dokter trekt het gordijntje dicht, al heb ik niet de indruk dat de enige andere patiënt in de kamer nog veel hoort. Of dat zo'n gordijntje veel geluid tegenhoudt.

'Goed, mevrouw Van Doesburg, we hebben uw poortwachterklier tijdens de operatie weggenomen en onderzocht. Helaas is de klier niet schoon.'

Irritant dat hij '*Van* Doesburg' zegt.

Anouk trekt direct wit weg. Mijn mond wordt droog. Het gaat hier even niet om een achternaam.

'En nu?' vraagt mama. Haar stem klinkt hoger en zachter dan normaal.

De dokter ritselt met zijn papieren. 'Nu gaan we u opnieuw opereren voor een volledig okseltoilet, zoals wij dat noemen. We nemen alle lymfklieren uit uw oksel weg.'

'En dan?' vraagt Anouk met trillende stem.

'Dan beginnen we daarna met de chemotherapie. Op dit moment zien we geen andere uitzaaiingen dan die in uw lymfeklieren, wat op zich een goed vooruitzicht biedt.'

Op zich. Dat klinkt niet echt enthousiast.

Als de arts zijn mond houdt, is het stil. Ik kijk naar het gestage druppen van wat het ook is dat Anouk via het infuus binnenkrijgt.

'Wanneer is de nieuwe operatie?' vraag ik om de stilte te doorbreken.

De dokter richt voor het eerst zijn blik op mij. 'Morgen. Hoe sneller we dit doen, hoe beter. We beginnen dan over anderhalve week met de chemotherapie.'

Anouk friemelt nerveus aan het randje van haar deken. Fluisterend vraagt ze: 'Ga ik dood?'

De dokter is even stil. Dan schudt hij zijn hoofd en zegt: 'Ik zal eerlijk tegen u zijn: dit is een fikse tegenslag. Door de nieuwe operatie en het opschuiven van de chemotherapie gaat het allemaal langer duren en wordt het traject zwaarder. Maar we doen onze uiterste best om de kanker niet alleen tot staan te brengen, maar ook uit te roeien.'

Anouk slikt. 'Oké', piept ze.

Heel even raakt de dokter Anouks been aan. 'Ik zie u morgen. Sterkte, mevrouw Van Doesburg.' Weer dat *Van.* Kan hij niet even in zijn papieren kijken? Hij knikt mama en mij kort toe en beent dan weg. Met een ruk trekt hij het gordijntje opzij. Hij heeft de kamer nog niet verlaten of de tranen stromen over Anouks wangen. Ik ga naast haar zitten. Ze klampt zich direct aan mij vast.

'H-het is... n-niet g-goed', snikt ze. Ze komt bijna niet uit haar woorden. 'En h-hij w-weet niet eens hoe ik h-heet.'

Mama gaat aan de andere kant naast Anouk zitten en samen houden we haar vast. Ze zit voorovergebogen en haar schouders schokken met heel veel kracht. Pas na een paar minuten wordt Anouk rustiger. Het schokken van haar schouders wordt minder en ze veegt haar tranen weg met de tissue die mama haar heeft gegeven. Daarna zegt ze: 'En nu?'

'Nu gaan we ervoor', zeg ik. 'Er is nog van alles mogelijk. Morgen eerst die operatie en dan die chemokuur. Ik weet zeker dat je het gaat redden.'

Mama heeft duidelijk moeite om haar tranen binnen te houden. Ze slikt een paar keer en veegt onopvallend langs haar ogen. Anouk ziet het volgens mij niet.

Ik steek mijn hand uit en pak die van mijn moeder. Zo blijven we een tijdje zitten. Ik denk aan vroeger, toen we heel vaak met z'n drieën knuffelden, vooral na de dood van papa. Mama zei altijd hoe blij ze met ons was. Nadat hij was overleden, deed ze alles voor ons. Ik miste papa natuurlijk, maar stiekem genoot ik er wel eens van dat ik nooit mijn eigen kamer hoefde schoon te maken of moest helpen met tafeldekken, boodschappen doen of andere klusjes in huis. En later, toen Anouk en ik wilden gaan stappen, stond mama altijd klaar om ons op te halen. Ze was als de dood dat ons iets zou gebeuren als we op de fiets naar huis zouden gaan, en pas na mijn twintigste verjaardag kon ik haar ervan overtuigen dat ik best in staat was om alleen of met vriendinnen te gaan. Jarenlang was ik blij geweest dat ze altijd wilde rijden, maar op een bepaalde leeftijd werd het nogal uncool als je moeder in haar auto voor de deur van de discotheek stond.

Maar dat nam niet weg dat ze altijd het huishouden bleef doen in haar eentje en het niet nodig vond dat Anouk en ik, al waren we twintig en drieëntwintig, hielpen. Zelfs toen eerst Anouk en een jaar later ik het huis uit ging, wilde mama voor ons blijven wassen. Anouk wilde het niet, maar ik leverde nog zeker een jaar lang mijn stewardessenblousjes bij haar in om die te laten wassen en strijken. Pas toen mama een relatie met Frank kreeg en meer tijd aan hem wilde besteden, ging ik het zelf doen.

Ik maak me langzaam los uit onze groepsomhelzing, omdat ik Max en Frank in de deuropening heb gespot. Anouk lacht naar haar zoontje, al kost het haar moeite. Ze ziet er ineens heel moe en jaren ouder uit.

Mama staat op en geeft Anouk een kus. 'We komen vanmiddag nog even terug, maar nu moet je wat uitrusten, oké?'

'Ik denk niet dat ik kan slapen.'

'Slaap je niet, dan rust je toch.' Dat zei mama ook altijd vroeger, als ik niet kon slapen en me druk maakte dat ik morgen niet uitgerust zou zijn. Meestal gebeurde dat de dag voor mijn verjaardag of voor een schoolreisje. Dan klonken haar woorden altijd zo geruststellend dat ik meestal niet lang daarna in slaap viel. Maar bij Anouk hebben ze hun effect verloren. Ze kijkt naar mij en zegt: 'Jij gaat toch nog niet?'

'Natuurlijk niet. Ik blijf hier zo lang je wilt.'

Die bikini zal ik toch in Barcelona moeten kopen.

Als mama en Frank zijn vertrokken, leunt Anouk achterover in de kussens. Max heeft een kaart ontdekt met een geluidje erin en ik haal die voor hem van het prikbord.

'Cool!' roept hij en hij vouwt de kaart open, zodat het muziekje begint te spelen. 'Echt super cool.'

Anouk trekt een rimpel in haar voorhoofd. 'Cool? Super cool?'

Ik heb het hem ook nog nooit horen zeggen. 'Dat zal hij wel ergens hebben gehoord.'

Mijn zus knikt sip. 'Ik mis nu zo veel. Hij leert allemaal nieuwe dingen en ik ben er niet bij.'

'Dat is alleen nu even, met die operaties. Straks kun je hem weer elke dag zien. Dan moet je alleen af en toe naar het ziekenhuis voor de chemo's.'

Ik zeg het om haar op te beuren, maar dat lukt niet erg. 'Je schijnt heel ziek te worden van chemo's', zegt ze. 'Het duurt nog zeker drie maanden voor ik er weer ben voor Max.'

Ik slik. Drie maanden? Ik had gerekend op nog een paar weken.

'Hoe bedoel je, ziek?' vraag ik zogenaamd terloops.

Anouk reikt naar een foldertje op haar nachtkastje. Chemotherapie, staat op de voorkant. 'Als je geluk hebt, valt alleen je haar uit, maar waarschijnlijk word je zo ziek als een hond.' Anouk geeft me het boekje. Ik blijf ermee in mijn handen zitten.

'En Max dan?' vraag ik, maar ik weet het antwoord al.

Anouk zegt met de eerste glimlach sinds de dokter is geweest: 'Ik ben blij dat het zo goed gaat bij jou. Dat is voor mij een grote opluchting.'

Die avond eten we in het restaurant van het ziekenhuis; mama, Frank, Max en ik. Na het eten moet ik naar Schiphol om niet te laat te zijn voor de vlucht van half elf. Het eten is lauw en droog en ik ben de ziekenhuislucht inmiddels meer dan zat. De helft van mijn aardappelschotel met bietjes en een sucadelapje laat ik staan. Maar Max zit te smikkelen en vraagt: 'Kun jij dit ook een keer maken, tante Sara? In plaats van die rare dingen?'

Mama glimlacht.

'Wat is er dan raar?' vraag ik.

'Nou, soms moet ik heel rare dingen eten. Van de Chinees of zo.'

Weer wat geleerd. Dit moet ik hem dus voorzetten: droog en smaakloos voedsel. Misschien moet ik wat vliegtuigeten voor hem meenemen.

Mama vertelt over tante Simone, die geschrokken is van het nieuws en het weer aan haar hart heeft. Ik weet niet of er een verband tussen die twee is en ik hoef het ook niet te weten. Het mens is tien jaar ouder dan mijn moeder en een vreselijke betweter. Zolang ze niet aanbiedt om fulltime op Max te passen, interesseert het me niet echt wat ze er allemaal van vindt.

Mama heeft door dat ik niet luister en kijkt me onderzoekend aan. 'Is er iets? Zit je in over Anouk?'

Ik knik. 'Het duurt nog zo verschrikkelijk lang voor ze weer de oude is.'

Mama werpt een blik op Max en daarna op Frank. Haar vriend begrijpt de hint meteen. 'Hé Max, zullen we iets moois gaan uitzoeken in het winkeltje?'

De truc werkt. Beloof hem een cadeautje en Max doet alles wat je wilt.

Als ze weg zijn, legt mama haar hand op de mijne. 'Het is voor jou ook allemaal niet makkelijk, hè?'

Ik haal mijn schouders op. Waar wil ze naartoe?

'Ik bedoel nu je ineens op Max moet passen en je zus hartstikke ziek is. Het komt allemaal in sneltreinvaart op je af.'

'Ja.'

'Of heb ik het mis?'

'Nee. Maar met Anouk komt het wel weer goed en dan kan ze zelf voor Max zorgen.'

'Ik wil ook positief denken, maar we moeten inzien dat ze er nog lang niet is. Ze kan echt niet binnen een paar weken weer zelf voor Max zorgen, dus wen er maar aan dat je hem nog een tijdje om je heen zult hebben.'

Aha, dat wil ze dus zeggen. Dat ik niet moet zeuren.

'Jij bent er toch?' zeg ik een beetje nukkig.

'Ja, maar alleen voor de momenten dat jij moet werken. En misschien kun je zelf proberen om te zorgen dat je wat meer in Nederland bent? Een maand vrij zou je goeddoen, en Max ook. Hij heeft behoefte aan wat stabiliteit.'

'Een maand vrij?'

Mijn moeder ziet de verblufte blik in mijn ogen, maar blijft kalm. 'Ik weet zeker dat je dat kunt regelen met je werk als je uitlegt wat er aan de hand is.'

We zijn weer terug bij af. Ik heb geen zin om me opnieuw te moeten verdedigen en slaak alleen maar een diepe zucht.

'Doe nou niet zo boos', zegt mijn moeder. 'Het is toch niet zo veel gevraagd? Anouk zou het ook heerlijk vinden als je in de buurt was. De chemo's worden heel zwaar en ze heeft iemand nodig die haar kan opvrolijken. Jij kunt dat, Sara. En het is voor haar een grote geruststelling als ze weet dat het goed gaat met Max.'

'Het gáát goed met Max. Zeker als hij bij jou is, dan gaat het stukken beter dan op de momenten dat hij met mij zit opgescheept. Ik heb rust nodig. Echt niet altijd, maar wel als ik net terug ben van een vlucht of als ik, zoals vandaag, nog de halve nacht moet werken. We moeten echt een oppas voor Max zoeken.'

'Dat is de vorige keer niet echt goed bevallen', helpt mijn moeder me herinneren. 'Anouk wil ook geen oppas meer.

Stel dat die ook weer afhaakt? Stel dat ze Max gewoon alleen laat? We moeten het anders oplossen.'

'Wé?' Ik spring op, maar zie andere mensen naar me kijken en ga dan maar snel weer zitten. 'Wé lossen niets op, ík moet het allemaal doen. Ik vraag of je vanmiddag kunt oppassen en dan moet je zo nodig naar Simone. En eergisteren kon het ook al niet, toen wilde je per se naar huis. Ik moet het allemaal in mijn eentje doen, mama.'

'Anouk heeft hier ook niet voor gekozen.'

'Dat zeg ik ook niet, maar jij kunt toch wel voor Max zorgen?'

'Dat doe ik ook, als jij er niet bent. Jij hoeft pas overmorgen weer, ook al kom je morgenavond terug.'

Nijdig zeg ik: 'Dat is toch ook logisch! Wanneer moet ik anders slapen?'

'Doe nou eens rustig, Saar.' Mijn moeder legt haar hand op mijn arm, maar ik schud die af.

'Nee, ik doe niet rustig. Iedereen is alleen maar met Anouk bezig, niemand vraagt zich af of ík het wel volhoud! Jij ook niet.'

Mama slaat haar blik neer. Eindelijk voelt ze zich schuldig. Misschien dat er nu iets gaat veranderen. Maar als ze mij weer aankijkt, zie ik alleen maar ergernis op haar gezicht. 'Natúúrlijk is iedereen met Anouk bezig', zegt ze, kalm maar met een stem die verraadt dat ze woedend is. Als ze vroeger zo praatte, wist ik dat ik moest oppassen. En nog steeds schrik ik ervan. 'Jíj bent niet degene met borstkanker Sara, zíj wel. Zíj moet zware operaties ondergaan, chemokuren, en dan maar hopen dat ze het overleeft. Ik ben haar moeder en ik wil bij haar zijn om haar te steunen. Ik hou heel veel van Max, maar op dit moment heeft mijn kind me heel hard nodig en kan ik niet vierentwintig uur per dag op een lieve maar aandacht vragende vierjarige passen. Dat kan ik Max ook niet aandoen – hij heeft recht op iemand die er echt voor hem is.'

Ik slik en weet even niets te zeggen.

Mama wel. 'Jij bent op dit moment voornamelijk met jezelf bezig, met jóúw problemen en dat het voor jóú allemaal zo zwaar is. Maar denk aan je zus, hoe moet het voor haar zijn? Ze voelt zich voortdurend schuldig: naar Max toe dat ze er niet voor hem kan zijn, naar jou toe dat ze je met hem opzadelt, naar mij toe dat ik vaak hier moet zijn, naar Frank toe dat hij voortdurend alleen thuiszit. En dat terwijl ze er echt niets aan kan doen. Hoe denk je dat dat voor haar is?

'Oh', fluister ik. Dat wist ik niet.

'Ja. Oh.' Mama kijkt me aan. De grote woede is verdwenen, maar ik zie dat ze nog steeds boos is. 'We doen dit allemaal niet om jou te pesten, hoor. Maar op dit moment is er geen andere mogelijkheid. Ik wil alles voor je doen, dat weet je, maar nu heeft Anouk mij net even harder nodig. Ik hoop dat je dat begrijpt, Sara.'

Even ben ik weer het meisje van acht dat stout is geweest. Ik bijt op mijn lip. Achter mijn ogen branden tranen. Mama steekt haar hand uit, die ik met mijn beide handen vastpak. Dan druppen de tranen op het halfflege bord voor mijn neus. Ik weet niet eens of ik huil om Anouk, om mama, of om Max, of omdat ik vanmiddag geen bikini heb kunnen kopen.

8

'WAT GAAN WE DOEN?'

Max doet een poging bij mij op schoot te klimmen, terwijl ik net Hotmail open. Ik schuif een stukje naar achter en laat hem erbij. Meteen drukt hij op een paar toetsen.

'Niet doen, Max. Ik moet heel even achter de computer.'

Hij klimt weer van mijn schoot, pakt mijn arm en begint te springen. 'Wat gaan we doen?'

Ik probeer wat mails te beantwoorden, maar maak de hele tijd typefouten omdat Max aan mijn arm trekt. 'Doe even niet', zeg ik. Hij gaat gewoon door.

Vandaag begint Anouk aan haar chemotherapie, en na één dag die ze met Max heeft kunnen doorbrengen – en die ik heb gebruikt om alleen maar op de bank te liggen en *Sex and the City*-dvd's te kijken – duurt het nu wel weer even voor ze fit genoeg zal zijn om zelf voor haar zoontje te kunnen zorgen. De folder die ze me vorige week gaf heb ik toch maar doorgelezen en ik weet nu dat chemotherapie ongeveer alles in je lichaam kapot maakt, ook datgene wat goed is, zodat je doodziek, hondsmoe en diep ongelukkig wordt. Nou ja, dat laatste stond er niet bij, maar dat moet haast wel.

Anouk was de afgelopen week vrolijker dan ooit. Na de operatie waarbij de lymfeklieren in haar oksel zijn verwijderd, heb ik haar niet één keer zien huilen. Ze heeft een onuitputtelijke dosis nieuwe energie gekregen – althans, nadat ze eerst drie dagen had moeten bijkomen van de operatie – en ze lijkt vastbesloten zich zo goed mogelijk door de chemokuren heen te slaan.

Vandaag begint de kuur. Om tien uur moet ze zich, na twee dagen die ze thuis mocht doorbrengen, melden in het VU medisch centrum, vanaf nu haar vaste hang-out op chemodagen. Mama gaat met haar mee.

Toen ik zondagmiddag op een terrasje in Barrio Gótico in Barcelona zat en mijn collega's het hadden over iemand die ik niet kende, dacht ik weer aan het gesprek met mijn moeder. Het ziet ernaar uit dat ik de tijd met Max moet volmaken en niet meer kan doen dan hopen dat de chemokuren niet langer duren dan voorspeld. Mama en Anouk blijven zich erover verbazen dat ik geen aanpassing van mijn rooster kan krijgen. Ze weten niet dat ik Ruth nog steeds niets heb verteld. Ik ben het ook niet van plan. Een zieke zus is echt niet genoeg om haar medelijden te wekken. Ik heb Anouk en mama gezegd dat iedereen zijn best doet om mijn rooster zo goed mogelijk aan te passen, maar dat het heel lastig is met alle bezuinigingen. Ik heb ook verteld dat er al vluchten van mijn rooster zijn gehaald, wat niet waar is.

Over vijf dagen vlieg ik naar Sydney en blijf dan negen dagen weg. Mama en Anouk vinden het maar niets. Mij lijkt het heerlijk om anderhalve week geen klein kind om me heen te hebben dat voortdurend aandacht vraagt.

'Tante Sara!' Max wordt nu echt ongeduldig.

'Max, ga even spelen, alsjeblieft. Waar is Scoop?'

Max kijkt om zich heen. Als hij zijn geliefde graafmachine heeft gevonden, gaat hij op de grond zitten en speelt hij dat Scoop alles redt wat de anderen in het honderd hebben laten lopen.

Ik open een mailtje van Elise. Het onderwerp is 'gezellig'. We blijken op dezelfde vlucht naar Sydney te werken. Volgens Elise gaat er een nieuwe steward mee, een mooi stukje *eye-candy* en zowaar geen homo. Ze laat alvast weten dat zij hem eerder heeft ontdekt en dat hij dus voor haar is. We zullen zien.

Max springt overeind en klemt Scoop stevig tegen zich aan.

'Wat gaan we doen?' Het is zijn nieuwe, favoriete vraag.

Het is half één, ik heb Max drie kwartier geleden al een boterham gegeven en de middag strekt zich lang en leeg voor ons uit. Waarmee vullen we die tijd? Hij gaat niet de hele middag in zijn eentje zitten spelen, dat zie ik nu al. We moeten ergens heen, maar waar? Het is guur oktoberweer en de kinderboerderij is geen optie. Bovendien heb ik daar niet al te beste herinneringen aan overgehouden.

Ineens schiet me het advies van Chantal te binnen. TunFun of iets dergelijks. Het klinkt heel verschrikkelijk en dat is het waarschijnlijk ook, maar daar zijn wel veel kinderen, zodat hij niet voortdurend om mij heen hangt.

Ik vind het adres op internet en vraag: 'Max, heb je zin om naar TunFun te gaan?'

'Ja!' brult hij. Hij springt overeind, laat Scoop vallen op de laminaatvloer die tot nu toe krassenvrij was en rent naar me toe. 'TunFun!'

'Oké, zoek je schoenen en dan gaan we.'

Ik draag pumps met stilettohak. Misschien niet echt de kleding voor in een speeltuin. Het laatste waarop ik zit te wachten is twintig hitsige gescheiden vaders achter me aan. Alsof één kind niet al meer dan genoeg is. Ik verwissel mijn pumps voor een paar ballerina's.

Max staat al klaar. Hij is er zelfs in geslaagd zijn jas aan te trekken, en niet eens binnenstebuiten. Het kinderzitje heb ik inmiddels vanuit Anouks auto naar de mijne overgeplaatst, zodat ik in elk geval niet op de fiets door de stromende regen hoef. Ik moet niet vergeten het zitje eruit te halen als ik naar Schiphol ga. De crew parkeert weliswaar op een afgelegen parkeerterrein, maar ik moet er niet aan denken dat iemand me ziet met dat ding.

Als we de straat uit rijden, scheert een auto van links rakelings langs de motorkap. Ik kan nog net op tijd remmen en met een schok komt de auto tot stilstand.

'Kun je godverdomme niet uitkijken?'

Vanaf de achterbank klinkt Max' stemmetje: 'Godverdomme.'

Ai. Ik zou toch inmiddels moeten weten dat hij alles nazegt? Ik moet de schade beperken voor we bij TunFun zijn, maar Max vindt het een leuk woord.

'Godverdomme. Godverdomme, tante Sara.'

'Max, tante Sara is heel stout geweest. Ik heb een heel lelijk en vies woord gezegd, wat je eigenlijk nooit mag zeggen.'

'Oh-oh.'

'Ja, dat is behoorlijk oh-oh.'

'Godverdomme. Mond spoelen!'

Dat is een regel die Anouk heeft ingesteld. Ik vrees dat ik er niet aan ontkom, wil ik voorkomen dat Max de hele tijd blijft vloeken. Als we stilstaan voor een stoplicht, vis ik een flesje water uit mijn tas.

'Kijk, ik ga mijn mond spoelen.'

Ik open mijn raampje en pak het flesje.

'Godverdomme!' roept Max.

Een oud vrouwtje dat met haar fiets naast de auto staat te wachten tot het licht groen wordt, heeft hem gehoord. Ze werpt een zure blik op mij. 'Wel eens van opvoeden gehoord? Jullie laten die kinderen tegenwoordig ook maar van alles roepen. Sjonge jonge, zeg.'

Voor ik de tijd heb om te antwoorden, gaat ze demonstratief een meter naar voren staan. Haar fietstas bevindt zich nu precies naast mijn geopende raam.

De verleiding is te groot. Ik neem een flinke slok en spuug het water met veel vertoon tegen de tas. De automobilisten om me heen kijken me aan alsof ik gek ben, maar Max vindt het prachtig. Hij is gelukkig opgehouden met zelf vloeken. Als we wegrijden, zwaai ik beleefd naar dat mens met de natte fietstas.

Ik parkeer de auto in de garage onder het Waterlooplein en loop dan naar de ingang van TunFun. Het speelparadijs is midden onder het drukke Mr. Visserplein gevestigd. We zijn niet bepaald de enigen die op zaterdagmiddag thuis stapelgek werden. Er staat een rij voor de kassa.

'Gaan we nou?' vraagt Max ongeduldig. Hij gluurt al naar binnen.

'Ik moet eerst even kaartjes kopen.'

'Hm.' Hij houdt drie seconden zijn mond. 'Het duurt wel lang, hè?'

'Ja.'

Weer drie seconden rust, en dan: 'Zijn we al aan de beurt?'

Ik zucht. 'Nee, Max, we zijn nog niet aan de beurt.'

Als we eindelijk de kassa hebben bereikt, reken ik de kaartjes af en dan mag Max losgaan. Hij rent naar binnen. Ik volg op enige afstand.

Het is nog verschrikkelijker dan ik al dacht. Het enige wat ik zie zijn kinderen, overal kinderen, die rennen, klimmen, schreeuwen en krijsen. TunFun blijkt gigantisch groot te zijn en ik verbaas me erover dat ik er nog nooit van heb gehoord. Aan de andere kant, waarom zou ik hebben gehoord van een enorme overdekte speeltuin, waar het geluid dat al die kinderen met elkaar maken wordt weerkaatst tot een geheel dat nu keihard mijn oren in knalt en een hoogst vervelende pieptoon veroorzaakt?

Ik loop langs een koffietentje waar een paar ouders achter hun laptop zitten. Sommige hebben zelfs oordopjes in, die ze hier blijken te verkopen. Ik geef mezelf tien minuten om te wennen, anders koop ik ook zo'n setje.

Max zit op iets groots en roods en is zo te zien niet van plan er de eerstkomende uren af te komen. Prima. Ik installeer me tussen een hele groep ouders op een bank aan de kant, vanwaar ik Max goed in de gaten kan houden. Er zijn ook ouders die voortdurend onder de toestellen en naast de ballenbak blijven staan, maar ik denk dat Max het heus wel zonder mij redt.

Na vijf minuten realiseer ik me dat ik een tijdschrift had moeten meenemen. Of een boek. Iets om te zorgen dat ik niet de hele tijd doelloos voor me uit hoef te kijken. Het gegil en geren van al die kinderen! Max vermaakt zich met een jongetje dat hem net nog bijna een klap gaf maar nu ineens zijn vriendje lijkt te zijn. Ik zie ouders met elkaar praten. Eén moeder zit te breien. Ik kijk er vol afschuw naar. Ze is hooguit vijf jaar ouder dan ik.

Ik trommel met mijn vingers op mijn knie.

'Hé Sara.'

Laat het niet waar zijn. Het is volstrekt onmogelijk dat ik hier, in dit kinderparadijs, een bekende tegenkom. Toch is het zo. Ook dat nog.

'Hai, René.'

'Toevallig dat je hier ook bent.'

Zijn dochter trekt aan zijn arm. 'Doei, pap!' roept ze en ze rent naar het toestel waarop Max aan het spelen is.

Naast me is nog een plekje vrij en zonder het te vragen gaat René zitten.

'Hoe is het?' vraagt hij.

'Oké, wel.'

'Alles goed gekomen met Max na die val?'

Misschien was het toch niet zo'n goed idee om René te bellen. Nu denkt hij vast dat ik iets van hem wil.

'Ja, helemaal', antwoord ik kortaf.

René kijkt me onderzoekend aan. Hij zegt niets.

We staren een tijdje allebei voor ons uit. Sophie zit inmiddels naast Max en ze lijken zich wel te vermaken, al denk ik niet dat Max haar herkent van de vorige keer. Het andere jongetje is weg. Ik heb liever dat hij met dat andere kind speelt. Straks haalt René het nog in zijn hoofd om

speelafspraakjes voor de kinderen te maken of zoiets ver-
schrikkelijks.

Ik haal mijn telefoon uit mijn tas en sms Anouk om te
vragen hoe het gaat. Ze reageert bijna onmiddellijk.

*Ben nog in het ziekenhuis. Het gaat nog best redelijk, wel
erg moe. Ben wel lek geprikt. Je kunt beter gaan slapen op
een vlooienkolonie – word je minder geprikt. Waar zijn jullie? XA*

Ik lees het berichtje twee keer. Kan ik Anouk vragen...
Nee, 'best redelijk' betekent niet dat het heel goed gaat.

*Wij zijn in TunFun. Had je niet even kunnen zeggen dat
het hier vreselijk is? Ik zie je morgen, sterkte... x*

Anouk stuurt een smiley terug en heel veel kusjes voor
Max.

'Hoe is het met je zus?' vraagt René met een knikje naar
mijn telefoon.

'Hoe weet jij...'

Hij grijnst. 'Ik wist niet dat je boos werd, hoor. Ik dacht
dat je met je zus aan het sms'en was, maar misschien had
ik het fout.'

Ik ontdooi een beetje. 'Het gaat wel. Ze is net aan de
chemokuur begonnen.'

'Oh. Heeft ze last van de bijwerkingen?'

Weet ik veel. Als ze zegt dat het redelijk gaat, dan misschien niet. Of wel.

'Geen idee. Hoezo?'

René kijkt een beetje gekwetst. 'Sorry, Sara, ik moet me er
ook niet mee bemoeien. Je wil er duidelijk niet over praten.'

Er valt een nogal ongemakkelijke stilte. Ik speel een
beetje met mijn telefoon. Misschien ben ik wel een beetje
te onaardig tegen hem geweest.

'Nee, het is oké, aardig dat je het vraagt. Ik weet niet precies hoe ze zich voelt, ze zegt dat het wel redelijk gaat.'

René knikt. Hij lijkt niet boos of beledigd. 'De eerste kuur is altijd erg', zegt hij. 'En alle kuren daartussenin tot de laatste ook. De laatste niet, die is juist geweldig. Als hij achter de rug is dan, hè.'

Ik kijk hem aan. 'Ervaring?'

'Ik niet, maar mijn moeder wel. Ze heeft twee keer longkanker gehad. En dat terwijl ze nooit één sigaret heeft gerookt.'

Ik slik. 'Leeft ze nog?'

'Nee.' Er glijdt een schaduw over Renés gezicht en hij schudt zijn hoofd. 'Ze is twee jaar geleden overleden. Na de tweede behandeling bleek de kanker uitgezaaid. Ze was binnen vier weken dood.'

Mijn hart mist een slag.

'Het zat overal', gaat René verder. 'In haar organen, in haar botten, en zelfs in haar hoofd. Er was geen redden meer aan.'

Ik ontspan een beetje. Bij Anouk zit het alleen in haar lymfeklieren. Of zát, want de klieren zijn eruit gehaald.

'Wat vreselijk voor je', zeg ik.

René knikt in de richting van Max en vraagt: 'Hoe gaat het nu met hem?'

'Goed.'

'En met jou?'

'Ik eh...' Gek genoeg weet ik het antwoord niet. Daarom kies ik voor het altijd toepasbare: 'Goed hoor. Ik mag niet klagen.'

Maar daar neemt René geen genoegen mee. 'Het zal niet meevallen voor je. Je zus ziek en dan ineens een kind. Ik moest in het begin vreselijk wennen aan Sophie. Zeker als je helemaal niets gewend bent qua kinderen, en je hebt er ook niet om gevraagd. Dan staat je wereld op z'n kop.'

'Nou, dat kun je wel zeggen.'

René glimlacht. 'Trouwens, als je er wel om gevraagd hebt ook. De eerste maanden met Sophie dacht ik af en toe dat ik door zou draaien. Ze vroeg continu aandacht. Nu kan ze eindelijk zichzelf een beetje vermaken, maar dat heeft wel drie jaar geduurd. En nog is het lang als ze tien minuten alleen speelt, hoor.'

'Max is precies hetzelfde', zeg ik, opgelucht dat ik niet de enige blijk te zijn die hiermee zit. 'Ik word er soms behoorlijk moe van. Maar dat mag je natuurlijk niet zeggen.'

René gooit zijn hoofd in zijn nek en lacht. 'Nee, dat mag je inderdaad niet zeggen. Althans, niet als het je eigen kind is. En ik vermoed dat je het ook niet mag zeggen als je zus ernstig ziek is en je past op haar kind, maar ik kan me heel goed voorstellen dat je af en toe stapelgek wordt van dat mannetje om je heen. Hoe leuk hij ook is.'

'Ik kom helemaal nergens meer aan toe.' Eindelijk kan ik mijn klachtenlijstje bij iemand kwijt. 'Ik kan niet meer de stad in, niet meer lekker uit eten, niet meer uitslapen, niet meer winkelen – niets. Ik moet altijd rekening met hem houden. En net op mijn vaste Net5-avond kan hij niet slapen.'

'Wacht maar tot je je mooiste pak hebt aangetrokken voor een sollicitatiegesprek en hij eroverheen kotst. Dat deed Sophie vorige maand. Gelukkig heb ik de baan wel gekregen, ook al droeg ik een oud pak.'

Gadverdamme, dat hoef ik nou ook weer niet te weten. Maar dat kan ik natuurlijk niet zeggen, dus vraag ik: 'Blijf je wel als controller werken in je nieuwe baan?'

'Ja. Heel saai dus voor iemand die zelf stewardess is.'

Ik grinnik. 'Je weet dat ik nooit heel goed was in wiskunde.'

René kijkt om zich heen. 'Ik ga even koffie halen, hoor, bij de HapSap. Jij iets?'

'De wat?'

'De HapSap. Dat is TunFuns voor kroeg, geloof ik. Alleen verkopen ze er uitsluitend verantwoorde dingen. Geen bier, al is dat nou precies waar je behoefte aan hebt met al die gillende kinderen om je heen. Maar dat begrijpen ze hier niet.'

Het is dezelfde plek als waar ze die oordopjes verkopen, maar ik kan René natuurlijk niet vragen een setje voor me mee te nemen. Straks vat hij het nog persoonlijk op.

'Ik heb wel zin in een kop koffie in alle rust', zegt René. 'Waarom blijven we hier niet nog een halfuurtje, zodat de kids ook blij zijn, en gaan we daarna naar Dantzig? Als je tijd hebt natuurlijk.' Dat laatste voegt hij bijna verontschuldigend toe.

Ik heb ook geen zin om hier te blijven, maar naar huis gaan is evenmin aan de orde. Koffiedrinken met René is dan de minst erge optie, dus ik zeg: 'Oké, ik ga mee. En kunnen we van dat halfuur een kwartier maken?'

'Natuurlijk.'

'Weet je wat trouwens ook heel irritant is? Dat Max altijd nét valt als ik aan het bellen ben. Het is ook niet zo dat hij even zachtjes kan doen of zo.'

Ik klaag nog twintig minuten door en dan staan we op. 'Max!' roep ik. 'Ga je mee? We gaan koffiedrinken met René en Sophie.'

Niet alleen René, maar ook andere ouders kijken me meewarig aan. Doe ik iets fout?

René pakt het anders aan. 'Sophie, kom eens bij papa. Dan krijg je een lolly.'

Zijn dochter komt meteen aangerend en pakt dankbaar de knalroze Chupa Chup aan die René uit zijn tas heeft getoverd. Sophie heeft haar jas al aan als ik nog steeds wacht op Max, die bovenop het toestel zit en weigert naar beneden te komen.

'Regel één,' zegt René, 'is dat je nooit moet zeggen dat je weggaat. Zorg dat ze niet kunnen ontsnappen als je die mededeling doet. Koop ze desnoods om met snoep, zoals ik dat altijd doe.' Hij houdt een groene lolly voor mijn neus. 'Hier, neem deze.'

'Max, wil je een lolly?'

Hij komt meteen naar beneden. Ik neem me voor om vanmiddag een hele zak van die dingen te kopen.

Ik trek Max zijn jas en zijn schoenen aan en we lopen naar buiten. Max houdt mijn hand vast en huppelt naast me, terwijl hij maar blijft vertellen over hoe hoog hij wel niet heeft geklommen.

Ik ben vooral blij dat mijn collega's niet bij TunFun rondhangen, want dit nieuws zou als een lopend vuurtje zijn rondgegaan. Sara Doesburg die een kinderspeelplaats verlaat met twee kleuters en degelijke man.

Degelijk, ja, dat is het woord. Als we bij café Dantzig zitten en René met een ober praat die hij blijkbaar kent, monster ik hem. Hij is inderdaad niet het type man met wie ik me normaal gesproken vertoon, met zijn verwassen spijkerbroek en donkerblauwe poloshirt met lange mouwen. Hij draagt nette schoenen, bruine met gaatjes, die hem tien jaar ouder doen lijken dan hij is. Zijn donkerblonde haar is kortgeknipt en de stekeltjes houdt hij duidelijk op hun plaats met de nodige gel. Hij heeft zich zo te zien onlangs nog geschoren, toch is er alweer een donkere waas op zijn wangen ontstaan. Hij is niet onknap, maar ook niet heel bijzonder.

Ik kijk de zaak rond. Er zijn maar een paar tafeltjes bezet. In de hoek zitten vier vrouwen van mijn leeftijd met cappuccino voor zich. Ik volg hun blikken. Maar waar ze ook heen kijken, René zien ze niet staan. Wat ik zeg: niet heel bijzonder.

Max en Sophie hebben elkaar helemaal gevonden en zitten samen aan ons tafeltje te tekenen.

René is duidelijk ervaren in het op stap gaan met kinderen. Uit zijn zwarte nylon schoudertas – hopeloos uit de tijd – heeft hij tekenpapier en viltstiften gehaald. Ik vrees dat ik de gewoonte om entertainment mee te brengen van hem moet overnemen, want aan Max heb ik nu geen kind. Misschien moet ik zo'n mobiele dvd-speler voor hem kopen. Dat lijkt me meer van deze tijd dan tekenpapier.

René is uitgepraat en de ober loopt weg om onze bestelling te halen. Nu we weg zijn uit het kindergeschreeuw is het ineens heel stil tussen ons. Ik heb ook geen idee wat ik moet zeggen.

René richt zijn lichtbruine ogen op mij. 'Niet te geloven dat we hier zitten. Nog geen dertig en hartstikke burgerlijk.'

'Ik ben niet burgerlijk', zeg ik stug. 'Ik pas alleen maar op.'

René haalt zijn schouders op. 'Ook goed. Dat kan ik niet zeggen, al is Sophie niet altijd bij mij natuurlijk.'

Het is niet zo dat het me echt interesseert, maar we moeten toch ergens over praten, dus vraag ik: 'Hoe zit dat eigenlijk met die bezoekregeling?'

'Ze is op maandag, dinsdag en een deel van de woensdag bij mij, plus om het weekend de zaterdag en zondag. Maar soms ruilen Miranda en ik wel dagen, in overleg natuurlijk.'

'Dat is veel', zeg ik.

Hij lacht. 'Tja, het is toch mijn kind, hè? Geloof het of niet, ik heb haar graag bij me. Je hoort ook wel eens van die verhalen van vaders die hun kind alleen maar in het weekend hebben. Ik moet er niet aan denken.'

Ik trek mijn wenkbrauwen op. Ik zou ervoor tekenen.

De ober brengt onze bestelling. Ik roer een zoetje door mijn cappuccino en zeg een tijdje niets. René nipt van zijn espresso, maar brandt zijn lip en zet snel zijn kopje terug. Max en Sophie lijken niets te horen. Max zit te tekenen met het puntje van zijn tong uit zijn mond. Ik zie dat hij zijn best doet op een huis en een auto, zijn lievelingsobjecten. Voor de gelegenheid tekent hij er een boom bij. De stam en takken zijn niet echt in verhouding.

'Nou, dat is dan wel een ideale regeling', zeg ik, om maar íéts te zeggen. 'Als alle partijen er blij mee zijn.'

René schiet in de lach. 'Jij vraagt je alleen af waarom iemand überhaupt een kind zou willen.'

Ik kijk met een ruk op. Hoe weet hij dat?

'Oh, kom op, het straalt van je gezicht af.'

Een beetje beschaamd richt ik mijn blik op mijn cappuccino. 'Tja... Als Anouk niet ziek was geweest, had ik er niet voor gekozen, zal ik maar zeggen.'

'Dat begrijp ik.' René neemt opnieuw een slok van zijn espresso. Deze keer is de koffie wel afgekoeld.

9

'NOG ÉÉN KEERTJE DAN.'

Plons! Max schatert het uit. Hij vindt het geweldig om al mijn shampoo- en douchegelflessen die op het randje van het bad staan in het water te laten duiken. Max haalt de flessen uit het water en zet ze weer op de kant. 'Nog een keer!' roept hij.

'Nee, Max, nu is het klaar.' Ik pak de flessen uit zijn handen en zet ze naast de wastafel. 'Ik had gezegd: één keer.'

Hij accepteert hij zowaar zonder morren. 'De stop!' Hij trekt de stop uit het bad en kijkt gebiologeerd toe hoe het water wegloopt. Daarna staat hij op. Ik sta al klaar met een grote, witte handdoek en wikkel hem erin. Daarna til ik hem op.

Ik sta niet meer te stuntelen als ik Max moet aankleden en ik vergeet ook niet meer dat hij niet van appelstroop houdt en wel van pindakaas. Het is al een paar dagen geleden dat hij zijn laatste driftbui heeft gehad. Dat was omdat hij per se gympen aan wilde terwijl ik regenlaarzen in gedachten had. Vanmiddag in de supermarkt ging het bijna mis. Max had zijn favoriete snoepjes ontdekt en wilde een zak meenemen.

'Nee, Max', zei ik. 'We hebben nog een hele zak in huis.'

'Niet waar!' Hij begon al een beetje te stampvoeten.

'Jawel, maar... Maar je mag wél een boekje uitzoeken. Kom maar mee naar de tijdschriften.'

Gelukkig hadden ze een of ander kindertijdschrift met Bob de Bouwer – die Max' goedkeuring inmiddels weer kan wegdragen – op de cover en meteen waren de snoepjes vergeten. Opvoeden blijkt gewoon een kwestie van onderhandelen.

Als ik Max heb afgedroogd, zijn tanden heb gepoetst en hij na drie pogingen zijn pyjama goed heeft aangetrokken, kruipt hij in bed. Hij slaapt nog altijd op het opklapbedje op mijn slaapkamer. Ik kan hem moeilijk in de woonkamer kan leggen en er zijn verder geen kamers zijn. Soms, als ik midden in de nacht wakker schrik, denk ik nog steeds in paniek dat er een insluiper in de kamer is.

'Zullen we een verhaaltje lezen?' stel ik voor. Hij schudt zijn hoofd. Zijn natte haartjes strijken langs mijn arm.

'Nee? Hoezo niet?'

'Het boek is uit.'

Het boek is eigenlijk al een paar dagen uit, maar ik heb gewoon een paar verhaaltjes opnieuw gelezen en daarmee leek Max vooralsnog geen probleem te hebben.

'We moeten een nieuw boek hebben', zegt hij.

'Dat gaat nu even niet. De winkel is dicht.'

Max trekt een rimpel in zijn neus. 'We moeten naar de bilbiotheek.'

Ik schiet in de lach. 'Het is de *bibliotheek*, en die is ook dicht.'

Ik ben niet eens lid. Ik denk dat ik voor het laatst in de bibliotheek kwam toen ik zestien was. Als ik een boek wil, dan koop ik het, en dat gebeurt zo zelden dat ik mijn boekenkast voornamelijk heb gevuld met tijdschriften en souvenirs uit allerlei landen.

'Maar deze is uit.' Max houdt het boek in de lucht.

'Dan moeten we het verhaaltje maar overslaan.'

'Nee!' Zijn lip begint te trillen.

'Dan lezen we dit verhaaltje toch nog een keer.'

'Nee, we moeten een nieuw boek hebben!'

Met een zucht sta ik op. 'Oké, ik weet al wat, ik pak een boek uit de boekenkast en dan gaan we dat lezen.'

Ik loop naar de woonkamer. Zoekend sta ik voor de paar plankjes boeken. Uiteindelijk kies ik het een oud boek dat ik zelf las toen ik acht was. Ik neem het mee naar de slaapkamer. 'Dit is een leuk verhaal over een jongen en een meisje die allemaal spannende avonturen beleven', zeg ik. 'Zullen we dat lezen?'

Max bekijkt het omslag kritisch en knikt dan.

Ik sla het boek open en begin op de eerste pagina. Bram en Lisa vinden in hun achtertuin een brief van een buitenaards wezen. In de brief staat dat ze diezelfde nacht om twaalf uur bezoek brengen aan de aarde en wel op de plek waar de brief lag. Bram en Lisa vinden het heel eng en spannend maar zijn ook enorm nieuwsgierig. Als ik bij het stuk kom dat ze in het pikdonker de tuin inlopen, schrikt Max zichtbaar.

Misschien was dit boek toch niet zo'n goed idee.

'En morgen lezen we verder', zeg ik maar snel en ik sla het boek dicht. 'Oké? Dan ga je nu lekker slapen.'

Hij knikt.

'Welterusten, Max.' Ik sta op en doe het licht uit.

'Welterusten', antwoordt hij een beetje bedremmeld.

Ik ga naar de kamer en zet de televisie aan. RTL *Boulevard* is bijna afgelopen, ik val in een item over een of andere buitenlandse reis van Máxima. Een paar maanden geleden vloog ze met Dutchman Air naar Buenos Aires, een vlucht die ik graag hadden willen hebben, maar ik had een suf reisje naar Dublin.

Ik wil Anouk bellen, maar ergens aarzel ik. Van chemo word je doodziek. En ik ben bang voor een doodzieke zus.

Ik wilde het niet geloven toen ze me vertelde dat het niet de kanker, maar de chemokuur is waar je in de eerste instantie vreselijk ziek van wordt.

'Van chemo word je toch vooral kaal?' vroeg ik.

Anouk schudde haar hoofd. 'Je wordt óók kaal, maar vooral ga je je ongelooflijk beroerd voelen.'

Ik haalde mijn schouders op. 'Tja, maar als het voor een goed doel is... Je wilt toch beter worden? Misschien moeten ze die kraan maar lekker ver open zetten, zodat je in elk geval al die kankercellen wegwiebert.'

Anouk glimlachte. 'Behalve dan dat je ook van chemo dood kunt gaan.'

Ik wilde vragen waar dat nou weer op sloeg, maar hield me net op tijd in. Ik wist dat Anouk een mapje heeft met ongeveer alle informatie die ze op internet had kunnen vinden over kanker, chemokuren en alles wat erbij hoort. Plus die folder van het ziekenhuis, waar je ook al niet blij van wordt. Misschien moet ze juist minder informatie hebben. Al die bangmakerij – sommige mensen zetten hun hele dramatische verhaal op internet, waardoor andere mensen gaan denken dat het altijd zo erg is. Ergens hoop ik nog steeds dat Anouk geen last zal hebben van al die enge bijwerkingen. Ze is hartstikke jong en hartstikke sterk. Maar toch durf ik er niet helemaal op te vertrouwen.

Ik pak mijn telefoon en laat die een tijdje door mijn handen glijden. Dan bel ik haar toch maar gewoon.

Ze neemt op vlak voordat de voicemail het overneemt. 'Hé', zegt ze zacht en schor.

'Hé. Hoe is het?'

Even een stilte. 'Nou, niet zo goed.'

'Wat is er dan?' Ik ben ineens bang dat de kanker overal zit. Maar dat slaat nergens op, want Anouk heeft helemaal geen scan gehad.

'Die chemo...' Praten kost haar moeite en ze laat weer een stilte vallen. 'Ik voel me zo...'

'Zo wat? Moe?'

'Ook. Chemo is de hel. Echt.'

'Oh, arme schat. Ik kom morgen naar je toe en dan gaan we lekker lunchen of zo.'

Anouk slikt hoorbaar. 'Lunchen? Ik kan niets eten.'

'Oh.'

'Ik ben de hele tijd misselijk. Als ik vijf minuten niet kots, is het veel.'

'Oh.'

'Maar lief van je. Ik wil alleen liever in bed liggen.'

'Dat is ook goed. Dan zal ik...' Ik wil weer iets met eten zeggen. 'Nou ja, ik kom gewoon naar je toe, oké?'

'Oké.'

Ik merk dat Anouk het gesprek wil afronden. 'Tot morgen', zeg ik. 'Hou je taai.'

'Dank je wel.'

Ze hangt op. Ik blijf nog een tijdje met de telefoon in mijn hand voor me uit zitten kijken.

Er klinken voetstapjes op de gang en de deur gaat open. Max staat in z'n pyjama in de deuropening. 'Ik heb dorst.'

'Ik zal wat water voor je pakken.' Ik vul zijn groene Jip en Janneke-beker en reik hem die aan. Hij neemt één slokje. Daarna kijkt hij mij verwachtingsvol aan.

'Dorst over?' informeer ik. 'Dan kun je gaan slapen.'

Max draait zich om en loopt terug naar de slaapkamer. Ik stop hem in en ga dan in de kamer weer op de bank zitten. Het nieuws is bijna afgelopen, ik heb niet één item onthouden.

Ik zap opnieuw langs alle kanalen, maar nog steeds niets dat ik interessant vind. Ik blader door de contactenlijst op mijn telefoon. Ik wil iemand bellen om te praten, maar ik weet niet wie. Chantal misschien, of Isa. Nee, liever Chantal. Zij is de meest begrijpende van mijn vriendinnen. Ze neemt alleen niet op. Ik spreek geen bericht in. Een minuut later krijg ik een sms'je.

Ben nog aan 't werk. Overwerk, grrr. Kan nu niet opnemen. Is 't dringend?

Ik sms terug dat ik alleen maar voor de gezelligheid belde. Ik moet haar ook niet storen. Er zijn maanden dat ik haar hooguit één keer spreek. Dan kan ik niet verwachten dat ze nu ineens voortdurend voor me klaarstaat.

Ik blader verder. Isa zal het wel te druk hebben met haar nieuwe vriend. Mama is ook geen optie, die is bij Anouk.

Opnieuw gaat de deur van de woonkamer open. 'Tante Sara?'

'Ja, Max?'

'Ik heb weer dorst.'

'Dan moet je iets meer drinken.' Ik loop naar het aanrecht. 'Hier, je beker staat er nog.'

Ik geef hem het water. Hij neemt twee slokken en geeft de beker dan terug.

'Is het nu echt over, Max?'

Hij knikt. 'Ik heb geen dorst meer.'

'Mooi zo. Dan kun je nu echt gaan slapen, hè?'

'Ja.'

Voor de derde keer die avond stop ik Max in. Ik doe het licht, dat hij elke keer aandoet, weer uit en loop opnieuw naar de kamer. Het is stil met de televisie uit.

Ik pak mijn telefoon en zie een paar collega's in mijn telefoonlijst staan. Het komt niet eens in me op om ze te bellen. Ze zullen zich afvragen wat ik eigenlijk wil, als ik ze niet voor een of ander fancy feestje uitnodig. Waarschijnlijk zitten ze al op een feestje. Een waar ik niks van weet. Er komen steeds minder uitnodigingen nu ik nergens op inga. Ik vind het niet eens zo heel erg meer, mijn hoofd staat er nu niet naar.

Ik kom langs Renés naam en nummer en houd heel even in. Dan scroll ik door naar beneden.

'Tante Sara!' gilt Max. 'Kom!'

Ik loop op een drafje naar de slaapkamer. 'Wat is er, Max?'

'Er zit een monster onder het bed.' Max staat rechtop in bed met zijn deken om zich heen geslagen. 'Ik weet het zeker!'

Hij begint te huilen. Ik doe snel het licht aan.

'Er zit helemaal geen monster, Max.'

'Maar ik hoorde het!'

'Dan heb je je dat waarschijnlijk verbeeld.'

'Niet!' gilt hij. 'Je moet hem wegjagen!'

'Max, er is niets aan de hand en... Oké, ik zal wel even kijken.' Het spelletje meespelen om Max gerust te stellen werkt misschien beter dan proberen hem op andere gedachten te brengen.

Ik ga op mijn knieën voor zijn opklapbed zitten en kijk eronder. 'Nee, niets te zien, hoor. Er zijn hier geen monsters en ook geen spoken.'

'Wel! Je moet ze wegjagen.'

Ja, hallo, wat denkt hij nu? Dat ik hier een toneelstukje ga zitten opvoeren om niet-bestaande dingen te verjagen?

'Jaag ze weg!' roept Max huilend. 'Ik ben bang.'

'Monsters, ga weg', zeg ik. 'Nu zijn ze weg, Max.'

'Niet waar!'

Ik spreid mijn armen. 'Monsters, ga weg. Allemaal wegwezen nu.'

'Je moet eng praten, net als mama altijd doet.'

God, ik sta ongelooflijk voor aap. Gelukkig is er verder niemand die het ziet. Mijn collega's zouden me voor gek verklaren als ze me zo bezig zouden zien.

Ik zet een spookachtige stem op, beweeg mijn armen en roep: 'Alle monsters wegwezen! Ga weg, allemaal, anders kom ik jullie pakken. Jullie zijn gewaarschuwd!'

Max lijkt eindelijk tevreden, al is hij nog niet helemaal overtuigd dat mijn monsterverjaagactiviteiten zin hebben gehad. Maar terwijl hij gaat zitten zegt hij: 'Hm, oké. Misschien zijn ze nu wel weg.'

Ik doe het licht weer uit. 'Ga lekker slapen, Max. Morgenvroeg moet je weer naar school.'

Ik doe de deur van de slaapkamer dicht. In de keuken zet ik groene thee voor mezelf, daarna zet ik de televisie toch maar weer aan. Ik vind niets leuks en begin dan opnieuw aan mijn rondje zappen. Op sbs6 begint net *Notting Hill*. Tevreden dat ik eindelijk iets heb gevonden leg ik de afstandsbediening op de salontafel, trek mijn voeten onder me op de bank en kijk naar Hugh Grant, die ik best onaantrekkelijk vind.

Het duurt nog geen tien minuten voor Max opnieuw in de kamer staat. In zijn ene hand heeft hij Beest, in zijn andere de punt van zijn dekbed. De rest sleept over de grond achter hem aan.

'Ik kan niet slapen', zegt hij met een zielig stemmetje.

Nogal logisch als hij binnen een uur twintig keer uit bed komt. 'Je hebt het nog niet eens geprobeerd.'

'Jawel, maar ik kan niet slapen. Mag ik uit bed?'

Blijkbaar mag hij bij Anouk op de bank liggen als hij niet kan slapen, anders zou hij zijn dekbed niet meenemen. Op tv is de scène in de boekwinkel net begonnen en ik voel er weinig voor om op te staan.

'Kom maar hier dan.'

Max' gezicht klaart op. Eenmaal op de bank gaat hij braaf liggen, met zijn voeten naar mij toe, en trekt de deken over zich heen.

Hij frummelt aan de arm van Beest, die al helemaal afgesleten is. Het duurt niet lang of Max' ogen vallen dicht. Dat boek was misschien toch niet zo'n goed idee. Als ik morgen bij Anouk ben, moet ik er een voor hem meenemen uit zijn eigen collectie.

Als de film is afgelopen wil ik eigenlijk gaan slapen, maar als ik opsta maak ik Max wakker.

Ik dub vijf minuten, maar besluit dan dat ik moeilijk de hele nacht kan blijven zitten en zet heel voorzichtig mijn voeten op de grond. Max' ogen schieten meteen open. 'Nee!' roept hij slaapdronken en in paniek. 'Niet doen! Niet weggaan!'

'Ik ga ook niet weg. Ik leg je in bed en dan ga ik zelf ook slapen.'

Totaal niet gerustgesteld kijkt Max toe hoe ik de kamer een beetje opruim en vervolgens de lampen uitdoe. Daarna til ik hem op en draag hem met deken en al naar de slaapkamer, waar ik hem in zijn eigen bed leg. Daarna loop ik naar de badkamer.

Als ik uiteindelijk in mijn nachthemd de slaapkamer weer binnenkom, ligt de deken op de grond en ligt Max verkeerd om in bed, met zijn voeten op het kussen. Ik laat het maar zo. In het donker leg ik de deken over Max heen en kruip dan zelf in bed. Ik lig er nog geen minuut in als Max paniekerig roept: 'Ik hoor weer een monster!'

'Ik niet. Ga nou maar slapen.'

'Nee, ik hoor hem echt.' En weer komt hij overeind. Hij zit nu boven op zijn kussen en zijn deken ligt opnieuw op de grond.

'Mag ik bij jou?'

Ik slaak een zucht. In godsnaam dan maar, als dat ervoor kan zorgen dat we vannacht nog gaan slapen.

Met veel bombarie klimt Max van zijn eigen bed in het mijne, waarbij hij probeert om niet de vloer te raken, omdat zijn voet dan wordt opgegeten.

Uiteindelijk slaagt hij erin bij mij in bed te kruipen. Hij gaat precies in het midden liggen, zodat ik hem elke keer als ik me omdraai dreig te raken. Hij merkt het niet en valt al snel in slaap. Hij maakt kleine snurkgeluidjes. Waarschijnlijk droomt hij, want hij beweegt onrustig en mompelt van alles. 'Mm', doet Max en hij knarst met zijn tanden. Daarna beweegt hij zijn hoofd van links naar rechts en weer terug. 'Mm-mm.'

Ik richt me op op één elleboog en kijk naar hem. Hij mompelt nog veel meer dat ik niet kan verstaan en dan ineens zegt hij: 'Tante Sara. Ja. Tante Sara.'

Onwillekeurig glimlach ik. Het klinkt niet alsof hij bang voor me is en hard wil wegrennen. Ik strijk heel licht met mijn vinger over Max' blonde haar.

'Hoi mam.' Ik laat het niet merken, maar ik schrik als ik mijn moeder zie. Ze heeft wallen onder haar ogen en haar huid is vaalwit. Ik geef haar een kus. 'Hoe is het met Anouk?'

'Niet zo goed. Ik heb het ziekenhuis al gebeld om te vragen of dit normaal is, maar dat schijnt dus zo te zijn.'

Ik loop de trap op naar Anouks appartement. Als ik binnenkom, valt me meteen de zware, enigszins zure lucht op. Het duurt een paar seconden voor ik die kan plaatsen. Het is de lucht van braaksel.

Anouk komt uit de badkamer. Ze loopt niet, ze strompelt. Als mama er al slecht uitzag, dan kan ik geen woord bedenken waarmee ik mijn zus kan omschrijven. Ze is doodziek, zieker dan ik haar ooit heb gezien. Zieker en zwakker dan ze was na die operaties, zieker dan ze was die ene keer dat ze op vakantie voedselvergiftiging had opgelopen, en zieker dan al die mensen die ik tot nu toe in het ziekenhuis heb gezien. Ze voelt zelfs ziek aan als ik haar knuffel.

'Hoe is het?' vraag ik ten overvloede.

'Hm', is Anouks reactie. Ik laat haar niet los, maar help haar naar bed. Met een zucht gaat ze liggen in de halfdonkere kamer. Ze valt vrijwel meteen in slaap.

Ik zit op de rand van het bed en kijk naar mijn zus. Ik had verwacht dat ze misschien in een joggingpak op de bank zou zitten met een glas groene thee en een dvd'tje op, maar dat ze zo beroerd zou zijn had ik bij lange na niet verwacht. Mijn ogen vullen zich met tranen. Ik knipper en ze vallen op Anouks dekbed.

Ik voel de hand van mijn moeder op mijn schouder. 'Kom mee', fluistert ze. Ik volg haar naar de keuken. Ik veeg mijn tranen weg en slik dapper.

'Het is heftig, ik weet het.' Mama pakt de waterkoker en zet theewater op. 'Toen we gisteren uit het ziekenhuis kwamen, leek het er eerst wel goed te gaan. Anouk was moe, maar dat kwam vooral van de spanning. Maar na een paar uur werd ze vreselijk misselijk. Ze kan bijna niets binnenhouden, ook al krijgt ze medicijnen tegen de misselijkheid. Maar die kunnen niet bij iedereen alles onderdrukken, volgens de arts.'

We wachten zwijgend tot het water kookt. Dan schenkt mama de glazen vol en gaan we op de bank zitten.

'Blijft dit zo?' vraag ik uiteindelijk.

Mama haalt haar schouders op. 'Dat weet ik niet. Waarschijnlijk zal ze over een paar dagen wel wat opknappen, maar over tien dagen begint de volgende kuur alweer. En dan zal ze waarschijnlijk weer heel ziek worden.'

'Hm.' Ik voel van alles tegelijk, vooral boosheid over wat er gebeurt. Eigenlijk zou ik willen dat ik nog in God geloofde, dan kan ik tenminste nog iemand de schuld geven van de hele situatie. Of desnoods de duivel, als ik maar ergens heen kon wijzen.

Maar ik ben niet alleen boos, ik denk ook aan Max. Stiekem had ik gehoopt dat Anouk tijdens haar chemokuren zelf op hem zou kunnen passen. Dat ze een dagje naar het ziekenhuis zou gaan en dan tien dagen Max onder haar hoede zou nemen. Ik wist wel dat ze beroerd kon worden van die chemo's, maar ik had verwacht dat dat hetzelfde zou zijn als met bijwerkingen die altijd in bijsluiters van medicijnen staan. Dan heeft iemand tien jaar geleden een rood bultje ontdekt nadat hij een zalfje had gebruikt en dan staat er meteen met vetgedrukte letters in de bijsluiter dat je er ernstige huiduitslag van kunt krijgen.

Ik brand mijn bovenlip als ik een slokje van de thee wil nemen. Mama vult haar glas bij met koud water. Het is al kwart voor drie, over een halfuur komt Max uit school en dan gaat zij weg om hem op te halen. Ik ben blij dat ik even alleen bij Anouk kan blijven. Ik kon vanmiddag niet eerder naar Anouk, omdat de huisarts er was. Niet dat hij iets voor Anouk kan doen, maar hij is erg betrokken en komt af en toe even langs. Mama drinkt snel haar thee op en trekt dan haar jas aan. 'Ik ga zo meteen met Max even naar de Albert Heijn, moet ik voor jou nog iets meenemen?'

Ik heb net vanochtend boodschappen gedaan, dus ik zeg: 'Nee, niet nodig.'

'Heb je Nijntjebiscuit in huis?'

'Wat?'

'Dat zijn de koekjes die Max altijd mee heeft voor in de korte pauze 's ochtends.'

'Oh. Nee, die heb ik niet gekocht.' De eerste twee dagen dat ik Max wegbracht was ik die hele pauze vergeten en had ik hem niets meegegeven, tot de juf me eraan herinnerde dat het wel de bedoeling was dat Max ook iets te eten bij zich had. Daarna heb ik hem gegeven wat er in huis was, meestal een mueslikoekje of zo.

'Ik neem wel een paar dozen mee', belooft mama. Ze kijkt even om het hoekje van Anouks deur, maar mijn zus slaapt nog altijd. Zonder haar wakker te maken gaat mama weg. Ineens is het doodstil in het appartement.

Ik loop op mijn tenen naar Anouks slaapkamer en wil me eigenlijk meteen weer omdraaien, maar ze heeft me gehoord en doet haar ogen open.

'Ik slaap niet', fluistert ze.

'Oh, ik dacht...' Ik aarzel even, maar ga dan toch naar binnen. Het is benauwd in de slaapkamer. 'Zal ik een raam openzetten?'

Anouk knikt. 'Ja, graag. Mama is bang dat ik kou zou vatten, dus zij heeft het de hele middag geweigerd.'

'Hoe voel je je?'

Anouk werkt zich een beetje overeind in de kussens. 'Behoorlijk kut. Ik kan nog steeds niet begrijpen dat je van dat spul zo ziek kunt worden. Ik dacht nog dat ik er lachend doorheen zou fietsen, maar dat valt vies tegen.'

'Hoe lang duurt dat dan?'

'Geen idee.' Anouk rilt. Ik geef haar een extra deken. 'Misschien een paar dagen, misschien langer of korter. Dat verschilt per persoon.'

'Hm. Kunnen ze je niet nog meer pillen geven om de bijwerkingen tegen te gaan?'

Anouk trekt haar neus op. 'Nou, de pillen die ik heb werken voor geen meter.'

Anouk trekt allebei de dekens op tot aan haar kin. 'Hoe gaat het met Max?'

Ik ga in kleermakerszit op Anouks tweepersoonsbed zitten. 'Ja, goed. Hij...' Moet ik haar wel vertellen van het verhaaltje?

'Wat?' dringt Anouk aan.

Ach, wat maakt het uit. Het is niet zo dat ik hem bijna in bad heb verdronken. 'Nou... Ik had hem een verhaaltje voorgelezen uit een boek van vroeger, maar dat was niet helemaal voor zijn leeftijd bedoeld. De rest van de avond was hij bang voor monsters en spoken onder zijn bed.'

Anouk glimlacht. 'Ja, hij is niet zo'n held.'

'Uiteindelijk heeft hij maar bij mij in bed geslapen. Dat herinnert me er trouwens aan dat ik een nieuw voorleesboek voor hem moet meenemen.'

'Het gaat wel goed, hè?' vraagt Anouk.

'Ja', antwoord ik. 'Het gaat inderdaad goed.'

'Zeker weten?'

Ik trek mijn wenkbrauwen op. 'Hoe bedoel je?'

'Saar, ik ken je langer dan vandaag. Je hebt het best moeilijk gehad in het begin, toch? En mij altijd maar wijsmaken dat het allemaal súper ging.'

Ik ben even uit het veld geslagen. Had ze dat dan door?

Anouk glimlacht flauwtjes. 'Ik mag dan wel ziek zijn, maar ik ben niet achterlijk. Je grote zus hou je niet voor de gek, hoor.'

Ik haal diep adem en voel me ineens enorm opgelucht. 'Oké, ik geef toe dat het niet allemaal van een leien dakje is gegaan. Ik mis gewoon dat opvoedtalent dat andere mensen wel schijnen te hebben, weet je.'

Ondanks haar beroerde toestand schijnen er pretlichtjes in Anouks ogen. 'Zo jammer dat ik niet af en toe mee kan kijken.' Ik moet ook lachen. 'Ik vrees dat ik mezelf af en toe nogal voor schut heb gezet. Met als voorlopig dieptepunt dat ik twee keer naar de Chinees moest, omdat ik iets had uitgekozen wat Max echt heel vies vond.'

'Vertel', beveelt Anouk en ik doe haar het verhaal uit de doeken. Achteraf moet ik er zelf ook wel om lachen. 'Maar nu gaat het echt veel beter', zeg ik om Anouk niet ongerust te maken. En ik besef dat het waar is. Max en ik beginnen aan elkaar te wennen. 'Maar mijn god, wat een ellende in het begin. En dan die keer dat we in de supermarkt waren en hij per se een of ander felgekleurd flesje schoonmaakmiddel wilde meenemen. Ik bedoel, schoonmaakmiddel! Als het nou nog snoep was geweest. Maar hij schopte een enorme scène en...'

Anouk kreunt.

'Wat? Wat is er?' Ik schiet overeind om haar te helpen.

'Ik word weer misselijk.' Anouk slaat haar dekens terug.

'Kom maar.' Ik help Anouk uit bed, hoewel er een emmer op de grond staat. Anouk strompelt naar de badkamer en geeft over in de toiletpot.

'Weet je het zeker?'

Anouk knikt. Haar gezicht is nog een graadje bleker geworden sinds de vorige keer dat ze moest overgeven. Ik ben hier misschien een uur geweest en ze is wel zes keer over haar nek gegaan. Inmiddels heeft ze ook een stekende hoofdpijn gekregen, die ervoor zorgt dat ze haar ogen niet kan openhouden.

'Ik kan ook wel blijven, hoor. Dan zorg ik dat mama hierheen komt.'

Anouk fluistert: 'Nee. Ga maar naar Max. Hij kan niet alleen.' Hardop praten doet waarschijnlijk te veel pijn.

Ik heb al een paar keer op het punt gestaan om de dokter te bellen, want volgens mij is het niet normaal dat Anouk het gevoel heeft dat haar hoofd met een bijl doormidden is gespleten en dat het nu zonder pijnstillers weer aan elkaar wordt genaaid. Maar Anouk zegt dat het niet nodig is om te bellen. Ze moet hier doorheen, zo is het nou eenmaal.

Ik stop Anouk in, zoals ik dat gisteravond met Max deed. Ze ligt dun en kwetsbaar in bed. Haar ogen dicht, haar haren als een waaier over haar kussen. Er liggen ook losse haren. Zou het nu al begonnen zijn?

Ik buig me voorover en geef Anouk een kus op haar wang. Ze voelt koel aan. Ze beweegt even haar mond alsof ze iets wil zeggen, maar geeft het dan op.

Ik pak haar hand. 'Wat kan ik voor je doen? Wil je iets drinken? Het raam dicht? Nog een extra deken?'

Maar Anouk wil niets. Ik kan gaan, ik moet ook gaan, want ik heb mama beloofd haar af te lossen bij Max. Ik knijp even in Anouks hand. Ze knijpt heel licht terug en mompelt iets. Ik versta het weer niet.

'Hou je taai, Nouk', fluister ik. Door de plotselinge brok in mijn keel kan ik niet meer normaal praten. Ik wil niet huilen waar Anouk bij is, dus sta ik op en vlucht naar de gang.

Terwijl de tranen over mijn wangen lopen, trek ik mijn jas aan, pak mijn tas en loop naar buiten.

Ik stap in de auto en draai de sleutel om. De radio springt aan.

On and on the rain will fall
Like tears from a star
Like tears from a star

Oh nee hè, ook dat nog. Waarom moet Sky Radio nou precies dít moment uitkiezen om 'Fragile' van Sting te draaien? Het nummer dat we ook hebben gedraaid op papa's begrafenis.

On and on the rain will say
How fragile we are
How fragile we are

Nu stromen de tranen over mijn wangen. Ik probeer ze met een hand weg te vegen, maar ze blijven komen. Ik slinger af en toe vervaarlijk en er wordt naar me getoeterd, maar ik kan niet stoppen met huilen.

Misschien is dit een teken dat papa me in de gaten houdt, hoewel ik daar eigenlijk niet in geloof. Maar vandaag wil ik niet eens weten waar hij is of wat hij ziet – ik wil gewoon dat hij hier nog was en me vertelde dat het allemaal goed komt. Ik mis hem zo erg dat het pijn doet.

Dat ik zonder botsingen thuiskom is een klein wonder. Ik parkeer de auto voor de deur, maar blijf achter het stuur zitten. Ik veeg mijn gezicht droog met de mouw van mijn grijze jasje, waar ik normaal gesproken nogal zuinig op ben. Er blijft een donkere plek achter. Het kan me niet schelen. Ik werp een blik in de achteruitkijkspiegel en zie mezelf, rode vlekken op mijn wangen en in mijn nek. Ik haal diep en trillend adem en slik dapper. Dan pak ik mijn tas en stap uit de auto.

Er brandt licht op mijn etage, het schijnt geel en warm naar buiten. Ik heb ineens heel veel zin om naar huis te gaan, waar mama op me wacht. Ik verlang zelfs naar Max, tot mijn eigen verbazing.

Als ik binnenkom, ziet mijn moeder meteen dat ik heb gehuild. Ze slaat haar armen om me heen en ik leg mijn hoofd op haar schouder. Meteen rollen er weer tranen over mijn wangen, ik krijg het brok maar niet weg uit mijn keel.

Na een paar minuten merk ik dat Max naar me staart. Ik maak me los uit mama's omhelzing en droog mijn tranen.

'Wat is er, tante Sara?' vraagt Max bezorgd.

Zijn ernstige gezicht is genoeg om opnieuw tranen achter mijn ogen te doen branden, maar ik knipper ze weg. 'Niets, Max. Kijk eens wat ik voor je heb meegenomen.' Ik haal het prentenboek over een ijsbeer die in de tropen verzeild raakt uit mijn tas. Hij begint te stralen. Met zijn boek installeert hij zich op de bank.

Ik praat met mama in de keuken, op gedempte toon zodat Max het niet hoort. 'Dit kan niet normaal zijn', zeg ik. 'Ik denk dat we die dokter huppeldehup nog een keer moeten bellen.'

'Dat heb ik al gedaan, maar dit zijn nou eenmaal de bijwerkingen van een chemokuur. Daar is niets aan te doen.'

'Maar ze is zo ziek.'

Mama knikt. 'Ik weet het. Ik zou ook heel graag willen dat ik er iets aan kon veranderen, maar dat is niet zo. Het enige wat we kunnen doen is zo goed mogelijk voor haar zorgen. Ik ga maar snel weer naar haar toe.'

'Ja, we moeten haar niet te lang alleen laten.' Mama trekt haar jas aan. 'De Nijntjebiscuits staan in de kast', zegt ze.

'Dank je wel. Bel je me als er iets is. Ik kan best naar jullie toe komen.'

'Blijf jij maar bij Max. Voor Anouk kun je verder niet zo veel doen.'

Ik weet dat het waar is, maar toch zou ik liever de hele avond op het randje van haar bed zitten om persoonlijk in de gaten te houden dat ze in elk geval nog leeft. Maar dat heeft geen zin, en ik weet ook wel dat Anouk het veel belangrijker vindt dat het goed gaat met Max. Dus dat moet ik voor haar doen – goed voor haar kind zorgen.

Als mama weg is, ga ik naast Max op de bank zitten. Hij bladert door zijn boek en doet alsof hij voorleest. Maar als ik naast hem kom zitten, legt hij het boek meteen aan de kant.

Nog niet helemaal gerustgesteld kijkt hij me aan: 'Ben je verdrietig, tante Sara?'

Max' vraag is genoeg om mijn onderlip alweer te doen trillen, maar ik bijt erop. Zijn blauwe ogen stralen een en al bezorgdheid uit, hij heeft een frons in zijn voorhoofd.

Ik sla mijn arm om hem heen en trek hem tegen me aan. 'Ja, Max, tante Sara is een beetje verdrietig. Maar het gaat al veel beter nu jij er bent.'

Tot mijn eigen verbazing realiseer ik me dat het waar is.

10

'WANNEER TREK JE WEER JE NORMALE KLEREN AAN?'

'Hoezo?' Ik sta in mijn stewardessenpakje in het midden van de kamer en probeer mijn haar in een staartje te binden, maar het elastiekje is te wijd en ik heb geen nieuwe.

'Omdat je rare kleren aanhebt.'

'Dat is voor mijn werk.'

Max trekt een rimpel in zijn neus. 'Mama draagt nooit rare kleren voor haar werk.'

'Mama doet ook ander werk dan ik.'

'Mama hoeft nooit nachtjes weg.'

Ik trek het elastiekje nog één keer extra om mijn staartje heen. Het gaat net. 'Nee, mama niet. Ik wel.'

'Maar waaróm dan?'

Max zit boven op mijn koffer en weigert op te staan. Ik heb de fout gemaakt hem te vertellen dat ik voor negen dagen wegga – voor hem zo ongeveer een heel mensenleven. Ik had gewoon moeten zeggen dat ik binnenkort terug ben, maar dat heb ik niet gedaan en nu heeft Max zichzelf tot doel gesteld te voorkomen dat ik ga.

Mama had hem gewoon uit school moeten halen, maar om een of andere reden heb ik ermee ingestemd het zelf te doen. Ik kijk op de klok. Waar blijft mama eigenlijk? Ze heeft vannacht voor het eerst sinds dagen weer eens thuis geslapen. Anouk kan eindelijk weer een beetje voor zichzelf zorgen, al heb ik bij haar gezeten vanaf vanochtend half negen, toen ik Max naar school had gebracht, tot een uurtje geleden. Max heeft tussen de middag thuis gegeten. Hij vond het fantastisch zijn moeder weer te zien en merkte niet eens dat Anouk er slecht en heel erg moe uitziet.

Gelukkig is de misselijkheid afgenomen en kan ze zelfs weer een boterham eten. Slechts eentje weliswaar, maar toch. Ze ligt ook niet meer de hele dag in bed, zoals eerst. Het heeft vijf lange dagen geduurd, maar nu lijken de bijwerkingen van de chemo eindelijk af te nemen. Nog vijf dagen tot de volgende. Alleen ben ik dan in Sydney en daar kan ik niet onderuit.

Er stopt een auto voor de deur. Ik werp een blik uit het raam, het is mijn moeder.

'Max, oma is er!'

Hij aarzelt zichtbaar, maar besluit dan toch zijn plek op de koffer op te geven om naar het raam te lopen. Ik maak van de gelegenheid gebruik om mijn blauwe Samsonite snel overeind te zetten.

Ik loop naar beneden om de deur voor mama open te doen. Ze is laat, er stond file.

'Ik moet eigenlijk gaan', zeg ik een beetje verontschuldigend.

'Weet ik. De A1 was een ramp. Hé, Max!' Ze heeft haar kleinzoon bovenaan de trap ontdekt. We lopen samen naar boven.

Ik slik als ik mijn jas pak. 'Max, ik moet gaan.'

Hij knikt serieus, blijkbaar doordrongen van het onafwendbare. Negen dagen, hij kan het echt niet bevatten.

Ik pak het handvat van mijn koffer, die vol zit met zomerjurkjes, open schoenen met hoge hakken en drie verschillende bikini's. In Nederland is het grijs, druilerig, en steeds vroeger donker. Als ik dan toch weg moet, klaag ik niet dat het naar een zonnige bestemming is.

Ik zet mijn koffer weer neer en ga op mijn knieën voor Max zitten. 'Wel lief zijn voor oma, hè?'

Ik klink net als mijn eigen moeder als ze ons vroeger uit logeren stuurde. Snel sta ik op. 'Dag, mam.'

'Dag, lieverd. Pas je goed op jezelf?'

Ik beloof het, zeg nogmaals gedag en sjouw dan mijn koffer de trap af. Buiten op straat kijk ik om naar mijn huis. Max staat voor het raam en drukt zijn neus plat. Als hij me ziet, zwaait hij. Ik zwaai terug.

Op de parkeerplaats van Schiphol loop ik Elise tegen het lijf. Ik geef haar drie zoenen, die zoals gewoonlijk ergens in de lucht belanden.

'Hoe ís het?' roept ze. 'Man, ik heb je gewoon vier weken niet gezien of zo. Of langer zelfs.' Ze kijkt me peinzend aan. 'Nee, niet langer. Of wel? Nou ja, ik weet het niet meer.'

'Het gaat goed. En met jou?'

'Súper! Ik ben vorige week naar Madrid geweest en nu ben ik verliefd. Op een Spanjaard!'

'Echt? Vertel, ik wil alles horen.' Terwijl ik het roep, realiseer ik me dat het helemaal niet waar is. Eigenlijk interesseert het me niks met wie Elise allemaal in de gordijnen heeft gehangen. Maar de hele weg naar de vertrekhal luister ik naar haar relaas, dat erop neerkomt dat ze drie keer heeft ge-sms't met een of andere Spanjaard – of Portugees, dat weet ze eigenlijk niet – die ze dus in Madrid heeft leren kennen en met wie ze nu plotseling wil trouwen. Of niet, als ze de steward kan verleiden met wie we vandaag naar Sydney vliegen. Ze is van plan de zes uur die we in Singapore op de aansluitende vlucht naar Sydney moeten wachten goed te benutten. Ze doet haar best maar.

'En hoe is het met jou?' vraagt Elise als ze eindelijk ophoudt over Don Juan. Ze weet niet eens meer dat ze dit al heeft gevraagd.

'Heel goed', antwoord ik braaf.

'Mooi.'

Ik kan het Elise eigenlijk niet eens kwalijk nemen dat ze verder niets vraagt. Ik heb immers besloten mijn collega's niets te vertellen over Anouks ziekte en dat ik op Max moet passen, dus waarom zou ze het ook niet geloven als ik zeg dat het goed gaat? Ik heb er ook geen behoefte aan om iets over mijn zus te vertellen.

We gaan aan de slag en ineens gaat de tijd stukken sneller. Voor ik het weet is het al tijd om te gaan boarden. Ik sms snel naar Anouk dat ze zich er niet onder moet laten krijgen en dat ik aan haar denk, maar krijg geen antwoord.

'Goedenavond', zeg ik met een brede smile tegen de eerste passagiers die binnenkomen. Die categorie is vreselijk. Dat zijn, als ze niet op basis van bejaardheid, een handicap of het bezit van een kind met voorrang naar binnen mogen, de mensen die drie uur van tevoren aanwezig zijn op Schiphol, See Buy Fly links laten liggen en vanaf minimaal een uur voor we boarden bij de gate gaan zitten en voortdurend in de gaten houden wie er daarna komen. Wie het waagt om voor te kruipen bij het boarden kan een opmerking van hun kant verwachten. Alsof je betere plekken hebt als je vroeg incheckt. We zijn EasyJet niet. Je hebt wel betere plekken als je meer betaalt, maar dat doen deze mensen dan weer niet.

Ik controleer boardingpasses, wijs mensen hun plek, verschuif bagage en sluit de bakken die vol zijn. Ondertussen hou ik Elise in de gaten, die voortdurend daar loopt waar ze niet moet zijn en niet daar waar ze wel moet zijn, waardoor er bagagebakken open blijven staan en mensen zoekend om zich heen kijken, omdat passagiers nou eenmaal graag voor vertrek al dekens en kussentjes hamsteren. Daar kan ik ze trouwens geen ongelijk in geven: om een of andere reden schijnt het heel moeilijk te zijn voor de luchtvaartmaatschappij om net zo veel dekens klaar te leggen als er passagiers zijn en het gebeurt nogal eens dat je, als je te laat bent, het maar koud moet hebben tijdens de vlucht.

Elise passeert me midden in het gangpad, eindelijk op weg naar haar eigen stuk van economy class om ervoor te zorgen dat we in elk geval op tijd kunnen vertrekken.

'Nou, wat zei ik?' sist ze in het voorbijgaan.

Ik heb de steward om wie het allemaal gaat allang gezien en ik moet toegeven dat hij inderdaad knap is. Maar hij is ook tweeëntwintig, maximaal, en Elise is net zo oud als ik. Ik zeg er maar niets over.

Elise klapt hier en daar bagagebakken dicht, smijt in recordtempo bij een paar mensen dekens op hun schoot en beent dan snel weer door.

'Eh... mevrouw?' Een paar passagiers steken hun hand op. Ze kunnen Elise nog net in de galley zien verdwijnen. Dan richten hun blikken zich op mij. Ik draai me om. Wat ze allemaal met stewards uithaalt moet ze zelf weten, maar ik voel me niet geroepen om haar werk te doen.

Als ik in de galley even stilsta en diep zucht, kijkt Elise me aan. 'Is er iets of zo? Je bent echt chagrijnig.'

'Wie? Ik?'

'Ja, wie anders, idioot? Ben je moe of zo? Leuk feestje gehad?'

Dankbaar voor de smoes zeg ik: 'Ja, ik ben gisteravond naar Jimmy Woo geweest. Geweldige avond gehad, maar nu ben ik gesloopt.'

Jimmy Woo. Ik weet amper nog hoe je het spelt.

Elise grijnst. 'Ja, dat blijft een fantastische club. We moeten binnenkort weer eens samen gaan.'

'Moet we zéker doen', antwoord ik haast automatisch.

De purser van vandaag, een oudere vrouw die Gladys heet en met wie ik wel vaker heb gevlogen, komt de galley binnen.

'Klaar?' vraagt ze.

Ik knik. 'Bij mij zitten ze allemaal.'

'Mooi.' Ze verlaat de galley weer aan de andere kant.

'Cabin crew, take your seats for take-off.'

Ik loop het keukentje uit en ga tegenover drie passagiers zitten, die bij hetzelfde gezin horen en elkaar nu al helemaal zat zijn. Op de rij achter hen zit nog een gezinslid, een puberzoon die zijn iPod nu voor de derde keer aan heeft gezet, terwijl dat niet mag tijdens take-off. Als ik hem waarschuwend aankijk, zet hij het apparaat alsnog uit.

'Tante Sara, hoe hoog ga je dan in een vliegtuig?' vroeg Max gisteravond.

'Vaak wel tien kilometer', antwoordde ik. Max staarde me met open mond aan, geen idee hoeveel een kilometer is.

'Best hoog', zei hij uiteindelijk. Daarna hield hij zijn gele graafmachine boven zijn hoofd en rende een rondje door de kamer. 'Scoop kan ook vliegen!'

Het is inmiddels donker en het miezert nog steeds. Ik denk weer aan Anouk. Hoe zou het gaan? Was het maar zonnig, dan was er tenminste nog íets leuk.

De motoren loeien. Ik moet Anouk vragen of ze al een bestemming heeft gekozen. Ik heb immers beloofd haar mee te nemen als ze weer beter is. We moeten een plek uitzoeken waar Max het ook leuk vindt. Ik kan me nu al zijn gezicht inbeelden als hij het vliegtuig binnenstapt.

Ik zie hem voor me, met mama aan mijn eettafel. Omdat het te druk is voor Anouk, slaapt mijn moeder met Max in mijn huis, terwijl tante Simone bij Anouk is. Hopelijk is Max niet meer bang voor monsters en spoken. Of voor krokodillen, zoals laatst. Toen ik zei dat we van krokodillen dure handtasjes maken rolde hij bijna van het bed van het lachen. Het is een nieuw ritueel dat we elke avond voor hij gaat slapen onder zijn bed kijken, de enge beesten verjagen en dan het nachtlampje aanzetten. Ik heb Max wijsgemaakt dat spoken, monsters en andere angstaanjagende wezens niet tegen licht kunnen. Ik ben vergeten het aan mama te vertellen, hopelijk doet Max dat zelf. Ik wil niet dat hij bang is 's nachts.

Mijn god, ben ik er eindelijk weer eens even uit, eindelijk wat tijd voor mezelf, denk ik aan Max! Ik moet mijn zinnen verzetten. Aan de andere kant van het vliegtuig zit de steward die Elise zo leuk vindt, met een paar passagiers zit te kletsen. Sergio heet hij. Misschien heeft ze gelijk, hij is best aantrekkelijk. Misschien moet ik toch maar werk van hem maken.

Ping. Het stoelriemenlampje gaat uit. Ik loop snel naar de galley, waar mijn collega's zich al hebben verzameld om de handdoekjes op te warmen die we zo meteen uitdelen.

De uren daarna blijf ik rondlopen met een wat onbestemd gevoel. Dit is mijn leven, in een vliegtuig of in een ver land. Misschien begin ik te wennen aan het oppassen op mijn neefje, maar dat betekent niet dat ik niet meer de Sara van vroeger ben.

Ik ben heus niet burgerlijk geworden. Dat zal ik nooit worden, in elk geval niet de komende tien jaar. Dat was de reden dat Tygo en ik het niet redden en dat ook een paar andere relaties na niet al te lange tijd sneuvelden. Ik heb vrijheid nodig. Vrijheid om te doen en laten wat ik wil, en wat ik wil is lekker de hele wereld over reizen en stewards versieren als ze leuk genoeg zijn.

Sergio is leuk genoeg, heb ik besloten. Als we de warme maaltijden gaan uitdelen blijf ik als laatste in de galley achter. Sergio is iets vergeten en trekt het gordijntje opzij. Hij kijkt me aan en knippert met zijn ogen. 'Heb je al plannen in Sydney?'

Ik schraap mijn keel, verdring Max en Anouk naar de achtergrond. Er is achterstallig onderhoud te doen aan de

Sara die ik altijd was en ik besluit dat deze jongen daar prima voor geschikt is. 'Nee, nog niet. Jij?'

Hij schudt zijn hoofd zijn. Zijn blik glijdt over mijn lichaam. De eerste stap is gezet.

Als we heel veel uren later in Sydney aankomen, staat mijn hoofd niet bepaald naar Sergio. De tussenstop in Singapore was een ramp en ik heb veel te weinig geslapen, met dank aan een flinke vertraging door een onweersbui. Gelukkig landen we bijna náást de gate en binnen een halfuur is de hele kist leeg.

'Wat ga je doen?' vraagt Sergio als we naar de bagageband lopen. 'Zin in een feestje? Ik kreeg net een sms dat er een mooi feestje aan de gang is, vlak bij The Opera House.'

Ik schud mijn hoofd. 'Nee, dank je. Ik ben moe.'

'Daar weet ik wel een oplossing voor, als je wilt.' Ik weet niet of hij doelt op cocaïne of een stevig robbertje seks. Het eerste hoef ik niet, maar het tweede...

'Ik kan wel even bellen.' Sergio heeft zijn telefoon al in zijn hand. 'Dan is het binnen een uur bij het hotel.'

Ah, het eerste dus. 'Nee hoor, dat lijkt me niet nodig.'

Hij kijkt me onderzoekend aan. 'Nou, dan niet.' Sergio houdt zijn pas even in, zodat hij naast Elise komt te lopen. Ze negeert hem. Hij heeft haar in Singapore in de kou laten staan en dat heeft ze hem nog niet vergeven.

Binnen een uur zijn we bij ons hotel in Sydney. Als we onze kamersleutels hebben is Sergio nergens meer te bekennen, wat eigenlijk best jammer is. Maar in drugs heb ik geen zin en hij is blijkbaar niet in de mood voor waar ik wel zin in heb, dus blijft er niets anders over dan te gaan slapen.

Als ik wakker word is het stil. Ik heb geen idee hoe lang ik heb geslapen. Ik voel me nog steeds brak, maar iets minder moe dan toen ik in slaap viel. Ik pak mijn telefoon, die automatisch de nieuwe tijd heeft aangenomen. Het is twaalf uur 's middags.

Ik bel Anouk. Ze neemt op met een opgewekt: 'Hé, zus.'

'Hoi. Hoe is het?' Ik realiseer me ineens dat het in Nederland negen uur 's avonds is. 'Ik bel je toch niet wakker?'

'Nee, gek. Ik kan tegenwoordig opblijven tot minstens kwart over negen.'

Ik grinnik. 'Je gaat met sprongen vooruit, hoor ik al.'

'Nou, ik voel me wel met de dag beter. Ik heb vanmiddag een halfuur met Max door het park gelopen. En morgen gaan we naar de kinderboerderij.'

'Oh ja? Hoe is het met Max?'

'Goed, maar hij vraagt veel naar jou. Ik weet niet wat je hebt gedaan, maar hij lijkt nogal dol op je te zijn.'

Ik slik. 'Echt? Nou, doe hem maar de groetjes dan, hè. En ook aan mama.'

'Doe ik. Veel plezier daar.'

Ik hang snel op. Ik wil helemaal niet weten dat Max naar mij vraagt. Ik wil de oude, vrije Sara zijn. Niet de Sara die op haar hotelkamer aan haar neefje zit te denken, maar de Sara die gaat sporten en daarna aan het zwembad ligt. Ik trek mijn sportkleren aan en loop naar de fitnesszaal. Ik stap op de crosstrainer en stel het zwaarste programma in.

Ik zit net aan een sandwich in het restaurant als Elise binnenkomt. Zij is vannacht niet meteen gaan slapen, maar heeft de fout gemaakt het feestje te bezoeken waar Sergio ook naartoe ging. Een grote, zwarte zonnebril verbergt haar ogen, maar de kegel is onmiskenbaar. Ze gaat tegenover me zitten en pikt een frietje, dat bij mijn sandwich is geleverd. Ik schuif het hele bordje naar haar toe.

'Was het leuk?'

'Sst, niet zo hard.'

'Oh, sorry', fluister ik. 'Was het leuk?'

'Mm-mm.'

'En met Sergio?'

'Oh, hij.' Elise maakt een wegwerpgebaar. 'Alsof er niets leukers rondloopt.'

Altijd als Elise of afgewezen of gedumpt is, doet ze alsof de man in kwestie toch al te min voor haar was.

'Oh, oké. Ga je mee zwemmen?'

Elise schudt haar hoofd en kreunt meteen daarna. 'Ik moet er niet aan denken. Ik ga weer slapen. Wat doe ik hier eigenlijk?'

Ze schuift de frietjes mijn kant weer op en loopt weg zonder nog iets te zeggen. Ik heb geen honger meer en laat mijn halve sandwich staan.

Het is stralend zomerweer buiten. Ik verlaat het restaurant en loop richting het zwembad met mijn badlaken onder mijn arm. Als ik langs een boetiekje in de hal kom, valt mijn oog op een hele rij krokodillenknuffels. Max zou ze fantastisch vinden. Zal ik...?

Ik schud mijn hoofd. Ik zou me niet meer druk maken om wat Max allemaal denkt en wil, ik zou juist weer een beetje tot mezelf komen. Precies op dat moment duikt Sergio op. Hij heeft een blauwe zwembroek aan die tot zijn knieën reikt en een lichtblauw, strak T-shirt. Zijn donkere haar zit nonchalant, maar is vast met veel zorg in dit model gekneed. Hij heeft zich niet geschoren en er ligt een zwarte waas over zijn wangen, maar dat staat hem eigenlijk beter dan zo'n gladgeschoren babyface.

'Hé', zegt hij. 'Ga je de stad in?'

Geen al te slimme vraag. Ik heb een handdoek onder mijn arm. Ik hoop vurig dat hij me niet gezien heeft bij de knuffelkrokodillen.

'Nee, ik ga naar het zwembad.'

Sergio knikt. 'Ik heb ook geen zin om de stad in te gaan. Ik was hier vorige maand ook al. Het leukste feestje is trouwens al geweest. Jammer dat je er niet was.' Hij doet een stap in mijn richting. Ik weet waar hij op uit is, maar het zou tegen mijn eigen regels in gaan om nu al toe te geven. Laat hem eerst maar wat meer moeite doen.

Langs Sergio loop ik naar het zwembad. Hij volgt me en installeert zich op de ligstoel naast de mijne, ook al ligt hij dan in de schaduw. Het is niet druk en er zijn stoelen genoeg vrij in de zon. Nu weet ik het zeker.

Ik trek mijn wikkeljurk uit en neem mijn positie in. Vanachter de donkere glazen van mijn grote zonnebril zie ik zijn blik over mijn lichaam gaan. Ik draag de nieuwe bikini die ik vorige week in Barcelona heb gekocht. Het wit staat mooi bij mijn gebruinde huid.

Ik doe een paar minuten alsof ik mijn tijdschrift lees, maar ik staar slechts naar de pagina's zonder iets te zien. Sergio doet geen moeite zijn bewondering te verbergen. En dat terwijl hij vijf jaar jonger is. Ik tel nog mee.

Ik verplaats mijn zonnebril naar mijn haar en kijk Sergio aan. Hij wendt zijn blik niet af.

'Hé, Sara', klinkt het dan opeens.

Ik kijk op. Het is Edwin, een van de copiloten. Edwin is er zo eentje bij wie je een Prodent-twinkel verwacht als hij lacht. Hij is een jaar of dertig, immer gebronsd en ik heb hem nog nooit gezien met zijn haar door de war. Hij draagt een vale spijkerbroek en een wit overhemd en heeft een pilotenbril op, wat ik wel geestig vind.

'Zeg, lig jij hier alleen maar een beetje mooi te wezen of ga je mee wat drinken?' vraagt hij. Achter zijn zonnebril zie ik ogen die mijn lijf ook al goedkeurend opnemen. De bewonderaars stellen zich vandaag in rijen van drie op. De keus wordt me makkelijk gemaakt door twee passerende Duitse stewardessen. Ze blijven staan.

'*Gutentag Edwin. Wie geht's?*'

Edwin draait zich met een ruk om. '*Gutentag*, dames. *Etwas zu trinken?*'

Hij gaat snel achter zijn Duitse vriendinnen aan. Sergio en ik zijn weer alleen.

'Patser', is zijn commentaar.

'Vind je? Ik mag hem wel.'

Dat heeft het gewenste effect. Sergio gaat nog beter zijn best doen. 'Wil je iets drinken? Ik ga even kijken of ze cocktails hebben.'

'Oh, lekker. Voor mij een Long Island Iced Tea graag.'

Sergio loopt weg. Hij heeft zijn T-shirt uitgetrokken, hoewel hij op zijn plek toch niet bruin wordt, en ik bewonder het resultaat van vele uurtjes sportschool.

Ik sluit mijn ogen en draai mijn hoofd naar de zon. Hoewel de tuin van het hotel ommuurd is en er midden in de stad ook niet echt een lekker zeebriesje staat, is het niet te warm. De temperatuur is goed, de omgeving is goed, het gezelschap is goed – ik mag niet klagen.

Als ik mijn ogen weer open, komt Sergio er net aan met de drankjes. Voor hij steward werd was hij blijkbaar barman, want hij draagt de glazen op een plateautje dat hij met één hand boven zijn schouder houdt.

Met een zwierig gebaar zet hij mijn cocktail neer. 'Alstublieft, mevrouw.'

Ik grinnik. 'Dank u wel. Dat ziet er lekker uit.'

'Cocktails maken kunnen ze hier wel. De laatste keer dat ik in dit hotel was, heb ik optimaal genoten van het happy hour. Maar dat is afgeschaft, vertelde de barman net.'

Happy hour... Toen Anouk en ik voor het eerst met z'n tweeën uit gingen – ik was vijftien, zij achttien – gingen we naar een café waar zij al vaker was geweest. Het was happy hour. Ik werd die avond voor het eerst stomdronken, de volgende dag was mama boos op Anouk. Zelf vond ik het prachtig – het smaakte naar meer.

Ik schud mijn hoofd. Ik moet niet zo veel aan vroeger denken, en aan thuis. Dat is iets van de laatste tijd. Ik voel weer dat steekje dat ik vroeger nooit voelde. Het lijkt wel... *heimwee*?

Nu wordt het zéker tijd om de oude Sara terug te halen. Ik heb nog nooit heimwee gehad.

Dus draai ik me op mijn zij en kijk Sergio aan met mijn speciale blik, die bijna nooit zijn uitwerking mist. 'Ik ben iets vergeten op mijn kamer', zeg ik. 'Ik denk dat ik het even ga pakken. Wil je niet even helpen tillen?'

Zijn ogen lichten op en hij slikt. Terwijl hij naar zijn T-shirt reikt zegt hij schor: 'Maar natuurlijk. Ik zou niet willen dat je een spier verrekt.'

Ik gebruik het kaartje om mijn kamerdeur te openen en we gaan naar binnen. Daar is het koel door de airco en schemerdonker omdat de gordijnen dicht zijn. Ik huiver een beetje. Sergio staat vlak achter me. Ik ruik de zonne-brandcrème waarmee hij zich heeft ingesmeerd.

Hij verspilt geen tijd aan een gesprek of zelfs maar een opmerking over wat ik dan zo nodig moest pakken. Ik voel zijn armen om mijn middel en zijn vingers hebben in no time de knoop van mijn wikkeljurk losgemaakt. Als ik me op het bed laat vallen, denk ik niet meer aan knuffelkroko-dillen of kinderboerderijen.

'Nou, doei. Ik zie je wel weer.' Sergio trekt zijn zwem-broek aan en pakt daarna zijn T-shirt van de grond. Hij doet geen moeite het binnenstebuiten getrokken shirt om te draaien, hij houdt het gewoon onder zijn arm ge-klemd.

Vanuit het bed kijk ik toe. 'Ja. Doei.'

De deur valt met een klap achter hem in de slot. Het ge-luid dreunt na in de kamer. Verder is het stil. Ik ben alleen en zo voel ik me ook.

Ik draai me op mijn rug en trek het laken over me heen. Even denk ik terug naar aan Sergio's verrassend zach-te handen, die ik nog overal op mijn lichaam voel. Ik had verwacht dat hij van het type 'grote stappen, gauw thuis' zou zijn, maar het is al bijna een uur geleden dat we de deur van mijn kamer openden. De geur van zijn aftershave hangt nog in de kamer. Davidoff.

Ik wilde dat hij nog even was gebleven. *Nou, doei.* Dat was het dan.

Ik sta op en stap onder de douche. Daarna wikkel ik een handdoek om mijn natte lijf en ga op het bed zitten. De nagellak van mijn teennagels is afgebladderd. Met een zucht sta ik op en haal het potje uit mijn toilettas.

Ik dep mijn nagels droog en begin te lakken. Ik had gedacht dat ik me nu weer jong, sexy en werelds zou voelen, maar dat is niet zo. Ik pak mijn telefoon. Geen berichtjes of gemiste oproepen. Ik vraag me af of Max al slaapt. Morgen naar de kinderboerderij. Misschien kan hij dan de geitjes aaien.

Ik stoot het potje nagellak van het nachtkastje van schrik. De roze druppels glijden langs de laatjes. Ik mis hem. Ik mis Max gewoon. Hoe jong, sexy en werelds ik me ook wil voelen, met hoeveel aantrekkelijke crewleden ik vandaag en de rest van de week het bed nog deel – ik blijf hem missen. Ik wil weten hoe het met hem gaat, of hij 's nachts niet bang is en of hij ook aan mij denkt. Hoeveel feestjes er ook worden georganiseerd, hoeveel hippe winkels we wel niet afgaan en of ik nou in trendy Sydney ben of niet, het is zo stil zonder Max.

Als ik terugkom bij het zwembad, staat mijn cocktail er nog. Ik pak het tijdschrift, maar ik kan me weer niet concentreren. Sergio is in geen velden of wegen te bekennen. Ik loop naar het winkeltje en koop de grootste knuffelkrokodil die ze hebben.

11

HET ZOEMEN VAN DE VLIEGTUIGMOTOREN MAAKT ME
slaperig. Nog anderhalf uur voor we voet op vaste bodem
zetten en dan nog even voordat ik thuis ben. Hoewel ik
Max heb gemist, wil ik eerst naar Anouk. Het is nu vier
dagen geleden dat ze haar tweede chemokuur heeft gekregen en ik heb van mama gehoord dat ze nog zieker is dan
na de eerste, voor zover dat mogelijk is. Ik heb Anouk een
paar berichtjes gestuurd, waarvan ze er maar één heeft be-
antwoord en dan ook nog heel kort. De strekking kwam
op hetzelfde neer als wat mama zegt: ze ligt alleen maar in
bed met splijtende hoofdpijn en moet een paar keer per uur
overgeven. Vierentwintig uur per dag. Er is werkelijk niets
dat ik voor haar kan doen maar toch wil ik naar haar toe.

Mama probeert haar tijd te verdelen tussen Anouk,
Max en Frank, waarbij Frank de grote verliezer is. Ze heeft

een paar van Anouks vriendinnen en tante Simone gemobiliseerd om ook af en toe bij Anouk te blijven, of bij Max, en ik heb met zowel mijn zus als mijn neefje medelijden. Met Max omdat ik als kind ook bang voor tante Simone was en ik vermoed dat het hem niet veel anders vergaat, en met Anouk omdat je zelfs zonder chemokuur van tante Simones aanwezigheid al hoofdpijn krijgt.

Gelukkig begreep ik ook dat Frank twee dagen is geweest om op Max te passen, wat voor allebei geweldig moet zijn. Voor Max is Frank zijn opa en een geweldige opa ook.

Ik heb uitgerekend dat Anouk over zes dagen haar volgende kuur krijgt, net als ik voor vier dagen naar Casablanca moet. Ik wil haar niet nog een keer in de steek laten, maar het alternatief is Ruth bellen en daar voel ik ook niet zo veel voor.

Ik ben er nog niet uit wat ik moet doen.

Sergio steekt zijn hoofd om de hoek van het gordijntje. 'Hoi.'

Hij rommelt wat in een trolley, vindt dan blijkbaar wat hij zocht en verdwijnt weer. Nadat hij had gekregen wat hij wilde, heeft hij alle interesse verloren. Edwin heeft nog wel wat toenaderingspogingen gedaan, maar ik heb hem afgehouden.

Misschien ben ik niet meer geschikt voor dit werk. Vroeger zou ik me geen seconde druk hebben drukgemaakt om zo'n Sergio, die na de seks drie woorden wisselt en dan verdwijnt. Dan zou ik dat zélf hebben gedaan.

Ik begin alvast met het opruimen van de galley, zodat we ons straks niet hoeven te haasten, maar ik houd er weer mee op als Elise binnenkomt met twee plastic glaasjes cola light. Ze overhandigt er eentje aan mij en gaat zitten.

'Lekker rustig, hè?'

Net als Elise ben ik er niet rouwig om dat dit een nachtvlucht is. Passagiers zeuren veel minder, hebben het hooguit eens koud en of willen een glaasje water. We hebben alle tijd om bij te praten. In Sydney heb ik haar niet veel gezien, ze heeft er een of andere Outback Jack opgeduikeld.

'Hoe zit het nu met die Australiër?' vraag ik. 'John of zo?'

Elise glimlacht veelbetekenend. 'Hm ja, John. Hij is zo leuk, ik denk dat ik hem nog een keer ga opzoeken.'

'Maar je had toch een Spanjaard?'

Ze trekt haar wenkbrauwen op. 'Die sms't niet eens meer terug, dus die kan de pleuris krijgen. Ik wil mijn tijd niet verspillen aan zo'n type. John is toch veel leuker.'

Over Sergio heb ik haar niet meer gehoord. Zij zal mij er ook niet over horen.

'Wel een lekker hotel, hè?'

'Hm-hm.' Elise ziet een oude *Vogue* liggen en pakt het blad.

Zij zal dit werk waarschijnlijk blijven doen tot ze erbij neervalt. Zij twijfelt nooit of dit wel echt iets voor haar is, maar zij heeft thuis dan ook geen vierjarig neefje en een doodzieke zus. Althans, dat vermoed ik.

Ik roep mezelf opnieuw tot de orde. Ook ík blijf dit werk doen, zeker als alles straks weer bij het oude is. En zo niet, dan kan ik altijd nog... Tja. Dan kan ik altijd nog iets anders gaan doen, al weet ik niet zo goed wat. Grondstewardess? Lijkt me niets. De hele dag achter zo'n balietje zitten en mensen inchecken die altijd te veel bagage bij zich hebben en jou een zeikerd vinden als je er iets van zegt. Ik moet er niet aan denken.

Het duurt nog bijna twee uur voor we landen, maar zodra we aan de grond staan gaat het gelukkig snel. We kunnen meteen terecht bij de gate, de sluis zit er lekker snel aan en we zeggen de passagiers gedag met onze stralende 'we hebben helemaal niet net honderd uur gevlogen'-glimlachjes. Daarna verlaten we zelf het vliegtuig, net voor de schoonmaakploeg naar binnen gaat.

Er is er een aparte balie open bij de paspoortcontrole voor crewleden en ook bij de bagageband heb ik geluk: mijn koffer draait al rondjes. Ik zeg mijn collega's gedag en ga naar mijn auto. Elise roept dat ik moet wachten, maar zij is de snelste niet en ik wil naar huis.

Drie kwartier later ben ik er. Er is niemand. Ik bel Anouk, maar ze neemt niet op. Daarna bel ik mama.

'Hai lieverd, waar ben je?'

'Thuis. En jij?'

'Even bij Ikea, met Max. Ik wilde een paar van die speelgoedkisten kopen, om Max' spullen in op te bergen als hij bij jou is, want het wordt elke keer zo'n bende.'

'Dat kon toch wel wachten?'

'Jawel, maar Max wilde graag in de ballenbak, dus combineer ik dat. Hij heeft de laatste dagen ook niet altijd even veel aandacht gehad.'

'Wie is er bij Anouk?'

'Niemand, op dit moment. Ze vond het niet erg om even alleen te zijn, zei ze. Frank is naar huis en tante Simone kon vandaag niet.'

Dat is mooi. Ik heb geen zin om haar tegen het lijf te lopen en te moeten horen wat zij er allemaal van denkt.

'Ik ga naar haar toe, hoor.'

'Dat is goed, lieverd. Tot straks.'

Ik verruil mijn uniform voor een spijkerbroek, zwarte coltrui en Uggs en ga de deur weer uit zonder mijn koffer uit te pakken.

Bij Anouk is niet veel veranderd. Het is er nog steeds warm en stil en Anouk ligt in bed en kan niet veel. Ik baal ervan dat ik de dagen heb gemist dat ze was opgeknapt. Misschien moet ik Ruth toch maar bellen. Het is veel te lang geleden dat ik mijn zus heb gezien terwijl ze niet doodziek was.

'Hé', fluister ik als ik op de rand van het bed ga zitten. Anouk steekt haar hand uit en tast naar de mijne. De hare voelt koud en knokig. Ze doet haar ogen half open, maar verder krijgt ze ze niet. Er staan drie doosjes van de apotheek op haar nachtkastje. Ze kreeg al pillen tegen de misselijkheid, maar blijkbaar heeft de dokter ergens toch nog een ander receptje opgedoken dat hij haar wel kon geven. Benieuwd of het helpt.

'Mag ik die?' vraagt Anouk schor. Ze gebaart in de richting van het glas water dat op haar nachtkastje staat. Er zit een rietje in. Ik help haar met drinken, daarna gaat ze heel voorzichtig weer liggen. Ze lijkt uitgeput.

'Hoe gaat het?' vraag ik.

Het duurt even voordat Anouk genoeg energie heeft verzameld om antwoord te geven. 'Mwah', zegt ze dan. 'Het gaat.'

De huistelefoon rinkelt. Ik haal mijn schouders op. 'Laat maar gaan, als het belangrijk is dan bellen ze wel mobiel.'

'Nee, het is de dokter.'

'Hoezo?'

'Neem jij op?'

Ik loop naar de huiskamer om op te nemen. Het is inderdaad de dokter. 'Ik heb de uitslag van de scan', laat hij weten. 'Ik wil mevrouw Van Doesburg graag in het ziekenhuis zien.'

Scan? Welke scan? Ik weet van niets. De arts zegt dat ik het aan Anouk moet overbrengen en dat zij wel weet waarover het gaat. Hij wil haar eigenlijk zelf spreken, maar dat gaat nu niet. Ik beloof dat ze later zal bellen om een afspraak te maken.

Ik hang op en loop terug naar de slaapkamer. 'Was het de dokter?' vraagt Anouk.

'Ja, hij had iets over een scan of zo. Ik wist helemaal niet dat er een scan was gemaakt.'

'Vorige week. Wat zei hij?'

'Hij wilde een afspraak maken. Ik heb gezegd dat je terug zou bellen als je ertoe in staat bent.'

Anouk knikt. Ze zegt niets, maar er is iets veranderd in haar gezicht. Ze kijkt geschrokken.

'Is het een scan van je borst?' vraag ik.

Anouk schudt met gesloten ogen van nee. 'Van mijn lever.'

'Je lever?'

Anouk knikt. 'Er was een vlekje gezien, helemaal in het begin. Ze wilden kijken of het groter was geworden en of het dan ook...' Ze maakt haar zin niet af. Ineens begrijp ik haar schrik.

Dit is nou zo'n moment waarop je positief moet blijven denken, besluit ik, en ik zeg: 'Maak je niet druk, het is vast een standaardprocedure dat ze bellen als de uitslag er is. Ze hadden het toch al van tevoren aangekondigd?'

Anouk geeft geen antwoord. Ze draait haar hoofd weg, waardoor ik tegen haar achterhoofd aankijk. Met grote ogen.

'J-je...' stamel ik. Tussen Anouks bruine haren in zie ik witte, kale plekken. En op haar kussen liggen heel veel losse haren. Het is nu echt begonnen. Mijn zus wordt kaal.

Ik pak voorzichtig een paar haren op en trek er per ongeluk een paar mee die nog vastzaten. Ze laten los alsof ze er even tegenaan gehangen zijn en eigenlijk nooit goed vast hebben gezeten. Ik kijk naar het bosje in mijn hand.

'Ik weet het', zegt mijn zus, met haar ogen nog altijd gesloten. 'Het begint.'

'Nou, het valt wel mee, hoor.' Mijn keel is dik en ik slik bij deze grote leugen. Als dit zo doorgaat is Anouk binnen een paar dagen zo kaal als een biljartbal.

'Ze vroegen of ik een pruik wilde.'

'Wie?'

'In het ziekenhuis. Ze wisten een goede winkel.'

'En wil je dat?' Ik vraag me af wat ík zou doen. Rondlopen met zo'n ding op je hoofd of kaal en hopen dat het snel weer aangroeit? Het eerste, absuluut het eerste. Alleen al de blikken van al die mensen, dat lijkt me afschuwelijk.

Anouk knikt. 'Een roze, ja. Met paarse plukken.'

'Wát?'

Anouk draait haar hoofd weer mijn kant op. Om haar mond speelt een glimlach. 'Nee, idioot. Ik wil geen pruik. Ik heb gehoord dat het jeukt.'

'Echt waar?'

'Ik neem wel een muts. Het is toch winter.'

Het is november, dus eigenlijk is het nog herfst, maar door het weer lijkt het inmiddels inderdaad wel winter. Het regent onafgebroken en het is koud. De wind maakt dat het ook nog eens tien graden kouder aanvoelt dan dat het is. En bovendien, wat komt Anouk nou buiten? Het grootste deel van de tijd ligt ze in bed.

Ik verzamel de losse haren en gooi ze in de keuken in de prullenbak. Daar liggen er al meer.

Mijn telefoon gaat. Het is mama. 'Ik ben bij jou thuis', zegt ze. 'Kom je hierheen? Of wil je nog bij Anouk blijven?'

'Ik kom eraan', beloof ik. Ik wil wel bij Anouk blijven, maar ik wil ook weten hoe het zit met die scan, met vlekjes op levers en met haar dat ineens is gaan uitvallen. Van mijn zus kan ik geen antwoorden te verwachten.

Als ik ophang hoor ik Anouk overgeven. Ze is zo zwak dat ze nauwelijks uit bed kan komen en daarom staat er een emmer op de grond. Ik ben als stewardess expert kots ruimen en normaal doet het me weinig, maar nu durf ik de slaapkamer bijna niet binnen te gaan.

Ik zet mijn verstand op nul, spoel het braaksel door en maak daarna de emmer schoon met de Dettol die mama in de badkamer heeft gezet. Even later kus ik Anouk gedag. Ze reageert met een zacht gehum.

'Wat zeg je?'

Luider herhaalt Anouk: 'Leer je dat ook op de stewardessenschool?'

'Wat?'

'Kots wegboenen.'

'Eh... Nee.'

'Aha. Gelukkig kun je hier oefenen.'

Nu weet ik zeker dat ze me in de maling neemt. 'Ja, bedankt hè? Ben er echt heel blij mee. Kom ik na al die tijd weer eens langs, is het enige wat jij doet de boel een beetje onderkotsen. Gezellig, hoor.'

Anouk gniffelt. 'Ik ben blij dat je er weer bent, Saar.'

'Ik ook.' Ik geef haar nog een kus en ga dan echt.

Als ik binnenkom zit mijn neefje op de grond te spelen. Met een ruk kijkt hij op en dan verschijnt er een grote grijns op zijn gezicht. Ik haal opgelucht adem. Ergens was ik bang dat hij mij niet meer zou herkennen.

Hij loopt op me af en ik til hem op. 'Ha, vent! Ik heb je gemist, hoor.'

Max slaat zijn armen om mijn nek en ik verbaas me erover hoe sterk hij is. Hij geeft me een nat kusje op mijn wang. Dan zet ik hem weer neer. 'Ik heb iets voor je. Wacht even.'

Nieuwsgierig volgt hij me naar de gang, waar mijn koffer staat. Ik haal de krokodil eruit, die in een mooi papiertje is verpakt. Max' ogen beginnen te glimmen en hij pakt het cadeau voorzichtig aan, alsof hij niet kan geloven dat het echt voor hem is. Verguld gaat hij op de bank zitten en scheurt het papier eraf.

'Wat lief van je', zegt mama. Ze slaat haar arm om mijn schouders en samen kijken we naar Max, die de krokodil met beide handen vasthoudt.

'Wat zeg je dan, Max?' vraagt mama.

Zachtjes antwoordt hij: 'Dank je wel, tante Sara.'

Ik knipoog naar hem.

'Ik ga thee zetten', zegt mama. Ze loopt naar de keuken. Ik volg haar.

'Zeg mam, wat is dat voor scan?'

Max gaat met Scoop en zijn nieuwe krokodil op de grond zitten en laat ze met elkaar spelen. Hij let niet op ons. Mama slaat haar blik neer. 'Hebben ze gebeld?'

'Ja, de arts belde. Maar Anouk heeft me nauwelijks uitleg gegeven.'

'Kom even zitten.' Ik neem plaats aan mijn eettafel terwijl mama in de keuken met kopjes en theezakjes rommelt. Ze heeft nu zo veel tijd in mijn huis doorgebracht dat ze alles gemakkelijk kan vinden.

Mijn hart klopt in mijn keel. Ik heb heus wel gezien dat mama schrok toen ik zei dat de dokter had gebeld. Belt die man alleen maar bij slecht nieuws of zo? Dan kan hij net zo goed meteen vertellen wat er aan de hand is. Anders weet je al dat het foute boel is maar moet je nog even naar het ziekenhuis om te horen hoe fout precies.

Mama zet rooibosthee voor me neer. Ze gaat tegenover me zitten en begint aan haar pols te krabben. Even zijn de geluiden die Max' maakt het enige wat de stilte doorbreekt.

Uiteindelijk haalt mama diep adem en zegt: 'Die scan is een tijd geleden al gemaakt, om te kijken of de borstkanker was uitgezaaid. Dat was niet het geval, maar de arts had het over een klein plekje op Anouks lever. Er kunnen wel vaker plekjes op je lever zitten, dat hoeft niet direct kanker te betekenen.'

'Oh. En hoe groot is dat plekje dan?'

'Dat is het nou juist. Het was misschien een paar millimeter, maar het nu is het meer dan een centimeter. De arts heeft daarom aanvullende onderzoeken gedaan. Anouk moest eigenlijk zelf bellen over de uitslag.'

Ik neem een slok van mijn thee. Heel veel ziekenhuiservaring heb ik niet, maar ik weet wel dat een arts die niet eens heeft beloofd zelf te bellen over het algemeen niet belt omdat hij zo attent is. Aan de andere kant, misschien is dit wel een heel aardige arts die graag de patiënten thuis belt om ze op die manier moeite en telefoonkosten te besparen.

'Denk je dat het ernstig is?' vraag ik.

Mama slaakt een zucht en haalt haar schouders op. 'Ik wou dat ik er iets over kon zeggen, maar ik weet het niet. Goed is het niet, denk ik.'

Ik verman me. 'We moeten nu niet meteen het ergste denken, hè? Het kan ook iets anders zijn. Het zijn vast levervlekken. Die komen heel veel voor, toch?'

'Dat zijn vlekken op je huid, die de kleur van lever hebben.'

'Oh. Nou ja, dan is het vast iets anders onschuldigs.'

Mama kijkt naar haar thee. 'We zien het wel', zegt ze uiteindelijk. 'Ik zal morgen wel bellen als Anouk zich nog niet beter voelt.'

Ik knik.

'Hoe was het in Sydney? Dat vergeet ik helemaal te vragen.'

Het duurt een paar seconden voor ik reageer. Oh god, Sydney. Het lijkt alweer een week geleden.

'Ja, goed. Niets bijzonders.'

Mama neemt de laatste slok van haar thee. 'Ik ga naar Anouk. Sorry dat ik zo weinig tijd voor je heb, maar ik wil haar niet te lang alleen laten.'

'Hoe doen we het morgen?'

'Als je Max naar school brengt en dan naar Anouk komt, ga ik daarna even wat boodschappen doen, goed?'

'Oké.' Ik geef mijn moeder een kus. Samen met Max zwaai ik haar uit voor het raam.

'Max, ga je nog even spelen? Dan zal ik daarna eten voor ons maken.'

'Oké.' Hij pakt Scoop weer en gaat helemaal op in zijn spel. Wat ik eruit begrijp is dat Bob er een potje van heeft gemaakt en dat Scoop de boel moet redden. Af en toe laat Max de knuffelkrokodil ook dingen zeggen.

Binnenkort moet ik naar Casablanca. Max weet nog van niets en ik durf het hem niet te vertellen. Ik kan hem toch niet wéér in de steek laten? Ik moet iets doen. Mama en Anouk hadden eigenlijk vanaf dag één gelijk. In een opwelling pak ik mijn telefoon uit mijn tas en zoek het nummer van Ruth op. Zonder nog te aarzelen bel ik haar.

Ze neemt chagrijnig op, ik had ook niet anders verwacht. 'Ruth van den Horst.'

'Ja, hai, met Sara Doesburg. Sorry dat ik stoor, maar...'

'Je stoort inderdaad. Kan het snel?'

'Nou, eh, ik denk het wel. Het gaat even om mijn rooster. Ik moet volgende week naar Casablanca, maar ik kan niet.'

'Oh?' In gedachten zie ik haar wenkbrauwen omhoogschieten. Het is ongelooflijk hoe hoog dat mens haar wenkbrauwen kan optrekken. Alsof dokter Schoemacher bij haar wenkbrauwlift volledig is doorgeslagen.

'Ja, ik heb een begrafenis', verzin ik snel. 'Dus ik kan niet.'

'Dat weet je dan ook lang van tevoren.'

'Ja.' Ik hoor zelf dat het nogal zwak klinkt. Vlug voeg ik toe: 'Euthanasie, hè. Zo gaat dat tegenwoordig soms.'

Ruth gelooft er natuurlijk niets van, maar gelukkig zegt ze: 'Nou, vooruit. Regel het verder maar met administratie, ook met je vakantiedagen.' Ze hangt op.

Ik haal opgelucht adem. Ik heb bijna twee weken vrij! Ik weet niet of ik het onder andere omstandigheden leuk had gevonden om vakantiedagen te moeten inleveren, maar nu kan het me niets schelen. Ik ben allang blij dat Ruth me niet heeft uitgekafferd.

Later die avond, als Max in bed ligt en ik mijn e-mail check, gaat mijn telefoon. Het is half tien en ik schrik. Wie belt er nu nog? In elk geval iemand met een afgeschermd nummer.

'Met Sara.'

'Hoi, met René.'

'Oh, hoi. Hoe is het?'

'Goed. En met jou?'

'Ook goed.'

Het gesprek valt even stil. Daarna beginnen we tegelijk weer te praten. René grinnikt. 'Sorry, jij eerst. Wat wilde je zeggen?'

'Nou, ik vroeg hoe het met Sophie gaat.'

'Heel goed. En met Max?'

'Ook goed. Ik heb hem negen dagen niet gezien.' Ik weet zelf niet waarom ik dit vertel. Waarschijnlijk om de tijd vol te praten.

'En, heb je hem gemist?'

'Gek genoeg wel, ja.'

'Zie je wel, het begint al te wennen.' René klinkt goed-keurend. 'En waar was je die negen dagen naartoe?'

'Naar Sydney. Leuke stad, hoor, maar echt een eindeloze vlucht.' Ik ga op de bank zitten en trek mijn benen onder me. 'Ik moet zeggen dat ik blij ben dat ik weer thuis ben.'

René schraapt zijn keel. 'Ik eh... Ik wilde iets vragen.'

'Oh, wat dan?'

'Nou... Ja. Eh... Hoe is het met Anouk?'

Ik vraag me af waarom hij aarzelt. Denkt hij dat ik het vervelend vind om over haar te praten?

'Het gaat op dit moment niet zo goed', zeg ik eerlijk. 'Ze heeft een paar dagen geleden haar tweede chemokuur gehad en ze is zo ziek als een hond. Ze houdt niets binnen en ze heeft heel erge hoofdpijn. Tegen de bijwerkingen krijgt ze wel pillen, maar die lijken soms helemaal niet te werken.'

'Wat vervelend. Hoeveel kuren moet ze nog?'

'Nog vier. Maar nu is er weer iets met haar lever of zo.'

René klinkt oprecht bezorgd. 'Wat naar voor je, Sara. Is er iets wat ik voor je kan doen?'

Tenzij hij arts is en mijn zus stante pede kan genezen, weet ik niets.

'Nou ja, daar bel ik eigenlijk ook voor', zegt René. 'Maar je moet het eerlijk zeggen.'

'Wat?'

Hij aarzelt. 'Nou, ik... Heb je zin om een keer samen ergens te gaan eten? Ik dacht: dan kun je even je zinnen verzetten en zo, maar misschien heb je er helemaal geen zin in. Ach nee, laat maar, het is ook een raar idee.'

Het doet me goed dat iemand aan míj denkt, ook al draait het hier allemaal even niet om mij.

'Ja, dat lijkt me leuk', zeg ik opeens.

'Echt?'

'Ja, natuurlijk. Alleen zit ik wel met Max.'

'Dan neem je die mee.'

Ik denk aan de vorige keer dat ik met Max in een restaurant was. Echt een doorslaand succes was het niet. 'Tja, dat is een beetje lastig. Ik zorg wel dat mijn moeder een avondje oppast.'

Ik weet alleen niet wanneer, want als zij op Max past en ik ga de stad in, dan is er niemand bij Anouk.

'Weet je, we kunnen het ook anders doen. Als jij en Max nou bij mij en Sophie komen eten, dan kun je hem gewoon meenemen en hoeft hij niet opgeprikt aan tafel te blijven zitten.'

Eigenlijk voel ik daar meer voor. 'Dat lijkt me een goede oplossing.'

'Overmorgen?' stelt René voor. Hij laat er geen gras over groeien. Maar waarom ook niet? Ik stem in en we spreken af dat Max en ik om vijf uur bij hem zijn. Hij geeft het adres, hij woont in Amsterdam-West.

'Oké, tot dan.' Ik hang op. Met mijn telefoon in mijn hand blijf ik even op de bank zitten. Dan glimlach ik en sta op.

12

ANOUK GAAT OP DE BANK ZITTEN EN KIJKT GELUKZALIG
om zich heen. 'Eindelijk', zegt ze. 'Ik heb mijn woonkamer
gewoon gemist, stom hè?'

Ik zet water op. Het is de zesde dag na Anouks chemokuur en eindelijk is ze opgeknapt. Gisteren ging het al beter, maar was ze nog heel erg moe. Vandaag was ze al om
half negen wakker. Het is nu elf uur en ze is nog niet eens
opnieuw in slaap gevallen.

Ik pak glazen en theezakjes en als het water kookt, schenk
ik het in.

Anouk haalt een hand door haar haar. Er blijven weer
plukken aan haar vingers haken. Ze kijkt er een beetje
moedeloos naar. 'Wat moet ik hier nou mee?'

'Afscheren?' stel ik voor. Ik bedoel het niet eens serieus,
maar Anouk knikt. 'Misschien moeten we dat maar doen.

Dan ben ik er in één keer vanaf. Nu liggen er overal van die plukken haar.'

'Nee joh, doe normaal. Je gaat toch niet alles eraf halen? Wie weet word je niet helemaal kaal en dan is het zonde van het haar dat je hebt afgeschoren.'

'Natuurlijk word ik wel helemaal kaal. Die chemo komt overal, weet je.'

'Hm.' Als Anouk dan toch kaal moet worden, dan liever geleidelijk, zodat ik aan het idee kan wennen.

'Wil jij het doen?' vraagt ze plotseling, als ik net het theezakje weggooi.

Met een klap laat ik de vuilnisbak dichtvallen. 'Hoe bedoel je?'

'Wil jij mijn haar afscheren? Binnen een week ben ik toch kaal, dan heb ik het liever in één keer.'

'Maar dat kan ik toch niet doen?'

'Waarom niet?' Anouk trekt er weer een pluk uit. 'Ik heb nog wel ergens een tondeuse.'

'Ik weet het niet, hoor.' Ik ga tegenover haar zitten, op haar donkerblauwe fauteuil. 'Het lijkt mij niet zo'n goed idee.'

'Ik word er gek van.' Anouk houdt het haar omhoog. 'Elke minuut van de dag denk ik eraan hoe ik eruit zie als ik kaal ben en hoe lang het duurt en wat mensen wel niet zullen denken. Ik moet er toch een keer doorheen.'

'En Max dan?' vraag ik. 'Als jij in één keer kaal bent, krijgt hij niet de kans om eraan te wennen.'

'Tja, hij zal toch moeten. Ik wil het echt, Saar. En ik wil dat jij het doet.'

Ik ben bang dat ik er niet onderuit kom. Als Anouk eenmaal iets heeft bedacht, praat je het niet makkelijk uit haar hoofd. 'Nou, vooruit dan maar.'

Anouk loopt meteen naar de badkamer. Het is alsof ze, nu ze eenmaal de beslissing heeft genomen, niet langer meer kan wachten.

Met een zucht sta ik op en volg haar.

Anouk rommelt in een kastje en haalt een tondeuse tevoorschijn. 'Ik weet niet of hij het nog doet', zegt ze, terwijl ze de stekker in het stopcontact doet. 'Hij is nog van Stefan.'

Nu ze de naam van haar ex-man noemt, realiseer ik me pas dat hij de grote onzichtbare in dit hele verhaal is. Hij heeft zich nog niet één keer laten zien of zelfs maar aangeboden om op Max te passen.

'Waar ís Stefan eigenlijk?'

Anouk haalt haar schouders op. 'Geen idee. Het laatste wat ik heb gehoord was dat hij met zijn nieuwe vriendin in een zeilboot over de wereld wilde trekken, maar Stefan kennende betekent dat dat hij nog altijd op de bank voor de televisie zit en sterke verhalen vertelt. Trouwens, ik heb al jaren niets meer van hem gehoord.'

Ik grinnik. Anouk kan heel typische beschrijvingen van haar ex geven. 'Als hij daar tijd voor heeft, kan hij tóch ook wel af en toe op Max passen?'

'Alsjeblieft zeg.' Anouk zet de tondeuse aan en constateert dat die het doet. 'Daar zit ik echt niet op te wachten. Hij heeft nooit enige interesse in Max getoond en ik wil het mijn kind niet aandoen met zo'n vader opgescheept te zitten. Ik ben juist zo blij dat Max het nu zo naar zijn zin heeft. Dankzij jou.' Ze kijkt me recht in de ogen. 'Je weet toch hoe blij ik daarmee ben, hè?'

Ik knik en sla mijn blik neer. 'Nou ja, graag gedaan, hoor.'

'Oké.' Anouk geeft me de tondeuse. Haar hand trilt. 'Oh, wacht, ik kan beter mijn trui uitdoen, anders zitten er straks allemaal haren op.'

Ze trekt haar donkerpaarse katoenen trui over haar hoofd. Eronder draagt ze een zwart topje. Ik schrik. Het is de eerste keer sinds de operatie dat ik haar zie in iets anders dan een dikke trui of een verhullend vest.

Anouk volgt mijn blik. 'Ja', zegt ze. 'Ik kijk er zelf ook nog steeds niet graag naar.'

Er zit een litteken onder haar oksel. Op de plek waar vroeger haar borst zat moet er ook een zitten, maar dat litteken kan ik niet zien. Gelukkig. De platte plek naast haar rechterborst is al confronterend genoeg. Het truitje, dat ze al jaren heeft, lubbert daar een beetje.

Ik verman me. 'Oké. Aan de slag dan maar.'

Ik spreid oude kranten uit op de grond, zet er een eetkamerstoel bovenop en laat Anouk plaatsnemen. Ik houd haar haar in mijn handen, voorlopig voor de laatste keer. Daarna pak ik de tondeuse, terwijl mijn hand beeft.

'Misschien kan ik het beter eerst afknippen.' De tondeuse heeft moeite mee om door Anouks lange, dikke haar te komen, ook al is het al flink uitgedund.

Anouk staat op en kijkt in de spiegel. Nu ziet het er niet uit, met nog veel meer kale plekken afgewisseld met lange slierten. Ik zie haar kritisch kijken. 'Nee, dit is niks', besluit ze dan. 'Ik pak een schaar.'

Ze heeft alleen een keukenschaar en zo goed en zo kwaad als het gaat knip ik daarmee de lange lokken af. Wat overblijft is een piekig en pluizig kapsel.

'Laat eens zien.' Anouk wil opstaan om in de spiegel te kijken.

Ik duw haar streng terug in de stoel. 'Nee. Kanker of niet, van dit kapsel gaat iedereen huilen. Dan kun je nog beter kaal zijn.'

Ik pak opnieuw de tondeuse en nu gaat het veel sneller. Ik maak de ene baan na de andere en er dwarrelen talloze haren op de grond. De kranten liggen al helemaal vol. Anouk is stil, ik ook. Ik weet niet wat ik moet zeggen. Dat het een verbetering is? Dat het goed staat?

Uiteindelijk zegt Anouk: 'Ik vind het fijn dat we dit samen kunnen doen.'

'Ik ook. Op een of andere manier is het iets positiefs. Gek hè? Het is net alsof jij de kanker laat zien dat je hem een stap voor bent.'

Anouk kijkt op. Ik houd de tondeuse even stil. 'Ja, dat is het inderdaad. Saar, ik weet dat dit voor jou ook allemaal niet makkelijk is, maar ik ben zo ongelooflijk blij dat je er bent. En niet alleen voor Max, ík heb je ook nodig.'

'Ja, nou, ga nou maar recht zitten, anders loop je straks met een half kaal hoofd en dan kijken mensen pas naar je.'

'Klaar', zeg ik tien minuten later. Ik beoordeel het resultaat zonder Anouk recht aan te kijken. Anouks hoofdhuid is wit en glanzend. Het is een geluk dat het geen hoogzomer is, wanneer ze een lekker bruin tintje zou hebben. Dan zou het contrast nog groter zijn.

'Oké, ik ga kijken.' Maar Anouk blijft zitten. Ik wacht ook.

Als ze uiteindelijk opstaat en voor de spiegel heel langzaam haar blik verheft, schrikt ze zichtbaar. Ze is niet de enige. Haar gezicht is nog steeds Anouk, maar met dit kale hoofd lijkt ze niet meer op mijn zus. Ze is nu op en top de kankerpatiënt, precies waar ik bang voor was.

Anouk begint te huilen. Ik sla mijn arm om haar heen en geef een kus op haar kale hoofd. Mijn tranen glinsteren op haar huid.

'Nou ja', lacht Anouk door haar tranen heen. 'Bruce Willis is ook een filmster geworden, toch?'

Ik slik. 'En aan de kapper hoef je in elk geval niets uit te geven.'

'Maar wie ís dat dan?'

Max staat met zijn jas aan in de woonkamer en kijkt me wantrouwig aan. Hij is niet van mening dat het een goed idee is om vanavond naar René te gaan, al heb ik hem al tig keer uitgelegd dat René een goede kennis is die ons heeft gevraagd te komen eten. Ik heb hem moeten beloven dat hij het eten wel zal lusten. Nu maar hopen dat René geen prei, spruitjes of bloemkool op het menu heeft gezet. Laatst probeerde mama een stukje bloemkool te verstoppen onder een dikke laag kaassaus, maar Max pikte het er meteen uit.

Het is buiten alweer bijna donker, al is het pas half vijf. En het regent weer, maar dat is geen nieuws. Sinds ik terug ben uit Sydney heeft het elke dag wel geregend. Anouk grapte vanochtend dat ze nu in elk geval gewoon over straat kan in de regen, ze hoeft niet meer bang te zijn dat haar haar pluist. Ze maakt wel geintjes, maar ik weet dat ze het moeilijk heeft. Ze moet heel erg wennen aan een sjaal om haar hoofd. Die uit Zuid-Afrika is te groot en te zwaar en glijdt telkens af. Maar ze heeft ook andere, die speciaal voor dit doel zijn gemaakt. Ze staan best leuk, maar je ziet wel duidelijk dat onder dat sjaaltje helemaal niets zit. Liever wil ze helemaal de deur niet uit, maar ik heb haar vandaag gedwongen om mee boodschappen te gaan doen. In de Albert Heijn zat ze voortdurend mensen aan te wijzen die naar haar keken. Anouk racete door de winkel alsof ze de trein moest halen. Ik ben de helft vergeten en heb ook allemaal dingen meegenomen die niet nodig waren. In elk geval hebben we een stap gezet om Anouk over haar nieuwe vorm van straatvrees heen te helpen.

Max heeft zijn moeder vanmiddag ook gezien. Anouk hield haar sjaal om, ze wil nog niet dat hij haar blote hoofd ziet. Hij keek er een tijdje naar, vroeg waarom ze zo'n ding om haar hoofd droeg en accepteerde Anouks antwoord dat haar haar uitgevallen was. Daarna ging hij spelen. Ik heb hem er niet meer over gehoord.

Ik installeer Max achter in de auto en ga dan zelf achter het stuur zitten. René heeft me een straatnaam doorgegeven die ik niet ken. De TomTom weet wel waar het is.

Het is druk in de stad en ik kijk moedeloos naar de lange rij remlichten, die vervagen als de ruitenwissers voorbij zwiepen. Uiteindelijk bereik ik de straat waar René woont. Het is er rustig en ik kan zowaar voor de deur parkeren, al is het tegen een kapitale vergoeding.

Ik help Max uit de auto en bel aan bij Renés huis. De deur gaat vrijwel meteen open. 'Ik zag jullie aankomen', zegt hij. 'Kom binnen.'

In de hal staan we ongemakkelijk tegenover elkaar. 'Nou, welkom.'

'Ja, dank je.' Ik overhandig hem het flesje wijn dat ik op het laatste moment uit mijn eigen collectie heb meegegrist. Ik hoop dat René geen grote wijnkenner is, want dan ziet hij meteen dat dit een goedkope fles is.

Ik loop door naar de huiskamer. 'Is Sophie er niet?'

'Nee, ze is bij haar moeder.'

Ik had gehoopt op een speelkameraadje voor Max, maar helaas. Max volgt me op de voet en kijkt nieuwsgierig om zich heen. Er staat een laag speeltafeltje in de kamer met tekenpapier en een bak met stiften.

René heeft zijn blik al gezien. 'Heb je zin om te tekenen?'

Ik trek Max' jasje uit en hij gaat meteen aan de tekentafel zitten. René schenkt limonade voor hem in.

'Wat wil jij drinken?' vraagt hij als ik de jassen aan de kapstok heb gehangen. 'Ik heb witte wijn koud staan. Maar ik heb ook rood.'

'Rood graag.' Ik volg René naar de keuken, die in de korte zijde van zijn L-vormige woonkamer is gebouwd. Midden in de kamer is een trap. Hij heeft niet alleen de benedenverdieping, maar ook eenhoog, en hij heeft een tuin. Ik weet niet precies wat René met cijfers doet, maar hij doet het wel goed als hij dit huis kan betalen. En ook nog eens in zijn eentje.

De keuken is crèmekleurig en zo te zien vrij nieuw. René staat bij het aanrecht en draait een flesje rode wijn open met een kelnersmes. Dat heeft hij duidelijk vaker gedaan. Hij pakt grote wijnglazen uit de kast en schenkt ze maar een kwart vol, zoals het hoort.

Hij overhandigt mij het ene glas en heft het andere naar me. 'Proost.'

Ik vraag niet waar we op toosten, maar neem een slok. De wijn is zwaar maar fruitig. Ik neem meteen een tweede slok.

Er staat een ovenschaal op het aanrecht met daarin iets groens in plakjes spek gerold. Ik gebaar ernaar. 'Dat is toch geen prei, hè?'

'Jawel, hoezo? Ben je allergisch?'

'Nee, maar Max lust geen prei.' Had ik het nou maar wel doorgegeven. René heeft zich uitgesloofd voor het eten en straks laat Max alles staan.

'Oh, maak je niet druk. Ten eerste lust Sophie ook geen prei, maar ik heb haar nog nooit verteld dat dit ook prei is, en ze vindt het heerlijk. Ten tweede heb ik ook nog sperziebonen. Maar als je vooralsnog je mond houdt tegen Max en straks beweert dat dit hocuspocusgroente is, dan proberen we of hij het toch wil eten.'

'Wat voor groente?'

'Hocuspocus. Of abracadabra, of pimpampet, het maakt niet uit hoe je het noemt, zolang je niet zegt dat het prei is. Wat Sophie niet lekker vindt is gekookte prei. Dat je zo'n papje krijgt, weet je wel. Dat is trouwens ook niet lekker.'

'Oké, ik zeg niets.' Ik loop naar de zitkamer. 'Mooi huis heb je.'

'Dank je. Ik ben er ook heel blij mee. Ik heb het gekocht met het idee dat Sophie er een deel van de tijd ook moet kunnen wonen.'

Ik herinner me dat René de vorige keer iets heeft verteld over het co-ouderschap dat hij met zijn ex heeft. Een beetje beschaamd moet ik toegeven dat ik vergeten ben hoe het precies zat. 'Hoe vaak is ze ook alweer bij jou? Om de week?' vraag ik aarzelend.

René schudt zijn hoofd. 'Nee, elke maandag en dinsdag en woensdag een deel van de dag. En dan nog wat weekenden.'

'Oh ja. Sorry. Ik was het even vergeten.'

René neemt een slok van zijn wijn. 'Ik kan me zo voorstellen dat jij wel andere dingen aan je hoofd hebt dan de co-ouderregeling die ik met mijn ex heb getroffen.' Hij zet zijn glas terug op tafel. 'Vertel eens, hoe is het met je zus? Je zei iets over dat haar lever niet goed was?'

Anouk heeft uiteindelijk zelf naar het ziekenhuis gebeld en een afspraak gemaakt voorafgaand aan haar derde che-mokuur. Ik weet dat ze zich zorgen maakt en dat doe ik ook, maar we praten er niet veel over.

'Over drie dagen weten we meer. Ik durf er eigenlijk niet echt over na te denken.'

'Nee, dat begrijp ik. Maar wie weet, misschien is het niets.'

'Dat hoop ik. De arts maakte zich in de eerste instantie ook helemaal niet druk om dat vlekje, maar nu het groter is geworden wil hij het toch onderzoeken.'

Op dat moment stoot Max zijn limonade omver. 'Oh-oh.'

René staat op en haalt een doekje uit de keuken. 'Kan gebeuren, vent', zegt hij als Max hem nogal bedremmeld aankijkt. 'Kijk eens, het is al schoon. Alleen je tekening zit nu onder de limonade. Misschien moet je maar even op-nieuw beginnen.'

Hij geeft Max een nieuw vel. 'Wat was je aan het tekenen?'

Terwijl Max vertelt over het huis en de auto en dat hij Anouk en mij en mama heeft getekend, kijk ik naar hem en naar René. Onwillekeurig vergelijk ik hem met Sergio, met Robert, met Patrick en met al die anderen. Hij heeft niets van ze weg. Ik kijk naar mijn eigen spijkerbroek en Uggs en mijn simpele vestje. Ik heb geen moment overwo-gen om me op te doffen en nu ik hier ben, ben ik ook blij dat ik het niet heb gedaan. Dat past niet bij de avond. Pas als René merkt dat ik naar hem kijk en mijn blik de zijne ontmoet, kijk ik snel naar de grond.

'Nog een?' René knikt naar mijn lege cappuccinokopje.

'Nee, dank je. Ik vond het echt heerlijk, maar we moeten gaan. Max moet zo naar bed.' Eigenlijk had hij al in bed moeten liggen. Het is kwart over acht.

'Gelukkig hoeft hij morgen niet naar school.'

'Nee, maar als hij te lang opblijft is hij morgen wel flink chagrijnig. En het gaat juist zo goed, ik heb geen zin in driftbuien, ruzies en oorlog.'

'Zolang je zelf rustig blijft is er niets aan de hand', zegt René. 'Volgens mij word je steeds kalmer. Als ik het vergelijk met die ene keer op de kinderboerderij...'

Great. Ik had gehoopt dat hij dat was vergeten. Ik glimlach besmuikt. 'Ja, toen had ik mijn dag niet echt.'

Ik sta op en loop naar de gang om de jassen te pakken. René zet intussen de kopjes op het aanrecht.

Even later staan we tegenover elkaar in de gang. 'Nou, het was gezellig', zeg ik. 'Bedankt voor het lekkere eten.'

Deze keer is het niet ongemakkelijk. Ik hef mijn hoofd op en geef René drie zoenen. Ik voel zijn hand even op mijn rug. Ik slik.

'Dag Max', zegt hij opgewekt. 'Kom je nog eens terug?'

Max belooft het. Ik doe de voordeur open en loop naar de auto. Het is eindelijk droog, hoewel het waait en gemeen koud is. Max klimt achterin en ik maak de gordel vast. Daarna gooi ik de autodeur dicht. Ik draai me om naar René en duik iets dieper weg in mijn jas. Binnen was het lekker warm en de overgang is groot.

Ik loop nog even naar hem toe. 'Nogmaals bedankt. Het was echt een geslaagde avond. En ik kan nog steeds niet geloven dat Max erin tuinde met die hocuspocusgroente.'

René glimlacht. 'Ik mail je het recept wel.'

'Goed.' Ik treuzel.

'Nou, dag.'

'Dag Sara.'

Weer blijf ik staan. Dan doe ik in een opwelling een stap naar voren en overval zowel René als mezelf door hem ineens op zijn lippen te zoenen. Een moment lang zijn we allebei verbijsterd, dan zoent hij me terug. Ik voel opnieuw zijn handen op mijn rug.

Dan maak ik me los en draai me om. Verward stap ik achter het stuur van de auto, zonder nog iets te zeggen.

13

HET IS MIS MET ANOUK.

De dokter heeft het vandaag zelf gezegd. Ik was er niet bij, maar mama en Anouk hebben het vanmiddag verteld en hoewel ik nog steeds niet heel veel van kanker weet, weet ik wel dat het fout zit als het door je hele lichaam gaat en dat is precies wat er bij Anouk gebeurt.

'Het is uitgezaaid', zei ze toen ze thuiskwam. Meteen barstte ze in huilen uit, wat er nog dramatischer uitziet nu ze haar haar niet meer heeft. Alles ziet er dramatischer uit nu ze haar haar niet meer heeft.

Na die huilbui hebben mama en ik haar in bed gelegd. Anouk heeft vandaag niet alleen een zwaar gesprek met haar arts gehad, ze is ook begonnen aan haar derde che-mokuur. Aan het rijtje slapen en kotsen is nu een derde activiteit toegevoegd: huilen. Anouk kan het niet verkroppen dat ze dit allemaal moet doorstaan en alleen maar zieker wordt. En eigenlijk kan ik dat ook niet. Waarom krijgt ze die rotzooi eigenlijk? Het maakt haar op geen enkele manier beter.

Toch heeft de arts geadviseerd om door te gaan met de chemokuur en die zelfs nog wat te verzwaren. De kans is groot dat Anouk nu tussen de chemo's door nog maar één dag weer een beetje mens wordt. Maar ze zegt dat ze alles wil doen om zo lang mogelijk op deze wereld te blijven rondlopen.

Ik begrijp nog steeds niet helemaal hoe het zit, maar nadat mama het nog een keer had uitgelegd, wilde ik niet al die vragen stellen die in mijn hoofd opkwamen.

Mama vertelde: 'De dokter heeft gezegd dat Anouk een zeer agressieve vorm van kanker heeft, agressiever dan ze eerst dachten. De tumor in haar borst is nu verwijderd en de klieren in haar oksel ook, maar het zit nu ook in haar lever en de kanker groeit gewoon door tijdens de chemo. Er is vandaag ook nog een botscan gemaakt om te zien of de kanker daar ook al in zit.'

'En als dat zo is?'

Mama ontweek een direct antwoord op mijn vraag. 'We moeten hopen dat de nieuwe chemotherapie en de bestralingen die Anouk daarbij gaat krijgen hun werk doen.'

Ik durfde niet nog een keer te vragen wat er zou gebeuren als dat niet zo was. Maar nu ik alleen ben en nog eens nadenk over alles, realiseer ik me dat er daarna niets meer is.

Ik pak de zoveelste tissue en snuit mijn neus. Ik droog mijn tranen, maar dat heeft weinig zin, ze komen elke keer opnieuw. Ik kan er niets tegen doen. Elke keer zie ik weer een begraafplaats voor me en wij allemaal in de stromende regen rond een witte kist. In mijn hoofd maak ik een lijstje van Anouks favoriete muziek, maar ik kom niet verder dan 'Morning has Broken' van Cat Stevens en dan moet ik alweer huilen. Ik wíl helemaal geen muziek bedenken voor haar begrafenis.

En zover is het ook nog niet, spreek ik mezelf vermanend toe. Oké, ze heeft kanker, oké, het is agressief, maar we kunnen honden naar de maan sturen en satellieten naar Mars, dus het moet toch mogelijk zijn om een ziekte die zo veel voorkomt te genezen?

Ik ga achter mijn laptop zitten en start internet. Ik google de woorden 'kanker', en 'uitgezaaid' en 'agressief' en kom alleen maar voorbeelden tegen van mensen op wie die drie begrippen van toepassing zijn en die niet meer leven. Daarna zoek ik op 'kanker' en 'sterven' en kom op een site met allemaal verhalen van nabestaanden over de dood van hun dierbare. Ik wil het niet eens weten en toch lees ik. Mijn tranen blijven stromen.

Mijn telefoon gaat. Ik neem snel op, voordat Max er wakker van wordt.

'Hallo?' vraag ik met dikke keel.

'Sara? Met René.'

Meteen schiet mijn hart in mijn keel. 'Hé. Hoi. Leuk dat je eh... belt.' Mijn stem klinkt schor van het huilen. Ik heb René niet meer gesproken na die zoen. Een paar keer heb ik op het punt gestaan hem te bellen, maar ik wist niet wat ik dan moest zeggen.

'Ja, ik herinnerde me dat je zei dat Anouk vandaag een uitslag kreeg, en ik dacht: ik zal even bellen.'

Ik ben even stil. Van Chantal kreeg ik gisteren een sms'je waarin ze vroeg hoe het met mij ging, en met Anouk. Ik sms'te haar terug dat vandaag een spannende dag is, maar hoorde vervolgens niets meer van haar.

Ik begin weer te snotteren. 'Het is helemaal niet goed. De dokter heeft gezegd dat het is uit-uitgezaaid en nu...' Ik kan niet verder praten.

'Oh jezus', zegt René zacht.

'Ja, en nu krijgt ze nog meer chemo en is ze nog zieker en dan krijgt ze ook nog eens bestralingen. Maar het is zo agressief allemaal, het groeit gewoon verder.'

'Moet ik naar je toe komen? Volgens mij kun je wel wat steun gebruiken.'

Ik hoor aan zijn stem dat hij echt geschokt is. Ik wil al nee zeggen, maar dan kijk ik om me heen in mijn lege huis. Ineens wil ik heel graag iemand om me heen. 'Ja.'

'Ik ben er over een kwartier. Wat is het adres?'

Ik noem de straat en het huisnummer en René zegt dat hij eraan komt. Het duurt iets langer dan een kwartier, maar vijfentwintig minuten later krijg ik een sms'je.

Sta voor de deur. Wil Max niet wakker maken met bel.

Daar zou ik dus nooit aan denken.

Ik loop naar beneden en doe open. Daar staat René. Omdat het weer eens hoost van de regen is zijn jas drijfnat geworden tijdens het kleine stukje van zijn auto naar mijn portiek. Ik doe een stap opzij en hij loopt langs me heen naar binnen. Daarna loop ik achter hem aan de trap op. Hij zegt niets.

Pas als hij zijn jas heeft uitgetrokken en we in de woonkamer staan doet hij zijn mond open. Ik realiseer me ineens dat ik er belabberd uit moet zien na al dat gehuil en haar dat nog pluist nadat ik vanmiddag ben natgeregend.

René zegt: 'Kom eens hier.'

Ik doe een stap naar voren en laat me door hem omhelzen. Ik kruip weg tegen zijn katoenen trui, die naar wasmiddel ruikt, en sta toe dat hij mij op mijn haar kust. Mijn pluizige haar.

'Ik weet niet wat ik moet doen', snik ik tegen zijn trui, waar een donkere vlek op ontstaat.

Hij lijkt het niet te merken.

'Je moet in elk geval niet de hoop verliezen', zegt hij zacht en rustig. 'Dat is het belangrijkste.'

'Maar als ze doodgaat, dan...' Ik kan hysterisch worden bij de gedachte aan wat er dan gebeurt. Mijn moeder! Zij heeft al zo veel verdriet moeten doorstaan en net nu ze na al die jaren het geluk heeft gevonden met Frank, gebeurt er dit. En Max! Hoewel ik er niet meer van baal dat hij er is en we onze draai min of meer hebben gevonden, hoort hij bij zijn moeder. Hij kan Anouk niet missen. En ik ook niet. Mijn lieve zus die altijd voor me klaarstaat en van wie ik nog zo veel kan en moet leren, hoewel we tegenpolen zijn, of juist omdat we tegenpolen zijn. Maar dat is niet het enige. We moeten samen oud worden. Als ik ooit kinderen wil moet zij me vertellen hoe baby's werken, want wat weet ik er nou van, en als we dan bejaard en seniel zijn moeten we samen het bejaardenhuis op stelten zetten. Of meer waarschijnlijk: ik zet het bejaardenhuis op stelten en zij dekt me, net als vroeger op school. Niet omdat ze het ermee eens is wat ik doe, maar omdat ze mijn zus is.

Als ze doodgaat, heb ik alleen mama nog. Ik voel me ineens ongelooflijk eenzaam.

'Sst', zegt René zacht en hij slaat zijn armen nog iets steviger om me heen. Ik dacht dat ik geen tranen meer had, maar juist nu iemand probeert me te troosten, kan ik niet meer stoppen met huilen.

Het duurt nog zeker tien minuten voor ik eindelijk wat rustiger word. Al die tijd wacht René gewoon af. Pas als ik heen en weer begin te schuiven, laat hij me los.

'Water?' vraagt hij. Ik knik. Na drie keer heeft hij het juiste kastje te pakken. Hij vult een glas en neemt me mee naar de bank. Mijn handen trillen en mijn tanden klapperen tegen het glas. Als ik genoeg heb gehad, pakt René het glas aan en zet het op tafel.

'Zo', zegt hij. 'Wat een klotenieuws.'

'En nu moet ik volgende week ook nog naar Los Angeles', herinner ik me ineens. 'Ik kan helemaal niet weg hier!'

'Daar valt vast wel een mouw aan te passen, denk je niet? Ik weet niet zo veel van Dutchman Air, maar elke werkgever aan wie je de situatie uitlegt zal begrijpen dat dit niet het moment is om zo lang weg te gaan.'

Ik help hem hopen dat Ruth ergens in haar lijf net genoeg gevoel heeft om dat te begrijpen. Zelf heb ik mijn twijfels. Ik heb al één keer op haar begrip mogen rekenen, een tweede keer is zeldzaam. En opnieuw rollen er tranen over mijn wangen.

René schuift op zodat zijn been het mijne raakt en opnieuw trekt hij me tegen zich aan. Zo blijven we heel lang zitten, ook als ik al een tijdje ben gestopt met huilen.

Er valt dus helemaal geen mouw aan te passen, merk ik een paar dagen later als ik eindelijk genoeg moed heb verzameld om Ruth opnieuw te bellen met de vraag of ik onder mijn vlucht naar LA uit kan. Ze is niet gevoelig voor het feit dat mijn zus uitgezaaide kanker heeft en ook niet voor het gegeven dat ik nou eenmaal op Max moet passen. Ze zegt dat ze de vorige keer met haar hand over haar hart heeft gestreken – ik wist niet dat ze dat überhaupt had – en dat ze niet aan de gang kan blijven. Tenzij er iemand dood is, moet ik gewoon werken. Nogal een vreemde opmerking gezien de situatie, maar aan de andere kant, van Trut had ik eigenlijk ook niet anders kunnen verwachten.

Ik zit op de rand van Anouks bed en ben behoorlijk opgefokt door het telefoontje. 'Ik zeg mijn baan wel op. Ik vind wel weer iets anders.'

Mijn zus heeft een redelijke dag en zit half overeind met heel veel kussens in haar rug. Ze is mager geworden. Volgens de artsen kan het nog net. Als ze nog meer afvalt, moet ze sondevoeding.

'Doe dat nou niet', zegt Anouk. 'Als het niet anders kan, moet je gewoon naar LA gaan.'

'Ik wil geen week weg.'

'Dat begrijp ik, maar ik ben echt niet van plan om zomaar het loodje te leggen, hoor. Kom op, hé, ik heb me scheel betaald aan ziektekostenpremie en nu zal ik er optimaal van profiteren ook.'

Anouk is één reden om niet weg te willen, de andere is Max. Hij heeft heus wel in de gaten dat er van alles aan de hand is en hij wordt er behoorlijk nerveus van. Hij weet dat het met zijn moeder te maken heeft en dat het serieus is, maar begrijpt niet precies wat er loos is. Ik merk dat hij banger is dan anders als ik wegga en hem bijvoorbeeld bij mijn moeder achterlaat, en we hebben ook al een paar keer een drama gehad als ik hem naar school bracht.

Maar Anouk wil pertinent niet dat we Max iets vertellen over haar toestand. En ik ben het wel met haar eens. Hoe moet ik Max uitleggen wat er gaat gebeuren als ik het zelf niet eens weet?

Midden in deze onzekerheid wil ik niet zomaar vertrekken en maar liefst zes dagen wegblijven. Bovendien heb ik nu echt geen zin om het gemierenneuk van de passagiers aan te horen. Ik kan er niet voor instaan dat ik beleefd zal blijven als ik klachten krijg dat het te koud, te warm, te droog, te lawaaiig, te licht of te donker is in de cabine. *Who cares?* Waarom zijn al die zeikerds niet gewoon blij dat ze leven en dat ze gezond genoeg zijn om überhaupt naar Amerika te vliegen?

En dan moet ik na de vlucht van twaalf uur nog vijf en halve dag wachten tot ik weer naar huis kan. Normaal gesproken ben ik dol op LA, maar ik kan me nu niet voorstellen hoe ik mijn tijd daar ga doorkomen. Ik heb geen zin om te feesten, aan het strand liggen lijkt me ineens tijdverspilling en na mijn ervaring in Sydney taal ik ook niet naar seks met een piloot of een aantrekkelijke steward. Het is allemaal zo... zinloos.

'Waar denk je aan?' vraagt Anouk.

'Oh niks... Niks bijzonders, in elk geval.'

'Zeker zo'n leuke piloot die jij altijd op de kop tikt. Hoe zit het daar eigenlijk mee?' Ze gaat er eens goed voor zitten.

'Ja, doei. Ik ga jou dat allemaal niet aan je neus hangen.'

Anouk kijkt me opgewekt aan. 'Oh jawel, hoor. Ik kan je zeggen: één borst, een paar nogal lelijke littekens en een kaal hoofd doen de truc niet voor je seksleven. Dus jij gaat mij nu vertellen hoe het met dat van jou is gesteld, anders vergeet ik binnenkort hoe je het woord ook alweer spelt.'

Ik grinnik. 'Wat zit je nou te klagen? Er zijn genoeg mensen met een fetisj, hoor. Misschien gaat er wel een wereld voor je open als je op internet gaat zoeken.'

'Ja, lijkt me enig.'

Gelukkig vraagt Anouk niet verder. Ik weet namelijk best waarom mijn hoofd niet staat naar piloten of stewards of knappe Amerikanen, maar ik vind het veel te ingewikkeld om te moeten bepalen wat ik nou eigenlijk van René vind.

We hebben nu twee keer gezoend, maar nog niet één keer gepraat over hoe we er nu voor staan. Hij lijkt alleen elke keer precies op het juiste moment te bellen. Maar onder normale omstandigheden zou het bij die ene ontmoeting op de kinderboerderij zijn gebleven, zou ik hebben vastgesteld dat hij nog altijd een saaie cijferman is en dat was het dan. Of nee, we zouden elkaar niet op de kinderboerderij hebben ontmoet, want waarom zou ik daar zijn?

'Zeg, is er iets?'

Ik schrik op uit mijn gedachten. Ik hum wat en zeg snel: 'Wil jij nog wat drinken? Ik wel, ik verga van de dorst.'

In de keuken schenk ik cola light in voor mezelf en water voor Anouk. Zij drinkt tegenwoordig alleen nog maar water en zelfs dat smaakt haar niet. Ik heb nooit eerder nagedacht over de smaak van water. Als ik een omschrijving had moeten geven, zou ik gezegd hebben dat water 'smaakloos' is of hooguit 'fris' smaakt, maar Anouk vindt water echt vies. Het probleem is alleen dat ze alle andere dingen nóg viezer vindt. Door de chemo is haar hele smaak veranderd. Dingen die ze vroeger heerlijk vond – chocolade en ijs en alle denkbare combinaties van die twee – kan ze nu niet eens zíen. Vroeger gingen er ook liters cola light doorheen, maar het is nu al drie weken geleden dat ze haar laatste glas dronk en de helft ervan spoelde ze ook nog eens door de gootsteen. Qua eten is het helemaal vreselijk. Alleen volkorenbrood met een plakje jonge kaas vindt ze nog te doen.

'Wat gaan we eigenlijk met kerst doen?' vraagt Anouk.

Ik schrik. Daar heb ik nog niet over nagedacht. 'Hoezo? Wat wil je doen? Ik denk dat we het vieren met mama en Frank en Max, jij en ik. Toch?'

'Mama en Frank gaan toch altijd één dag naar zijn kinderen?'

Normaal gesproken wel, maar ik weet niet of ze dat dit jaar ook doen. 'Dat zien we toch nog wel? Anders vieren we één kerstdag. We vieren ook al sinterklaas.'

Daar stond Anouk op. Max is een trouw volgeling van de goedheiligman en hij heeft al drie keer zijn schoen mogen zetten. Gelukkig had mama pepernoten en een paar kleine cadeautjes in huis gehaald, want ik was het glad vergeten. Bij gebrek aan een wortel hebben we het paard van Sinterklaas de eerste keer maar blij gemaakt met een stuk broccoli, wat Max grote zorgen baarde. Hij sliep die avond bijzonder slecht en de opluchting was van zijn gezicht af te lezen toen hij de volgende dag toch een pakje in zijn schoen vond. Ik was zelf ook benieuwd naar wat erin zat. Het bleken Bob de Bouwer-stickers te zijn. Vandaag komt Sinterklaas op school en vanavond vieren we het bij Anouk met een paar cadeautjes voor Max.

Het liefst sla ik kerst dit jaar over. Kerst is alleen maar leuk als alles goed gaat en je kunt terugkijken op een prachtjaar en zin hebt in de toekomst, waarin het allemaal nóg beter zal worden. Wanneer je al je dierbaren om je heen hebt en weet dat de kans groot is dat dat volgend jaar ook nog zo zal zijn. En als je met elkaar lekker kunt eten, dan is kerst ook heel geslaagd. Met een kankerpatiënt in je midden veranderen er een paar dingen.

'We zien wel', zegt Anouk. Ze knijpt even in mijn hand.

Het is zeven uur en we zitten met z'n allen in de kamer: mama, Frank, Anouk, Max en ik. Ik heb Max vanmiddag uit school gehaald. Hij had hoogrode wangen en raakte niet uitgerateld over Sinterklaas, bij wie hij om zijn geluk compleet te maken die ochtend op schoot had mogen zitten.

Anouk heeft een extra pijnstiller genomen en zit er best patent bij met een sjaal om haar hoofd – Max heeft haar nog steeds niet kaal gezien – en kleren die maar een beetje slobberen. Ik weet dat ze zich enorm heeft opgeladen om deze avond te kunnen bijwonen en ik weet ook dat ze dit morgen zal moeten bezuren.

'Voor mij!' roept Max. Hij heeft een pakje uit de zak van Sinterklaas gevist en Frank heeft hem ingefluisterd dat zijn naam erop staat. Met grote halen rukt hij het papier eraf. Het zijn toverstiften, die een andere kleur krijgen als je er met een speciale witte stift overheen gaat. Maar eigenlijk doet het er niet toe wat het is. Voor Max zit de spanning in het idee dat Zwarte Piet over het dak is gelopen om dit door de brievenbus te gooien en dat Sinterklaas alles over hem weet.

Het volgende pakje is voor Anouk. Mama heeft voor ons allemaal iets gekocht. We hebben haar verzekerd dat dat echt niet nodig was, maar ze kan het niet laten en nu moet ik toegeven dat het de avond wel wat langer en daardoor leuker maakt. Als het aan Max ligt haalt hij overal rats-rats het papier af, zet het cadeautje bij zijn collectie en gaat door met het volgende. Nu moet hij op zijn beurt wachten, wat hij verdomd moeilijk vindt. Hij zit naast Frank op de bank en wipt ongeduldig heen en weer.

Anouk maakt het platte pakje open. Het is een fotolijstje. Als ze ziet wat erin zit, schiet ze vol. 'Dank je wel, m... Sinterklaas.' Ze verbetert zichzelf net op tijd, maar zendt mijn moeder een liefdevolle blik. Dan draait ze het fotolijstje dat ze heeft gekregen om. Ik zie mezelf en Max in een innige omhelzing.

'Hè? Oh, daarom wilde je ineens een foto maken!' Ik herinner me het moment vorige week toen Max spontaan een knuffel wilde en mama per se haar camera moest pakken.

'Sst', zegt Anouk met een blik op Max. Hij merkt mijn verspreking gelukkig niet op. Hij zit alweer op het puntje van de bank, klaar om het volgende cadeautje uit de zak te halen.

Als mama zegt dat het mag, spurt hij weg.

'Aan hem heb je vanavond in elk geval geen kind meer', zegt Anouk. 'Hij slaapt straks als een os.'

Drie cadeautjes later betwijfel ik dat. Max is nu echt hyper. Hij rent maar rond en gaat steeds harder schreeuwen, zelfs nu alle cadeautjes uitgepakt zijn en sinterklaasavond erop zit.

Ik ben blij dat Frank eraan heeft gedacht een cadeau voor mama te kopen, want zelf ben ik niet zo attent geweest. Ze heeft een prachtige zilveren armband gekregen, die ze nog kan laten graveren als ze dat wil. Mama had voor Frank een boek gekocht dat hij graag wilde hebben. Ze zitten naast elkaar op de bank en bespreken de cadeaus. Als papa dan toch dood moest, denk ik dat we het met Frank wel hebben getroffen.

Zelf heb ik ook een fotolijstje van mama gekregen, met een foto van Anouk en mij erin. Een recente foto, waarop Anouk een sjaal om haar hoofd draagt. Ik ben blij dat mama dat heeft gedaan. Het zou raar zijn geweest om juist nu een foto neer te zetten van Anouk met haar, alsof ze kaal te afstotelijk is voor een foto. Ze is trouwens niet afstotelijk. Het is heel gek, maar ik begin aan haar nieuwe uiterlijk te wennen. Het grootste probleem is eigenlijk niet het haar op haar hoofd, of het gebrek daaraan, want dat kan ze aardig verbergen. Het zijn de ontbrekende wenkbrauwen en wimpers die haar hele gezicht anders maken, dat valt eigenlijk nog het meest op. Ze zou haar op haar hoofd kunnen hebben, maar zonder wenkbrauwen en wimpers blijft ze er kaal uitzien.

Maar ook die komen terug als de chemo voorbij is, heeft de arts gezegd. Het kan even duren, maar uiteindelijk gaat het gebeuren. Misschien laat ik daarna deze foto wel staan, om me er altijd aan te herinneren hoe dapper Anouk is.

'Max, kom eens hier', zeg ik als hij voor de derde keer voorbij stuift en van gekkigheid niet meer weet welk cadeau hij moet pakken en bekijken. 'Laat eens zien wat je hebt gekregen.'

Max pakt al zijn cadeautjes en dumpt ze op mijn schoot. Daarna klimt hij er zelf naast. Eindelijk wordt hij wat rustiger. Als ik zijn cadeautjes een voor een oppak en bewonder, kruipt hij uiterst tevreden tegen mij aan.

Ik voel een steek in mijn maag. Nog een paar dagen voor ik weg moet. Max weet het nog niet.

'Ik wil mijn testament laten aanpassen.'

Met een ruk kijk ik op. 'Hoe bedoel je?'

Ik wist niet eens dat Anouk een testament had.

'Nou, zoals ik het zeg. Ik wil mijn testament laten aanpassen. Als ik doodga, moet alles goed geregeld zijn. Vooral voor Max.'

Ik vind het niet fijn als Anouk zo praat. Ze moet vechten, zorgen dat ze niet doodgaat in plaats van dingen te regelen voor als dat wel gebeurt. Het is de goden verzoeken.

'Dat is toch niet nodig', mompel ik.

'Ik zeg ook niet dat ik op korte termijn doodga, maar ik zou er geruster op zijn als het allemaal maar geregeld was, snap je?'

'Hm. En wat wil je dan zo nodig aanpassen?'

'Wie er voor Max gaat zorgen. Nu is het mama, maar ik denk dat ik dat moet wijzigen.'

Daar was ik al bang voor. 'Oh ja?'

'Mama wordt er niet jonger op en ze woont aan de andere kant van het land. Ik moet reëel zijn, en als ik dat ben, denk ik dat jij Max' voogd zou moeten worden. Ik heb het er ook al met mama over gehad en zij vindt het een goed idee.'

Ik wist dat dit gesprek een keer zou moeten plaatsvinden, maar elke keer als het even in mijn hoofd opkwam, heb ik het verdrongen. Ik aarzel. Kan ik zeggen dat ik erover na moet denken? Anouk heeft wel gelijk dat mama ook ouder wordt.

Mijn zus klikt een pen in en uit. 'Het is hypothetisch, hè? Ik ben namelijk niet van plan om dood te gaan, ook niet aan kanker, maar het kan natuurlijk wel en dan moet Max toch ergens naartoe. En ik weet dat jij niet het ideale werk hebt om te combineren met een kind, maar ik vind dat mama met Frank moet kunnen genieten van haar tweede leven'

Daar kan ik Anouk geen ongelijk in geven. Maar dat laat mij over als meest logische alternatief. En Max voor een tijdje of Max voor altijd, dat is nogal een verschil.

Die paar keer dat ik mezelf heb gedwongen erover na te denken, heb ik me wel gerealiseerd dat er geen alternatief is. Ik ben inderdaad de meest voor de hand liggende kandidaat en ik moet er ook niet aan denken dat, als Max niet bij mama én niet bij mij terecht kan, een of andere instantie zich over hem gaat ontfermen. Straks komt hij nog bij zijn vader terecht, die totaal niet op hem zit te wachten.

'Natuurlijk kan Max dan bij mij blijven', zeg ik met zo veel mogelijk overtuiging. Anouk lijkt het beetje twijfel in mijn stem niet op te merken. Ze knikt tevreden.

'Dat is echt een geruststelling. Maar verheug je er niet te veel op, want ik mag morgen weer komen opdagen voor de check-up en een nieuwe dosis vergif. En ik hoop dat het vergif dat ik al eerder heb gekregen zorgt dat de er niets uit de check-up komt. Het moet toch íéts doen als ik er zo ziek van word?'

Morgen krijgt Anouk weer een compleet onderzoek om te kijken waar de kanker allemaal zit. Haar borst, een paar lymfeklieren en de lever staan inmiddels op de lijst, maar de artsen willen weten of ze daar ook botten en misschien nog meer lymfeklieren aan toe moeten voegen. Niet dat ze dan iets kunnen doen om ook die kanker te lijf te gaan, want ze kan niet nog meer chemo krijgen. Wat ze nu krijgt, moet werken. Als de dosis nog verder wordt opgevoerd, zou ze doodgaan aan het medicijn.

Ik baal dat ik er morgen niet ben, maar over vier uur vlieg ik naar Los Angeles. Ik heb geprobeerd te ruilen, wat niet lukte. Er zit niets anders op, ik zal gewoon moeten gaan.

Anouk knikt tevreden. 'Ik zal de notaris bellen.'

'Vandaag?'

'Ja, waarom niet? Dit zit me al een tijdje niet lekker en ik ben blij dat ik het nu kan regelen.'

Anouk praat er luchtig over, alsof ze het onderhoud van haar auto te lang heeft uitgesteld en blij is dat ze hem eindelijk naar de garage kan brengen. Maar ze heeft het over Max' toekomst. En over de mijne.

Mijn telefoon gaat. Ik zie dat het René is. 'Oh, deze moet ik even opnemen.'

Ik loop naar de woonkamer. 'Hé.' Ik neem al niet meer op met mijn naam.

'Hé, hoe is het? Stoor ik?'

'Nee, maar ik ben bij Anouk. En ik moet zo weg, want ik vlieg straks naar LA.'

'Oh ja', zegt René teleurgesteld. 'Dat is ook zo. Ik wilde vragen of je zin hebt om af te spreken, maar ik vrees dat ik zal moeten wachten, hè?'

Nog een reden om niet naar LA te willen. Aan de andere kant, het is ook een goede reden om nu even niet af te spreken. Niet dat ik René niet wil zien, maar ik moet ook nog nadenken. Ik vind het verwarrend dat ik hem leuk vind, ik val niet eens op mannen zoals hij.

'Ik bel je als ik terug ben, oké?'

'Oké. Succes daar. Goede reis.'

Ik hang op en blijf even voor het raam staan. Het is droog, maar overal op straat liggen grote plassen. De bomen zijn kaal en de takken buigen door onder de harde wind. Wat is de winter toch triest.

Ik denk aan René. Het liefst zou ik vanavond met hem afspreken, maar dat kan niet. En ik weet niet of dit wel het moment is voor een nieuwe liefde. Ik heb genoeg aan mijn hoofd, ik moet voor Max zorgen en Anouk bijstaan en ik moet nog werken ook. Wat heb ik René te bieden? Heel weinig. Binnenkort merkt hij dat natuurlijk ook en dan neemt hij de benen. Ik voorkom dat liever. Misschien moet ik het contact maar wat laten verwateren. De timing is gewoon heel slecht.

'Wie was dat?' vraagt Anouk als ik terug kom in de slaapkamer.

'Niemand.'

Ze kijkt me bestraffend aan. 'Als het niemand was, hoefde je ook niet op te nemen.'

'Oh, iemand van mijn werk. Niet interessant.'

Maar zo gemakkelijk laat mijn zus zich niet voor de gek houden. 'Je kijkt anders behoorlijk ernstig. Kom op, Saar, neem me niet in de maling. Wie was die mysterieuze beller? Heb je een nieuwe vriend?'

Ik had besloten om Anouk niets te vertellen, of René nu mijn nieuwe liefde is of niet. Het lijkt me voor haar veel te pijnlijk. Zelf vecht ze voor haar leven en dan kom ik ineens aanzetten met een leuke, nieuwe man, verliefd en wel. Dat kan gewoon niet, vond ik. Maar nu ze ernaar vraagt, wil ik het ineens heel graag met haar delen. Ik aarzel iets te lang en Anouk begint te grijnzen. 'Zie je wel, jij bent verliefd. Vertel op, is het weer een piloot?'

Ik grinnik. 'Nee, het is geen piloot. En ik weet niet eens of ik verliefd ben. Het is gewoon...'

'Gewoon wat?'

'Nou ja, gewoon. Ik weet het dus niet. Misschien verbeeld ik het me wel. Hij is niet eens mijn type.'

Anouk fronst haar wenkbrauwen. 'Ja, en? Ik geloof sowieso niet in types. Je valt op iemand of je valt niet op iemand, of hij nou blond, zwart of pimpelpaars is, toch? Dus: val je op hem of niet?'

Ik slaak een zucht. 'Ik denk het wel. Maar ik ga er verder niets mee doen, hoor.'

'Waarom niet?'

'Omdat dit niet het goede moment is. Er gebeurt zo veel. Met jou en met Max, bedoel ik.'

'Hij houdt niet van kinderen?'

'Oh, nee, dat is het niet. Hij heeft zelf een kind.' Ai, dat had ik niet willen vertellen. Anouks ogen beginnen te glimmen van vermaak.

'Bedoel je nou dat je de ene man aan de kant zet omdat hij kinderen wil en het vervolgens aanlegt met een man die al een kind heeft?'

Ik weet dat ze me op de kast wil jagen, maar toch antwoord ik fel: 'Dat bedoel ik dus: hij is mijn type niet. En ik heb het niet met hem aangelegd – er is nog niets. Ik moet ermee stoppen, het slaat nergens op.'

'Doe nou eens rustig', grinnikt Anouk. 'En vertel me gewoon wie het is. Ken ik hem?'

'Ik kan niet zeggen wie het is.'

'Hoezo? Is hij nog getrouwd met de moeder van dat kind?'

'Nee, hij is vrijgezel. Maar ik zeg het toch niet.'

'Aha, dus ik ken hem. Dat maakt het alweer makkelijker. Is het iemand van vroeger?'

Mijn mond valt open. 'Hoe weet je dat?'

Anouk knikt tevreden. 'Ja dus. Dat was een gokje.'

'Oké, oké, ik zal het zeggen. Maar je mag niet lachen.'

'Beloofd.'

'Het is René Brandsma.'

Er verschijnt een diepe rimpel in Anouks voorhoofd. 'René Brandsma... Die naam komt me wel heel bekend voor.'

'Hij zat bij mij in de klas op de middelbare school.'

'Oh, die!' Anouk steekt haar vinger in de lucht. 'Nu weet ik het weer. Heeft hij een kind, joh?'

'Ja, een dochter van drie, Sophie. Maar hij en Sophies moeder zijn niet meer bij elkaar. Ze hebben een co-ouderschap.'

Waarom vertel ik dit allemaal? Anouk luistert geïnteresseerd en ze heeft woord gehouden, ze heeft inderdaad niet gelachen. Ik zie aan haar gezicht dat ze het allemaal juist prachtig vindt.

'Ik wist helemaal niet dat jij nog contact met René had.'

Ik schud mijn hoofd en pluk een pluisje van Anouks dekbed. 'Dat had ik ook niet, maar ik kwam hem tegen op de kinderboerderij en daarna nog een keer bij TunFun. We zijn koffie gaan drinken.'

'En van het een kwam het ander', concludeert Anouk. 'En nu?'

Ik haal diep adem. 'Tja. Dat weet ik eigenlijk ook niet.'

'Ben je verliefd?'

Ik trek een gezicht. 'Je stelt te moeilijke vragen. Ik vind René leuk en ik vind het gezellig om hem af en toe te zien en dat is het.'

'Hebben jullie gezoend?'

Ik wil eigenlijk zeggen van niet. Normaal heb ik een geweldig pokerface – wat ik niet wil vertellen, vertel ik niet, zeker niet als het op dit soort zaken aankomt. Maar dan sta ik tegenover collega's en heb ik het in de verste verte niet over verliefdheid. Dit is anders. Ik voel dat mijn wangen rood kleuren. Ontkennen heeft heel weinig zin. 'Twee keer.'

'En wat is dan precies het probleem?' vraagt Anouk.

'Dat dit niet het goede moment is', antwoord ik. Maar ik zie dat Anouk daar niet in gelooft.

Een paar uur later zit ik balend in het vliegtuig. Hoewel ik een andere blouse heb aangetrokken, voel ik nog steeds Max' tranen op mijn schouder. Ik voel zijn armpjes om mijn nek, die mij in een soort wurggreep houden. Ik hoor hem huilen en schreeuwen dat ik moet blijven. Ik hoor hem op de grond stampen en tegen het raam bonken. Maar ik ben in mijn auto gestapt en weggereden.

En nu zit ik hier, net boven de Noordzee in een afgeladen Boeing 777, op weg naar Los Angeles. Ik slik een brok weg in mijn keel, maar het helpt niet. Ik moet een servetje pakken om mijn tranen weg te vegen.

Zou Max al slapen? Zou hij boos op mij zijn dat ik toch ben gegaan? Zou hij zes dagen gaan huilen? Ik wilde dat ik kon telefoneren, dan zou ik nu bij Ruth mijn baan opzeggen.

Ik wil naar huis.

14

KOEN, EEN JONGE STEWARD DIE DE AFGELOPEN DAGEN aan één stuk door drugs heeft gebruikt om maar zo min mogelijk tijd te verdoen met slapen, kijkt me met wijd opengesperde ogen aan.

'Ga je echt niet mee?'

'Nee. Ik kan niet.'

'Maar het wordt een vet feestje!'

'Ja, maar ik kan niet.'

'*Damn.*' Hij ramt een trolley op z'n plek. 'Waarom niet?'

Ik ga hem niet vertellen dat ik andere dingen aan mijn hoofd heb, zoals mijn neefje en mijn zieke zus, die inmiddels zo ziek is dat ze niet meer thuis kan blijven. Anouk ligt sinds drie dagen in het ziekenhuis. Ik schrok me lam toen mama het vertelde.

'Het is vooral preventief, hoor. Ze nemen haar op om

het risico op infecties zo klein mogelijk te maken', vertelde ze toen ik net over de Walk of Fame liep. Ik moest toch íets doen in LA en had de verkeerde keuze gemaakt dan maar wat toeristische trekpleisters te bezoeken waar ik al eens was geweest.

Preventief of niet, het nieuws heeft er bij mij behoorlijk ingehakt. Ik wilde al naar huis, maar vanaf dat moment telde ik de minuten. En nu duurt het nog maar een halfuur voor we in Nederland zijn. Er is vanavond een of ander feestje van Dutchman Air op Schiphol waar iedereen warm voor loopt. Normaal mis ik niet zo snel een DA-feestje – ze zijn legendarisch en de drank is gratis – maar nu heb ik er niets eens over getwijfeld.

We dalen. Een kwartier voor de landing houdt de gezagvoerder een praatje over het weer in Nederland – koud en guur – en de verwachte aankomsttijd. Gelukkig hebben we geen vertraging. Ik heb uitgerekend dat als er geen file staat, ik om zeven uur thuis kan zijn. Net op tijd om Max nog even te kunnen zien voor hij gaat slapen. Maar het is dinsdagmiddag en het regent, dus de kans dat er geen file staat is ongeveer net zo groot als de kans dat Anouk ineens gezond en wel thuis voor de televisie zit. Als we ver genoeg zijn gedaald om onder het wolkendek uit te komen, zie ik de lange rij auto's op de A4 al staan.

De wielen raken de grond en sommige mensen klappen. Ze realiseren zich niet dat het pas knap is als het vliegtuig veilig en wel stilstaat. Remmen is een vak apart. Ze klappen maar wat ze willen, als ze maar snel hun spullen pakken en verdwijnen.

Het duurt tien minuten voor we bij de gate zijn en dan nog eens twintig voor de kist leeg is. Er zijn twee oude mensen die voetje voor voetje het vliegtuig verlaten en om een of andere reden zijn ze ingecheckt op de achterste rij. Ik kan ze wel vooruit schóppen.

Als iedereen uiteindelijk weg is, komt de crew uit de cockpit. Er is een copiloot bij, Dave, die al dagen achter me aan zit en nu ook een casual praatje komt maken. 'Zie ik je vanavond?'

'Nee.'

Hij trekt zijn wenkbrauwen op en kijkt alsof dat hem persoonlijk verdriet doet. 'Dat kun je me niet aandoen.'

'Toch wel.'

Ik pak mijn tas en loop langs hem heen het vliegtuig uit. Snel verzamel ik mijn bagage, meld me af en haast me dan naar de parkeerplaats. Ik loop vijf minuten voor op mijn eigen planning als ik in de file aansluit.

De remlichten doen pijn aan mijn vermoeide en prikkende ogen. Ik ben al achttien uur op. Al zou ik naar dat feestje willen, dan nog zou ik veel te moe zijn. Ik weet dat anderen daar een witte, poedervormige oplossing voor hebben gevonden. Ik zag Koen al bellen zodra hij het vliegtuig had verlaten.

Ik heb geen behoefte aan drugs en ik heb geen behoefte aan het feest, ik heb er behoefte aan om naar huis te gaan, op de rand van Max' bed te zitten en te horen wat hij allemaal heeft beleefd toen ik weg was. Ze hebben kerststukjes gemaakt op school, weet ik, en hij heeft samen met mama de kerstboom in mijn huis versierd. Ik verheug me op zijn glimmende oogjes en opgetogen gezicht. Max vindt kerst iets magisch, net als ik vroeger.

Gelukkig kan ik weer een stukje doorrijden en ik nader de ring A10. Maar daar staat het ook helemaal vast. Ik kijk ongeduldig op het klokje van de auto. Het is nu zeven uur. Ik sms naar mama dat ik onderweg ben en vraag of ze Max iets langer kan laten opblijven. Ze stuurt terug dat ze het zal proberen, maar dat hij best moe is.

Ik wissel van rijstrook en ga weer terug als blijkt dat de rechterbaan toch sneller gaat. Er wordt naar me getoeterd.

Ik rij langs het vu medisch centrum en kijk naar de vele raampjes. Ergens achter een van die raampjes ligt Anouk. Ik wil naar haar toe, maar ik heb mama beloofd morgen pas te gaan. Zij wil vanavond nog naar huis rijden en hoe eerder ik bij Max ben, hoe eerder mama weg kan. Frank zou afgelopen weekend komen, maar hij had griep. Mama wilde niet met Max naar hem gaan, want dan kon ze Anouk niet bezoeken. Bovendien was ze bang dat Max het virus zou oplopen en ons allemaal zou besmetten. Dan kunnen we helemaal niet meer naar Anouk. Ze mag absoluut niet in aanraking komen met ziektekiemen, haar afweer is nul. Ik vraag me af of ze in een ziekenhuis dan niet juist in gevaar is, maar daar schijnt ze helemaal beschermd te zijn.

Het verkeer begint weer een beetje te rijden, zodat ik niet zo lang naar het ziekenhuis hoef te kijken. Het eerste gebouw ziet er wel gezellig uit met rode en blauwe vlakken, maar het grijze gevaarte erachter, het eigenlijke ziekenhuis, is groot en grauw en behoorlijk deprimerend.

Het kost me uiteindelijk een halfuur om thuis te komen. De gordijnen zijn dicht, het gelige licht schijnt erdoorheen. Ik parkeer de auto en loop door de miezerige regen naar huis.

Als ik binnenkom, hoor ik dat de televisie aanstaat op een of andere kinderzender. Dat betekent dat Max nog wakker is. Ik zet mijn koffer onder kapstok, hang mijn jas op en doe de deur naar de huiskamer open.

Mama zit aan de eettafel de krant te lezen. Ze kijkt op en begint te glimlachen. 'Kijk eens wie er is, Max.'

Ik doe een stap naar voren en zie hem zitten op de bank. Hij heeft zijn Jip en Janneke-pyjama aan en houdt Beest tegen zich aan. Zijn haartjes zijn nat. Op zijn gezicht verschijnt een grijns van oor tot oor.

'Hé, Max!' roep ik.

Hij laat zich van de bank glijden en komt op me afgerend. Ik ga op mijn hurken zitten en vang hem op. Hij slaat zijn armpjes stevig om mij heen.

'Hé, vent', zeg ik zacht. Ik snuif de heerlijke geur van babyshampoo op.

Max is niet van plan nog van mijn zijde te wijken. Als ik me uit zijn omhelzing losmaak houdt hij angstvallig mijn arm vast. Hij staat het nog net toe dat ik mijn moeder begroet, maar dan moet ik op de bank komen zitten en kruipt hij op mijn schoot.

'Ik ga', zegt mama. 'Het is slecht weer en ik wil niet te laat thuis zijn. Morgen kun je vanaf ongeveer tien uur naar Anouk. Ik ben morgen aan het eind van de middag weer terug, oké?'

'Ja, maar het gesprek met de arts dan?' Anouk krijgt morgen een paar belangrijke uitslagen. Ik hoopte dat mama er ook bij zou zijn.

'Dat is aan het eind van de middag. Ik zorg dat ik op tijd ben, want jij bent natuurlijk bij Max en ik wil niet dat Anouk alleen is. Dag, lieverd.' Ze geeft me een kus, neemt afscheid van Max en gaat dan weg. Even later hoor ik buiten een auto starten.

Ik ben wel blij dat ik niet bij het gesprek met de dokter hoef te zijn. Ik geloof niet dat ik een ster ben in dat soort gesprekken en eigenlijk ben ik ook ongelooflijk bang voor de uitslag. Morgen komt het er echt op aan. De dokter heeft het niet met zo veel worden gezegd, maar Anouk gaat dood als er nu nieuwe uitzaaiingen worden gevonden. Ik probeer de zwaarte van dat nieuws te bevatten, maar dat lukt niet. Ik wil het nog niet toelaten. We zien het morgen wel.

Max gaapt en kruipt tegen me aan. Ik zeg: 'Volgens mij is het bedtijd. Zal ik je een verhaaltje voorlezen? Ik heb een boek voor je gekocht.'

Op Schiphol heb ik nog voor vertrek een sprookjesboek voor Max gescoord. In LA heb ik het een paar keer uit mijn tas gehaald en doorgebladerd. Ik denk dat hij het prachtig zal vinden.

'Echt?' vraagt hij.

Ik knik en loop naar de gang, waar mijn tas staat. 'Kijk maar, hier is het.'

Ik haal het boek tevoorschijn. Max pakt het voorzichtig aan, alsof hij niet kan geloven dat zoiets moois helemaal voor hem alleen is. Hij draagt het als een kostbare schat naar de slaapkamer.

Ik kijk verlangend naar mijn bed. Het slaapgebrek begint me op te breken.

'Weet je wat, Max? Ik ga even snel mijn tanden poetsen en mijn pyjama aantrekken, en dan gaan we daarna verhaaltjes lezen, oké?'

Mijn idee voor een pyjamafeestje staat Max wel aan en hij knikt opgetogen. 'Oké.'

Ik doe de lampen in de woonkamer uit, duik de badkamer in om mijn make-up eraf te halen en mijn tanden te

poetsen en haal dan een schone pyjama uit mijn kledingkast. Ik zie dat mama heeft gewassen en gestreken en ik
glimlach. Ze kan het ook niet laten.

Als ik in bed lig, kruipt Max bij mij onder de dekens. Ik
laat het maar zo. Het is opvoedkundig gezien vast beter
dat hij in zijn eigen bed slaapt, maar ik heb hem gemist en
vind het eigenlijk wel gezellig. We nestelen ons in de kussens en ik sla het sprookjesboek open.

'Er was eens...' begin ik en ik lees het sprookje van
Sneeuwwitje en de Zeven Dwergen voor. Nog voor ik bij het
stuk over de vergiftigde appel ben gekomen, is Max al in
slaap gevallen. Zijn handje ligt trouwhartig op mijn arm.

Ik sla het boek dicht en kijk op de klok. Het is kwart
over acht. Het DA-feestje is nog niet eens begonnen, maar
ik knip het licht uit.

Ik dacht dat Anouk niet dieper kon gaan, maar als ik in
het ziekenhuis aankom blijkt dat ze nog veel zieker kon
worden van de chemokuur dan ze eerder al was. Ik heb
mijn komst aangekondigd bij een verpleegster – dat was
volgens mama noodzakelijk – en zij neemt me mee naar
Anouks kamer.

'Hier, dit moet je aantrekken en dan kun je daar je handen wassen.' Ze wijst naar een wastafel. 'Wel de zeep gebruiken, hè?' Ze loopt weg.

Op de zeeppomp staan allerlei symbolen en woorden;
wat ik eruit begrijp is dat deze zeep geen bacterie heel laat.

Eerst vouw ik het pakketje open dat ik van de verpleegster heb gekregen. Een mondkapje en een soort schort, dat
ik over mijn kleding aantrek. Anouk mag absoluut niet in
aanraking komen met ziektekiemen. Braaf maak ik de

strikjes vast. Daarna was ik mijn handen drie keer achter elkaar met de zeep, die nogal vreemd ruikt, en dan ga ik Anouks kamer binnen.

Er staat maar één bed. Anouk is nog meer afgevallen en haar lichaam vormt nog maar nauwelijks een hobbel onder de dekens. Ze heeft er maar liefst drie, en dat terwijl het al warm is in de kamer. Als ik heel zachtjes de deur dichtdoe, opent Anouk haar ogen. Haar hoofd is onbedekt en het lijkt groot en kaler dan eerst.

Ik loop naar haar bed en pak haar hand, die koud aanvoelt. 'Hé.'

Ze fluistert iets terug, maar ik kan het niet verstaan. Mama belde vanochtend nog om te zeggen dat ik niet moest schrikken. De zware chemo's hebben alles kapot gemaakt en Anouk is nu voornamelijk aan het overleven. Maar als de kanker is uitgeroeid en ze stoppen met de chemo's, komt het vast weer goed. Dat wil zeggen: áls de kanker is uitgeroeid.

Ik ga zitten op de enige stoel die ik zie. Er mag ook maar één persoon tegelijk bij Anouk, anders is het voor haar veel te vermoeiend. Ik weet eigenlijk niet of ik mag praten. En zo ja, of Anouk daar eigenlijk wel op zit te wachten.

Er gaan tien minuten voorbij waarin Anouk af en toe haar ogen opendoet en mij aankijkt. Een paar keer fluister ik iets, maar ze antwoordt niet. Ik kijk naar alle toeters en bellen rond haar bed. Ze ligt aan slangen en snoeren en er druppelt van alles via het infuus haar lichaam binnen. Ik hoop dat het iets is waar ze voor de verandering eens beter en niet zieker van wordt.

Na tien minuten probeert Anouk iets te zeggen. 'Hoe...' Het lukt haar niet om haar zin af te maken. Ze hoest even.

'Wil je water?' Er staat een glas naast haar bed. Ze beweegt haar hoofd heel licht, ik denk dat het nee betekent.

'Hoe...' zegt ze opnieuw.

'Hoe is het?' gok ik. 'Is dat wat je wilt zeggen?'

Weer een beweging van haar hoofd. Deze keer betekent het ja.

'Tja, ik...'

Wat moet ik zeggen? Dat het goed gaat? Dat lijkt me echt het meest ongepaste antwoord dat ik maar kan geven.

'Met Max gaat het goed', antwoord ik uiteindelijk. 'Ik heb hem gisteravond sprookjes voorgelezen. En vanmiddag speelt hij bij een vriendje. Ik heb hem gemist in LA, maar gelukkig hoef ik voorlopig niet weg. Niet tot na kerst, in elk geval. Dat zal Max ook wel fijn vinden. Alhoewel, met mama heeft hij het ook naar zijn zin, maar...'

Ik realiseer me dat ik ratel, maar ik kan niet meer tegen de stilte. Toch dwing ik mezelf om mijn mond te houden. Alsof Anouk erop zit te wachten dat ik dit allemaal vertel.

Ze zucht even en zegt dan zacht: 'Mooi.'

'Ja. Heel mooi. En jij? Hoe voel je je?'

Wat een achterlijke vraag. Ik ben boos op mezelf dat ik zoiets kan verzinnen. Hoe zou ze zich voelen? Toppie? Waarschijnlijk niet, hè.

'Sorry, vergeet die vraag alsjeblieft. Het slaat nergens op. Alsof ik dat niet zelf kan zien.'

Voor het eerst zie ik iets van een glimlach op Anouks gezicht. 'Gek', zegt ze.

Ik moet ook glimlachen. En tegelijkertijd moet ik huilen om hoe Anouk er nu bij ligt. Ze lijkt wel... Ze lijkt wel dood.

Snel zet ik die gedachte van me af. Ze is niet dood zolang het gestage piepje van een of andere monitor aangeeft dat haar hart het doet. En ze is niet dood zolang ze kan glimlachen en mij kan vertellen dat ik gek ben. Haar lichaam ziet er op dit moment misschien niet florissant uit, maar niemand krijgt Anouk er zo makkelijk onder.

Ik veeg de twee tranen weg die aan mijn ogen ontsnappen. Huilen kan altijd nog. Dat gaat Anouk nu niet verder helpen. Wat ze nodig heeft is kracht. En humor. Dat is altijd Anouks belangrijkste wapen geweest.

'Nouk', fluister ik. 'Die leuke dokter komt vanmiddag weer en ik wil niet vervelend zijn, maar eh... Je ziet er niet uit. Daar moet je echt snel iets aan doen.'

Nu breekt er een echte lach door op Anouks gezicht. Ze doet haar ogen half open en knijpt in mijn hand.

'Beloofd', fluistert ze.

De knappe dokter komt inderdaad die middag, maar ik ben er niet bij. Ik heb een dvd opgezet voor Max, die moe is omdat hij gisteren een uur te laat is gaan slapen. Hij heeft geen zin om te spelen, maar wil best op de bank hangen en kinderfilmpjes kijken. Ik zit achter mijn laptop en kijk op nu.nl, maar eigenlijk interesseert het nieuws me niet. Ik klik van alles aan, maar lees niets. Elke minuut kijk ik op de klok. Het is nu 16.13 uur. De dokter zou om vier uur komen. Zou hij er al zijn? Zou Anouk al weten hoe het nu verder moet? Ik hoop dat ze kan bevatten wat hij allemaal zegt – vanmiddag waren een paar woorden al te veel voor haar. Gelukkig is mama erbij.

16.14 uur. Ik check mijn telefoon. Niets. En om 16.15

en 16.16 uur ook niet. Hoeveel tijd heb je nodig voor een slechtnieuwsgesprek? Langer dan voor goed nieuws?

Pas om 17.08 uur belt mama eindelijk. Mijn hart klopt zo hard dat het pijn doet. Met droge mond vraag ik: 'En?'

Ik hoor meteen dat mama heeft gehuild. 'Is Max daar?' vraagt ze.

'Ja. Hoezo?'

'Hij...' Er zit weer een snik in haar stem. 'Het is beter dat hij dit niet hoort.'

'Hij hoort niets, hij kijkt televisie.' De schrik slaat me om het hart. Dit is geen goed nieuws. Dit is het slechtste nieuws dat ik maar kan bedenken.

'Ga even naar de slaapkamer', zegt mama.

Ik doe wat me wordt opgedragen, niet in staat om nog na te denken.

'W-wat? Wat zei hij?'

'Het is uitgezaaid. Het zit in haar botten en er is n-niets...' Haar stem breekt. Ze huilt. Mama huilt nooit.

Ik moet ook huilen, zo hard dat het lijkt alsof ik uit elkaar klap. Ik buig voorover en probeer mezelf onder controle te krijgen, want Max zit in de woonkamer en hij mag me zo niet zien. Niet nu hij allang heeft gemerkt dat er weer iets met zijn moeder aan de hand is. Max is best in staat om een en een bij elkaar op te tellen, en hoewel ik nog niet weet hoe we het hem moeten vertellen lijkt dit me sowieso niet de meest ideale manier.

'Maar wat nu?' vraag ik tussen mijn tranen door. 'Er is toch wel íéts?'

Mama is weer een beetje gekalmeerd, al klinkt haar stem breekbaar. 'Nee, lieverd, er is niets meer dat ze kunnen doen. De kanker is zo agressief. Ze kunnen verdergaan met de chemo en de groei een beetje remmen, maar ze kunnen niet genoeg chemo geven om deze vorm van kanker in deze orde van grootte te stoppen. Daar is meer chemo voor nodig dan Anouks lichaam aankan.'

'Maar bestraling dan!'

'Nee, ook niet.' Mama slikt. 'De arts heeft het allemaal uitgelegd. Anouk moet nu kiezen of ze door wil gaan met de chemokuur of niet.'

'Natuurlijk gaat ze door!' roep ik uit. 'Ze stopt toch zeker niet? Er is tenminste nog íets dat ze kan doen...'

'Ja, maar het is...' Mama begint weer te snikken. 'Het gaat hooguit om maanden. En zonder chemo om weken, maar wel om weken waarin ze zich beter voelt.'

Máánden? Wéken? Het voelt alsof ik een nieuwe stomp in mijn gezicht heb gekregen. 'Hoe bedoel je?' vraag ik onnozel.

Maar mama kan geen antwoord meer geven. Door het snikken door zegt ze: 'Ik ga terug naar Anouk. Ik kom later vanavond naar jou toe, oké? Dag schat.'

Ze hangt op. Ik blijf lamgeslagen op het bed zitten. Ik pak een kussen en smoor mijn snikken erin.

Na een tijdje gaat de deur open en komt Max binnen. Hij gaat naast me op het bed zitten. 'Heb jij au, tante Sara?'

Ja, tante Sara heeft heel veel au, maar niet van het soort dat Max denkt. Toch knik ik. 'Ja lieverd, ik heb een beetje au.'

Hij knikt begrijpend en kruipt tegen me aan. Ik sla mijn arm om hem heen.

Er zijn zo veel dingen waar ik over na moet denken, ook wat Max betreft, maar ik kan niet helder meer denken.

Elke keer als ik dat probeer, krijgen de tranen weer de overhand. Ik wil dat mama komt, maar zij is nog bij Anouk en ik kan haar niet bellen. Ik wil ook naar Anouk, maar ik kan Max niet alleen laten. Ik weet dat Frank onderweg is, maar hij gaat naar het ziekenhuis. Blijft over: tante Simone. En zij is echt de laatste op wie ik nu zit te wachten.

Uiteindelijk bel ik René. 'Hé', zegt hij op gedempte toon als hij opneemt. 'Kan ik je zo even terugbellen? Ik zit op m'n werk.'

'Oké, maar ik...' Ik begin weer te snikken.

'Wat is er?' vraagt René bezorgd. 'Sara?'

Ik werp een blik op Max, die weer voor de televisie zit. 'A-anouk', stamel ik. 'Het is...'

'Niet goed?' gokt René. 'Wil je dat ik naar je toe kom?'

'Wil je d-dat doen?'

'Ik ben er zo.'

Hij hangt op. Opgelucht leg ik mijn telefoon op tafel. Slechte timing of niet, en of hij nou mijn type is of niet, ik heb René nu nodig.

'Tante Sara?' Max kijkt op van de televisie.

'Ja?'

'Gaat mama dood?'

Natuurlijk, Max is niet achterlijk. Hij weet best dat ik niet huil omdat ik mijn knie heb gestoten. En hij weet ook best dat Anouk een ziekte heeft waar ze aan dood kan gaan. Ik denk niet dat hij weet wat 'dood' precies inhoudt, maar hij heeft er wel een idee van. En ik zal hem toch vroeg of laat moeten vertellen wat er aan de hand is.

'Max, kom eens hier.'

Hij komt van de bank en ik til hem op. Samen gaan we in mijn grote fauteuil zitten.

'Je weet dat mama ziek is, hè?' begin ik.

Hij knikt ernstig.

'Mama is nu in het ziekenhuis, omdat de dokters haar medicijnen...' Hm, moeilijk woord. 'Omdat de dokters haar pilletjes hebben gegeven om beter te worden, maar door die pilletjes voelt mama zich nu niet lekker.'

De precieze vorm van toediening lijkt me even niet heel relevant. Max begrijpt het. Althans, hij knikt weer.

'Maar nu heeft de dokter gezegd dat de pilletjes misschien niet goed genoeg zijn om mama beter te maken. Dat betekent dat mama misschien niet meer beter wordt.' Ik durf het 'misschien' nog niet weg te laten. Ik wilde dat ik nog kon geloven dat de medicijnen 'misschien' niet helpen. Maar het is een feit. Een lelijk, koud en bijna niet te bevatten feit. 'En daarom is tante Sara een beetje verdrietig. Begrijp je dat?'

Opnieuw knikt hij. Hij huilt niet eens, hij luistert gewoon met een serieus gezicht. Waarom huilt hij niet? Heb ik het niet goed uitgelegd? Of kan hij niet huilen? Dat is toch niet goed? Ik wilde dat ik meer van kinderen wist. Misschien heb ik hem nu wel een trauma bezorgd.

De bel gaat. Ik zet Max op de grond en loop naar beneden. Als ik de deur opendoe en Renés bezorgde gezicht zie, barst ik meteen weer in huilen uit.

'Meisje toch', zegt hij en hij pakt me vast.

'Ze gaat dood', snik ik tegen zijn borstkas. 'Er is niets meer aan te doen.'

René zegt niets. Er valt ook weinig te zeggen. Hij laat me los en ik loop voor hem uit naar boven.

'Ha Max', zegt René als we boven zijn. 'Dag vent.'

Max kent René inmiddels al een beetje en hij heeft besloten dat hij hem best oké vindt.

We gaan naar binnen en Max haalt Scoop tevoorschijn. René zegt tegen hem dat hij even alleen moet spelen. We gaan op de bank zitten.

'Bedankt dat je bent gekomen', zeg ik. 'Mama is nog in het ziekenhuis en ik wist niet... Ik had je nodig.'

'Natuurlijk kom ik. Maar vertel nou eens, wat zei die dokter?'

Ik praat op gedempte toon. Max laat Scoop zogenaamd praten en heeft geen aandacht voor ons.

'De dokter zei dat de kanker is uitgezaaid in haar botten en in haar lever en dat ze er niets aan kunnen doen.'

'Maar ze krijgt toch chemotherapie?'

'Jawel, maar...' Mijn ogen worden weer nat. 'Maar die w-werkt dus niet meer.'

Ik probeer niet te huilen, maar ik kan niet stoppen. Renés trui smoort mijn snikken. Hij wrijft over mijn rug tot ik rustiger word.

'En nu?' vraagt hij.

Ik fluister. 'Nu moet ze kiezen of ze nog chemo wil of niet. En dan kan ze nog maanden of weken leven.'

'Maanden of weken?' herhaalt hij.

'Ja. Als ze chemo blijft houden is het maanden, maar dan is ze voortdurend ziek. En als ze het niet doet is het weken, maar dan voelt ze zich wel beter.'

'En wat doet ze?'

'Dat weet ik nog niet.' Ik probeer me in te denken wat ik zou doen. Het is een onmogelijke keuze.

Het voelt al vertrouwd om uit te huilen bij René. Ik ken zijn geur en omdat ik al zo veel tegen zijn trui heb aangehuild, denk ik dat ik zelfs weet welk wasmiddel hij gebruikt. Hetzelfde als ik.

'Ik ben blij dat je er bent', zeg ik, met mijn hoofd nog altijd tegen zijn borstkas. Het verdriet is er niet minder om, maar ik ben blij dat er iemand is die naar me luistert en die zijn arm om me heen slaat. En ik ben blij dat die iemand René is. Dat is voor nu genoeg.

Hij geeft geen antwoord, maar slaat zijn arm nog wat steviger om mij heen en laat zijn kin op mijn hoofd rusten.

15

'ALS IK ZO KIJK, ZIJN HET STERREN.' MAX KNIJPT ZIJN
ogen tot spleetjes en beweegt zijn hoofd heen en weer. Hij
zit al een uur op de bank gebiologeerd naar de kerstboom
te kijken.

'Mooi hè?'

Ik zet de laatste glazen op tafel en bekijk het resultaat.
Het ziet er feestelijk uit. Ik kan niet bepaald zeggen dat ik
in de feeststemming ben, maar het is Kerstmis en Anouk
is thuis, dus we moeten het wel vieren.

Anouk zit op de bank en kan verder niet zo veel, maar ze
is in elk geval weer uit bed en kan kerst min of meer mee-
beleven. Ze is vanochtend thuisgekomen uit het ziekenhuis en heeft een paar uur geslapen. Ze zegt dat ze zich
goed voelt, maar ik zie dat ze alweer omrolt van vermoeidheid. Ik zie ook dat ze geniet, vooral van Max' aanwezig-

heid. Hij lijkt niet te merken dat zijn moeder eng mager en ernstig verzwakt is. Hij is vooral erg blij om haar te zien.

Max wijkt geen moment van haar zijde, wat voor Anouk tegelijk fijn en vreselijk is. Gelukkig is hij niet bang voor haar, zoals in het begin, maar ze wordt ook met haar neus op de feiten gedrukt dat Max haar mist en haar nodig heeft.

Vanavond hebben we het niet te veel over Anouks ziekte, hebben we besloten. We kunnen er lang over praten of kort, maar dat verandert niets aan het feit dat Anouk heeft besloten de chemo's af te breken en de weken die ze nog heeft zo veel mogelijk door te brengen met Max en met ons. Het alternatief is nog maanden leven, maar wel doodziek van de chemotherapie.

Anouk heeft de beslissing vijf dagen na het verschrikkelijke nieuws genomen en ze is er niet één keer op teruggekomen. Ze heeft mama en mij niet eens in haar besluit betrokken. Ik ben blij dat ze mij niet om advies heeft gevraagd, want ik had niet geweten wat ik had moeten zeggen.

Mijn telefoon piept. Ik pak hem en lees het berichtje. Het is van René.

Hij vraagt hoe het gaat en zegt dat ik lief ben. Ik glimlach. Mijn hart gaat sneller kloppen. Morgen vieren we kerst met Max, Sophie, René en ikzelf, bij hem thuis. Anouk moet nog even terug naar het ziekenhuis om wat aan te sterken in haar steriele omgeving voor ze misschien naar huis mag. Naar huis om dood te gaan, dat realiseer ik me heel goed, maar ik wil daar niet aan denken.

Mama en Frank gaan morgen naar tante Simone en zelf had ik besloten niet aan tweede kerstdag te doen, tot René met dit voorstel kwam. Ik kijk naar het 'ik vind je lief'. Hij heeft het ook al live gezegd, die avond dat hij kwam om mij te troosten. Ik heb gezegd dat ik hem ook lief vind, maar dat ik nu even niet zo veel voor hem kan betekenen.

'Dat begrijp ik', zei hij. 'En dat verwacht ik ook niet van je. Jij hebt nu even genoeg aan je hoofd en ik hoop dat ik je een beetje kan steunen.'

'Dat doe je ook', zei ik. 'En daar ben ik heel blij mee. Maar ik wil je niet het gevoel geven dat jij alleen maar mag opdraven om mijn tranen te drogen.'

'Dat gevoel geef je me helemaal niet. En als ik dat voor je kan doen, je tranen drogen, dan doe ik dat graag.'

'Maar ik...'

'Sst.' René legde zijn vinger op mijn lippen. 'Je denkt te veel na. Dat moet je niet doen.'

Toen hij die avond wegging zoenden we weer, wat verwarrend was, want het maakte me blij terwijl ik geen reden om blij te zijn, want mijn zus gaat dood.

'Sara.' Anouk wenkt me. 'Kom eens.'

Ik ga naast haar op de bank zitten. Mama en Frank zijn in de keuken en bakkeleien over de ingrediënten van de sladressing. Mama vindt dat er meer azijn in moet, Frank gaat juist voor meer olijfolie. Max zit nu bijna ónder de kerstboom en telt de ballen, maar hij kan niet verder dan tien en begint telkens opnieuw.

Ik ga naast Anouk zitten. 'René?' vraagt ze met een knikje in de richting van mijn telefoon.

Ik glimlach. 'Ja.'

'Hoe gaat het tussen jullie?'

'Oh... Gewoon.' Ik vind het nog steeds moeilijk om dit met Anouk te delen. Ze wil het graag weten, maar het voelt oneerlijk.

'Vertel nou eens.' Ze pakt mijn hand vast. 'Is het aan, zeg maar?'

Ik grinnik. Die term heb ik jaren niet gehoord. 'Nou, vooruit...' Ik weet het antwoord eigenlijk niet eens echt zeker, maar ik zeg: 'Ik denk dat het wel zo'n beetje aan is, ja.'

'Mooi.' Anouk glundert. 'Heel mooi. En wat vindt Max van hem?'

'Max vindt hem wel leuk, denk ik.'

Anouk knikt tevreden. 'Wanneer mag ik hem zien? Ik ben wel benieuwd hoe hij er nu uitziet. Op de middelbare school was hij een beetje een... tsja.'

'*Nerd* is het woord dat je zoekt', zeg ik behulpzaam.

Anouk lacht. '*Nerd*, ja.'

'Hij is geen *nerd* meer, al doet hij nog steeds iets met cijfers. En hij is er best goed in als je het mij vraagt, want hij heeft een huis van twee verdiepingen midden in Amsterdam en een BMW voor de deur.'

'Aha, goed salaris.' Anouk steekt haar wijsvinger in de lucht. 'Dat is één. En goed met kinderen, dat is twee. Lief voor jou, drie. Verder nog iets?'

'Vind je het nog niet genoeg?'

Anouk lacht. 'Nou ja, hij moet wel perfect zijn, want hij moet op mijn kleine zusje passen als ik er niet meer ben.'

Anouk heeft er geen moeite mee om over haar dood te praten. Ik wel. Ik kan er nog steeds niet over praten zonder te huilen.

'Ja', zeg ik met een dikke keel. 'Ach, misschien wordt het wel niets.'

Maar Anouk is erg enthousiast over René, al kent ze hem niet. Vooral het feit dat hij een kind heeft staat haar wel aan. Ze heeft al gevraagd of ze een foto van Sophie mag zien, maar die heb ik nog steeds niet aan René gevraagd.

'Wanneer ga je hem voorstellen?' vraagt ze.

'Dat weet ik nog niet. Het komt heus wel.'

Anouk trekt een rimpel in haar neus. 'Je bent verliefd, hè? Je bent verlegen, en jij bent alleen verlegen als je verliefd bent.'

Oké, ik ben verliefd op René, zover ben ik zelf ook al. Maar het is en blijft ongepast om uitgerekend nu verliefd te worden.

'Hm. Ik moet even mama en Frank helpen, denk ik.'

'Niets daarvan.' Anouks wimperloze ogen zijn groot. 'Ik wil met jou over je nieuwe vlam praten en mij kun je niets weigeren, want ik ben een kankerpatiënt.'

We kijken elkaar aan en barsten tegelijk in lachen uit, hoewel er niets grappigs aan is.

Het eten is klaar en ik help Anouk naar de tafel. Het kleine stukje lopen is een uitputtingsslag voor haar en ze is duidelijk blij als ze zit. Max zit naast haar, mama en Frank aan de andere kant en ik aan het hoofd.

'Eet smakelijk', zegt Frank. Hij neemt een hap van het voorgerecht en vervolgens een slok van zijn wijn. Ik ben opgelucht dat niemand de moeite neemt om een toost uit te brengen. Waarop? Op het laatste kerstdiner met Anouk? Zelf drinkt ze water en neemt twee kleine muizenhapjes voor ze haar bestek neerlegt. Mama knipoogt naar haar. Het gaat niet om de salade of om de wijn. Het gaat erom dat Anouk er is. Ik wil niet denken aan volgend jaar kerst en probeer het brok in mijn keel weg te spoelen met een te grote slok wijn. Door de tranen in mijn ogen lijken de lampjes in de kerstboom net sterretjes. Max zou het prachtig vinden.

Als ik knipper zijn ze weer normaal.

'Drieduizendvijfhonderdzevenenzestig.'

'Wat?'

'Zo veel lampjes zitten er in de boom.'

Als Max praat beweegt het ijs op zijn bovenlip mee.

'Kom eens hier.' Ik veeg het ijs weg met een servet. 'Heb je de lampjes in de boom geteld?'

Hij knikt. 'Allemaal.'

René schiet in de lach. 'Dan kan jij wel goed tellen, Max.'

'Hm-hm.'

'Ik wil van tafel', zegt Sophie.

Max valt haar bij. 'Ik ook.'

René knikt. 'Ga maar. We zijn toch klaar met eten.'

Ik schuif mijn stoel achteruit en leun achterover. 'Ik plof uit elkaar als ik nog één hap zou moeten nemen. Maar het was heerlijk.'

Het is weken geleden dat ik voor het laatst een fitness-zaal vanbinnen heb gezien en ik ben aangekomen, maar ik kan me er echt niet druk om maken.

René haalt de bordjes weg en loopt naar de keuken om de vaatwasser in te ruimen en koffie te zetten. Max en Sophie zitten aan Sophies tafeltje en tekenen kerstbomen. Althans, Max tekent kerstbomen en Sophie kleurt wat met groen en rood. Ze is er zo ingespannen mee bezig dat haar wangen donkerrood zijn.

René zet een kopje voor me neer. Hij heeft zo'n melkop-schuimer van Nespresso en weet de lekkerste cappucci-no's te maken. Zelf drinkt hij altijd espresso. Er staat een schaaltje kerstkransjes op tafel en ondanks het gevoel dat ik honderd kilo weeg, stop ik er eentje in mijn mond. De spikkels vallen eraf en kietelen mijn tong.

'Neehee', zegt Max chagrijnig, als Sophie per ongeluk op zijn tekening stift. 'Niet doen!'

'Hou op!' Dat is Sophie, die terug kat. Ze zijn de hele avond lief geweest, maar het is inmiddels half tien en Max is doodop.

'Ik moet zo gaan. Max moet echt naar bed.'

'Ik heb een logeerbed', biedt René aan. 'En een extra tandenborstel en pyjama moeten ook nog wel te vinden zijn. Dan kun je hem straks met deken en al meenemen en thuis in bed leggen.'

Ik aarzel even. Het is een aanlokkelijk voorstel. Na de gezelligheid van gisteren was mijn huis vandaag leeg en stil. Ik heb geen zin om erheen te gaan en als Max in bed ligt in mijn eentje op de bank te zitten.

'Oké. Maar kan ik hem dan ook even in bad doen?'

Met z'n vieren lopen we naar boven. René laat het bad vollopen en ik kleed Max en Sophie uit. Daarna zetten we de twee in bad. Terwijl ik bij hen blijf, zoekt René een pyjama van Sophie die een beetje aan de ruime kant is en waar geen roze vlindertjes of Barbies op staan, want no way dat Max dat aantrekt. De effen blauwe pyjama valt wel bij hem in de smaak. Hij is een beetje te kort bij de mouwen en de pijpen, maar dat lijkt Max niet te deren.

Renés logeerkamer is ingericht met witte en bruine meubels. Op de vloer ligt, net als op de rest van de boven-verdieping, whitewash eiken laminaat, wat mooi staat bij het bruine tweepersoonsbed en de witte kast. Aan het pla-fond hangt een kleine kroonluchter. René houdt blijkbaar van kroonluchters. Beneden, boven de eettafel, hangt er ook al eentje.

'Gaan we hier slapen?' vraagt Max verbaasd.

'Nu even en dan straks, als het al heel laat is, neem ik jou mee naar huis, oké?'

Voor Max is alles na tien uur 's avonds 'heel laat'. Hij vindt het allemaal best en kruipt onder het dekbed. Ik laat het verhaaltje maar zitten, zijn ogen vallen vrijwel meteen dicht.

Ik geef hem een kus op het puntje van zijn neus. 'Welterusten, lieverd.'

Hij mompelt nog iets, maar het is al bijna niet meer verstaanbaar. Ik doe het licht uit en laat de deur op een kiertje staan. René doet hetzelfde bij Sophies kamer. Hij legt zijn vinger tegen zijn lippen. Blijkbaar is zij ook al vertrokken.

Als we weer beneden zitten, vraagt René: 'Heb je die leidinggevende van je nog te pakken gekregen? Hoe heet ze ook alweer? Ruth?'

'Nee. Maar gelukkig had ik toch al geen vluchten staan tot zes januari. Ik zal haar morgen wel bellen. Of overmorgen.'

Ik aarzel. Ik loop al een paar dagen rond met een plan, maar heb het nog met niemand besproken. Maar ik zal toch íets moeten regelen nu Max permanent bij mij komt wonen.

René kijkt me onderzoekend aan. 'Zeg het maar.'

'Nee, niks.'

'Ik zie dat je iets wilt zeggen. Wat is het?'

'Het gaat over mijn werk, maar ik weet het nog niet zeker. Ik bedoel, het is een ideetje. Misschien doe ik het ook wel niet.'

'Wat is het dan?'

Ik haal diep adem. 'Ik denk erover om te stoppen met vliegen. Er is een vacature bij het opleidingscentrum en ik wil eigenlijk solliciteren.'

'Doen', zegt René meteen.

'Vind je?'

'Ja. Ik heb het idee dat je het vliegen lang niet meer zo leuk vindt als eerst, of heb ik het mis?'

Ik schud mijn hoofd. 'Nee, daar heb je gelijk in. Althans, ik vind het vliegen wel leuk, maar ik wil niet de hele tijd van huis zijn. Ik kán niet meer de hele tijd van huis zijn, eigenlijk.'

'Nou ja, het kan wel. Als je het echt wilt, dan valt er vast wel iets te regelen.'

Ik denk even na. 'Wat dan? Een kinderdagverblijf is niet echt een optie als je tien dagen weg bent. Er zijn wel kinderhotels, geloof ik, maar ik weet het niet, hoor. Dat is toch niets voor Max? En de korte vluchtjes, dat je maar twee of drie dagen weg bent, die heb ik inmiddels wel gezien.'

'Maar wil je het ook zelf?' vraagt René. 'Anders is het niet goed voor jou en niet goed voor Max als je ermee stopt. Dan word jij ongelukkig en hij uiteindelijk ook.'

Dat is dus het gekke. Ik zie als een berg op tegen mijn volgende vlucht, vier dagen Johannesburg. Ik lig er zelfs wakker van, en niet alleen omdat ik die dagen liever bij Anouk doorbreng. Ik wil Max niet achterlaten. Niet bij mama, niet bij een oppas, niet bij René – bij niemand. Ik wil niet zo lang zonder hem.

'Dan ben je er inderdaad wel klaar mee', zegt René als ik hem dat vertel. 'Dus je gaat solliciteren.'

Nu ik dit allemaal zo vertel, kan ik geen enkele reden bedenken om het niet te doen. Ik knik ferm. 'Ja, ik ga solliciteren.'

'Daar moet op gedronken worden', vindt René. Hij haalt de kopjes weg en komt terug met een nieuwe fles wijn.

'Op zich ben ik het met je eens, maar ik moet nog rijden', lach ik. 'We kunnen het ook vieren met een glaasje water, toch?'

'Natuurlijk.' Maar René maakt geen aanstalten om een glas te pakken. Er staan al twee wijnglazen op tafel. Hij kijkt me aan. Mijn hart slaat over.

'Ik heb een logeerbed, zoals je weet.'

Ik zit een paar seconden te dubben en schuif dan mijn glas naar hem toe. 'In dat geval, schenk maar in.' Ik lik aan mijn droge lippen en hoop dat René het bonzen van mijn hart vanaf daar niet kan horen.

Ik neem een flinke slok van mijn wijn. Het spul brandt in mijn keel. Ineens heb ik geen zin meer om te wachten of om na te denken of dit wel een goed idee is. Ik zet mijn glas neer, sta op en pak Renés hand.

'Dat logeerbed, hè. Daar wil ik graag meer over weten.'

Zijn mond krult zich in een glimlach. 'Oh ja, joh? Nou, dan zal ik het je even laten zien.'

Achter hem aan loop ik de trap op. Ik schakel al die gedachten uit die in mijn hoofd opkomen en die tig redenen geven waarom dit geen goed idee zou zijn.

We gaan niet naar de logeerkamer, maar naar Renés eigen kamer. Het raam staat op een kier en het is er ijskoud. Hij doet het niet dicht, maar trekt mij tegen zich aan. Zijn handen glijden over mijn rug en gaan daarna naar de knoopjes van mijn blouse. Ik hef mijn gezicht naar hem op en zijn lippen vinden de mijne. Dan heeft hij alle knoopjes open en voel ik zijn handen op mijn naakte huid. Mijn vingers frunniken aan de knoop van zijn spijkerbroek, maar verplaatsen zich dan naar zijn overhemd. We vallen op zijn bed. Ik trek alle knopen tegelijk open. Ik ben het nog niet verleerd.

16

'WE KUNNEN OOK NAAR MCDONALD'S GAAN', STELT RENÉ voor. 'Dat vindt Sophie in elk geval geweldig.'

McDonald's... Daar ben ik echt jaren niet geweest. Eén BigMac bevat meer calorieën dan ik normaal gesproken voor lunch en diner samen binnenkrijg. Maar wat maakt het uit? De kinderen vinden het vast prachtig.

Het is oudejaarsavond en René en ik dachten allebei dat de ander het eten zou regelen. Dus nu zitten we met twee lege koelkasten, twee hongerige kinderen en te weinig tijd om naar een restaurant te gaan, want over anderhalf uur moet René Sophie bij Miranda inleveren. Max gaat vanavond naar mama en Frank, die in Anouks huis logeren. René en ik 'vieren' oud en nieuw in het ziekenhuis met Anouk.

Het is de eerste keer sinds de middelbare school dat René Anouk weer zal zien. Anouk heeft heel erg op deze ontmoeting aangedrongen. Er zijn ruim twee weken verstreken sinds ze te horen heeft gekregen dat ze nog maar enkele weken te leven heeft en ze is nog steeds niet genoeg aangesterkt om naar huis te mogen. Ik vind dat vreemd. Dood gaat ze toch, dus waarom zou ze moeten aansterken?

Maar het heeft iets te maken met haar afweersysteem en infecties en een pijnlijke dood, die haar bespaard moet blijven. Bovendien krijgt ze nog steeds via een infuus van alles toegediend. Anouk voelt zich gelukkig wel beter, al kan ze nog geen drie meter lopen zonder te moeten uitrusten.

'Dan doen we dat toch. Volgens mij vindt Max het ook leuk. Zullen we naar die Mac in de Kinkerstraat?'

René stemt in en we hangen op. Nog een kwartier voor ik hem weer zie. Ik heb hem pas nog gezien, maar ik wil tegenwoordig niet eens meer een dag zonder hem. Het blijft vreemd dat wij een relatie opbouwen op het moment dat Anouk haar leven afbouwt, maar ik heb besloten er niet te veel over na te denken.

'We gaan, Max.'

'Mijn koffer!'

'Ja, die neem ik wel mee. En dan zetten we hem in de kofferbak.'

Hij blijft met een ruk staan en kijkt me aan. 'De koffer in de kofferbak.' Hij lijkt het erg geestig te vinden.

'Ja, zo heet dat: kofferbak. Omdat je er vaak koffers in zet.'

'En boodschappen.'

'Ja, die ook.'

'Dan is het een boodschappenbak.'

'Nou, niet helemaal', grinnik ik. 'Dan is het ook een kofferbak. Het heet nou eenmaal een kofferbak, snap je?'

'En als je je fiets erin doet, is het een fietsbak!' roept Max.

Ach, wat kan mij het ook schelen. 'Wat jij wilt, vriend.'

Ik laat Max op de achterbank plaatsnemen en maak zijn gordel vast. We rijden naar de McDonald's in de Kinkerstraat, omdat die het dichtst bij het vu is. Parkeren is lastig, maar uiteindelijk vind ik een plekje twee straten verderop.

'Wat gaan we doen?' vraagt Max als ik het portier voor hem open.

'Naar McDonald's.'

Zijn ogen worden groot en hij kijkt me haast ongelovig aan. 'Echt?'

Alsof ik zo wreed zou zijn hem dat te beloven en dan te roepen dat het een grapje was. 'Echt', bevestig ik. 'Met René en Sophie.'

'Wauw.' We lopen McDonald's binnen en Max kijkt zijn ogen uit. Hij grijpt mijn hand als we langs Ronald McDonald moeten, de clown die in zo ongeveer elke vestiging wel ergens opduikt. René en Sophie zijn er nog niet, maar ik ga vast in de lange rij staan.

'Wat wil jij?'

'Happy Meal!'

Natuurlijk. Je krijgt er onzinnige prullen bij, maar Max koestert die dingen alsof het kostbare schatten zijn.

Net voordat ik aan de beurt ben, duikt René achter mij op. 'Sorry dat ik laat ben, maar ik kon echt nergens een plek vinden. Wil Max ook een Happy Meal?' Tussen de twee zinnen door geeft hij mij een kus, alsof we al jaren bij elkaar zijn.

René bestelt alles en we zoeken een tafeltje, wat alleen maar lukt doordat Sophie en Max sneller zijn dan een echtpaar en net voor hun neus een tafel inpikken. René en ik doen alsof we hun vernietigende blikken niet zien en gaan zitten.

'Eenmaal Happy Meal voor meneer', zegt René en hij zet het doosje voor Max neer. 'En eenmaal voor mevrouw. Eet smakelijk.'

Ik heb een McKroket, frietjes en een medium cola light. René eet een BigMac-menu.

Gelukkig praten Max en Sophie aan één stuk door, want René is vanavond opvallend stil. Als de kinderen druk bezig zijn hun speeltjes te vergelijken, leg ik even mijn hand op zijn knie. 'Hé. Wat is er?'

Hij reageert nerveus. 'Niets. Hoezo?'

'Omdat je zo stil bent. En een beetje gestrest.'

'Nee hoor, helemaal niet. Echt niet.'

Ik hou mijn hoofd schuin en kijk hem aan. 'Wel. Is het vanwege Anouk?'

René ontwijkt mijn blik. Ik weet dat ik goed heb geraden. Ik begrijp best dat hij niet echt uitkijkt naar het bezoek van vanavond. In zijn plaats zou ik dat ook niet doen.

Ik knijp even in zijn knie en glimlach hem opbeurend toe. 'Je zult zien dat het meevalt. Het gaat best redelijk met haar.'

Hij glimlacht wat bedrukt en stopt de laatste patatjes in zijn mond.

Drie kwartier later lopen we samen door de hal van het ziekenhuis. Er staat een kerstboom en overal hangen lichtjes en versiering. Aan de decoratie zal het niet liggen dat er op deze oudejaarsavond niet echt een feeststemming heerst. Het is stil. Veel patiënten zijn voor de feestdagen naar huis, ook op de afdeling Oncologie. Behalve die paar pechvogels, zoals Anouk, die niet gemist kunnen worden.

Anouks afweersysteem laat het toe dat we het mondkapje en het schort achterwege laten, maar we moeten nog wel onze handen wassen met de speciale zeep. De geur prikt in mijn neus. Ik weet zeker dat ik me die geur nog heel lang zal herinneren.

Ik doe de deur open en we gaan Anouks kamer binnen. Het is er warm, zoals altijd. Anouk zit rechtop in bed en leest een tijdschrift. Een ijverige zuster heeft de rand van het bed versierd met een kralenketting met vrolijke kerstmannetjes.

Als we binnenkomen kijkt Anouk op. Ik houd Renés hand vast en knijp er even in. Ik voel hem verstijven, maar hij houdt zijn gezicht in de plooi en zegt: 'Hai, Anouk.'

Mijn zus kan haar nieuwsgierigheid niet verbergen, het spat van haar gezicht af. Ze heeft naar dit moment uitgekeken, ze wilde zo graag weten hoe René er tegenwoordig uitziet. Ik geloof dat ze niet wordt teleurgesteld.

'Hoi. Jeetje, dat is lang geleden.'

'Ja.'

René stapt op Anouk af en begroet haar met drie zoenen. Ze glundert. Hij is nu al goedgekeurd.

'Je wil natuurlijk eigenlijk zeggen dat ik niets ben veranderd, hè?' grijnst mijn zus. 'Ik weet het.'

René schiet in de lach. 'Hooguit dat je kledingstijl een beetje veranderd is. Maar hij staat je goed, die pyjama.'

René heeft een cadeautje voor Anouk meegenomen. Ik heb hem verteld dat ze graag Sophie wil zien en dat ze haar hele kamer heeft volgezet met foto's. Hij heeft die twee gegevens gecombineerd en geeft haar een ingelijste foto van Sophie en Max, die onder de vingerverf zitten. In Anouks ogen glinsteren tranen.

'Wat mooi. En dat is zeker Sophie?'

'Ja.' René kijkt naar zijn dochter, die hem vanachter het glasplaatje toelacht.

'Wat een lief meisje.' Anouk zet de foto op haar nachtkastje neer. 'Ik zou jullie wel champagne willen aanbieden, maar dat schijnt hier alleen verkrijgbaar te zijn op de kraamafdeling. Appelsap dan maar?'

'Ik moet je iets vertellen.' Ik pak de handen van mijn zus. 'Ik heb een besluit genomen. Ik stop met vliegen.'

Anouks ogen rollen bijna uit hun kassen. 'Huh?'

'Ja. Ik heb gesolliciteerd op een functie bij het opleidingscentrum van Dutchman Air, maar zelfs als ik die niet krijg, stop ik ermee. Ik wil niet meer zo lang van huis zijn.'

'Maar...' Anouk kijkt me verbluft aan. 'Maar vliegen... Je vond het altijd fantastisch.'

'Vónd, ja. En waarschijnlijk zou ik het nog jaren hebben gedaan als dit allemaal niet was gebeurd, maar het is wel gebeurd en ik moet me daarbij neerleggen. Max heeft me straks nodig en ik wil er voor hem zijn. Dat ben ik aan hem verplicht en ook aan jou.'

Anouk kan niets uitbrengen. Dan strekt ze haar armen uit en knuffelt me. 'Dank je wel', fluistert ze in mijn oor. 'Ik hou van je, Saar.'

René heeft ondertussen drie glazen appelsap ingeschonken en gaat zitten op de stoel naast Anouks bed. Als mijn zus me loslaat, kijkt ze hem verontschuldigend aan.

'Sorry hoor, maar dit moest even. Wist je al dat je het getroffen hebt met haar?' Ze kijkt weer naar mij. 'Ik mocht dit niet van je vragen, Saar, maar nu... Ik heb me zo vaak afgevraagd hoe het dan met Max moest. Ik heb het er ook met mama over gehad en zij wilde wel oppassen, maar dat zou gewoon niet ideaal zijn geweest. En nu... Ik weet niet hoe ik je moet bedanken.'

'Je hoeft mij niet te bedanken. Ik wil het zelf.'

De dag na kerst heb ik Ruth opgebeld met de mededeling dat ik de komende maanden niet kan vliegen. Ze was het er niet mee eens, maar ik heb gezegd dat ze mij gewoon van het rooster moest halen. Zij zei dat ze dat dan voorgoed zou doen, waarop ik antwoordde dat dat best was. Een dag later heb ik mijn sollicitatiebrief de deur uit gedaan. Ik heb Ruth maar niet als referentie opgegeven.

Anouk leunt weer achterover in haar kussens. Ik blijf op de rand van het bed zitten, omdat er nog steeds maar één stoel in de kamer staat.

'Nou, proost', zegt Anouk en ze heft haar glas. We proosten nergens op, maar nemen gewoon een slok. Anouk zet haar glas weg. Ik drink het mijne leeg. Het is benauwd en ik had dorst.

'Hoe is het met Max?' vraagt Anouk. 'Is hij bang voor het vuurwerk?'

Ik schud mijn hoofd. 'Nee, hij vindt het juist prachtig. Mama maakt hem vanavond wakker om het grote vuurwerk te kunnen zien.'

Anouk kijkt uit het raam. 'Vorig jaar dacht hij zo ongeveer dat de wereld verging. Hij lag met zijn vingers in zijn oren onder het dekbed en heeft er nog nachtenlang eng van gedroomd.' Ze lacht even, maar ik zie geen vreugde op haar gezicht. Het volgende moment zijn haar wangen nat van de tranen.

Ik schuif op en trek haar tegen me aan.

'S-sorry', snikt Anouk. 'Het komt gewoon door oud en nieuw. Ik denk de hele tijd dat ik Max niet ouder zal zien worden. Straks wordt hij vijf en dan zes en achttien en dertig, en ik ben er niet bij.'

Ik moet zelf ook huilen. 'Maar hij zal altijd weten wie je was en wat een geweldige moeder hij heeft gehad.'

'Maar wat als hij mij vergeet? Jíj bent straks zijn moeder.'

Ik schud heftig mijn hoofd. 'Ik zal nooit zijn moeder worden. Ik ben zijn tante, jij bent zijn moeder. En hij zal je echt niet vergeten, niet zolang ik voor hem zorg.'

Anouks kale hoofd rust tegen mijn kin, ik voel de botten in haar armen, zo weinig vet heeft ze nog. Ik ben bang dat ze breekt als ik haar te stevig vastpak.

Ze maakt zich los, trekt het laatje van haar nachtkastje open en overhandigt me twee opschrijfboekjes. 'Hier. Hou dit bij je en lees het pas als ik dood ben.'

'Maar...'

'Doe nou maar. Ik heb geen zin om die paar weken die ik nog heb, door te brengen met praten over mijn begrafenis. In het ene boekje staat alles wat ik wil. Stop het weg en lees het pas als het nodig is, oké?'

Ik beloof het en pak het boekje aan. 'En het andere?'

'Dat is voor Max. Ik heb het van voor tot achter volgepend. Misschien denkt hij dan later dat ik één brok sentimentele labiliteit ben, maar ik wil dat hij weet dat ik van hem hou. Dat is zo'n beetje de strekking van wat erin staat. Geef het hem als hij eraan toe is, oké?'

Mijn hand beeft als ik het boekje aanpak. 'Oké.'

Niet lang daarna valt Anouk in slaap. Het is half negen als we onze oudjaarsavond afbreken en naar huis gaan. René knijpt in mijn hand als we weer door de hal lopen.

Diezelfde avond wordt Anouk ziek. Dat was ze natuurlijk al, maar nu krijgt ze ook nog eens koorts. Waarvoor ze dan weer medicijnen krijgt, maar niet te veel, want ze kan bijna niets meer verdragen. De medicijnen doen, net als de eerdere ladingen pillen die ze moest slikken, veel te weinig.

Ik voel me schuldig. Misschien hadden we toch de mondkapjes moeten dragen. Misschien heb ik de ziektekiemen wel meegebracht die door haar toch al zwakke afweersysteem zijn gedrongen en dit teweeg hebben gebracht. Haar arts heeft me verzekerd me dat mijn schuldgevoel onterecht is. Misschien is het een opeenstapeling van virusjes geweest, die van verschillende kanten zijn binnengekomen. Overal kunnen bacteriën aan zitten: een infuusslangetje, een hartmonitor, een beterschapskaart – die ik sowieso onzinnig vind, vooral de Engelse 'Get Well Soon'-variant – of een stethoscoop. En misschien was er wel helemaal geen bacterie, maar geeft Anouks lichaam het gewoon op.

Het is twee dagen na onze nogal vroeg afgebroken oudejaarsavond dat mama me belt, 's avonds om half zeven. Ik ben die ochtend nog bij Anouk geweest, maar ze sliep. Ze slaapt eigenlijk de hele tijd, met dank aan de medicijnen en de morfine. Even overwoog ik om Max mee te nemen, maar ik ben blij dat ik het niet heb gedaan. Hij heeft er niets aan om zijn moeder zo te zien en Anouk zou niet eens hebben gemerkt dat Max er was. Gelukkig is hij vier dagen geleden nog bij haar geweest, met mama. Als dit dan het einde is, heeft hij haar in elk geval nog gezien.

Ik krijg het ijskoud als ik mama's nummer zie. Ze belt me meerdere keren per dag, maar ineens krijg ik een angstig voorgevoel.

'Ja?' zeg ik aarzelend.

Mama klinkt gehaast. 'Kom alsjeblieft naar het ziekenhuis. Het gaat niet goed.'

Mijn maag draait zich om en mijn knieën beginnen zo hevig te trillen dat ik moet gaan zitten. Ik weet nog net 'oké' uit te brengen. Mama verbreekt de verbinding.

Ik ben blij dat René er is. Hij begrijpt meteen wat er aan de hand is en pakt mijn telefoon uit mijn hand. 'We gaan.'

René trekt Max z'n schoenen aan, terwijl ik als in slow motion mijn jas aantrek. Daarna pakt René mijn tas, helpt Max in zijn jas en neemt ons mee naar beneden.

We gaan met zijn auto. René weet het hoofd koel te houden en rijdt zo snel als hij kan door het drukke avondverkeer naar het VU. We gaan snel naar binnen. Deze route heb ik nu al zo vaak gelopen en elke keer wist ik dat dit moment zou komen: de laatste keer.

René laat mij eerst Anouks kamer binnengaan en wacht met Max op de gang. Hij heeft er zelfs aan gedacht een boekje mee te nemen en Max laat zich gelukkig makkelijk afleiden, hoewel ik aan hem kan zien dat hij erg bang is.

Ik doe de deur achter me dicht. Het is halfdonker in de kamer, het enige licht komt van een klein lampje op het nachtkastje. Mama en Frank zitten elk aan één kant van het bed. Anouk ligt op haar rug. Ze ademt rustig. Er hangen nieuwe zakjes aan haar infuuspaal. Er staat een stoel naast mama en ik ga zitten. Ik durf niets te vragen, bang voor het antwoord.

'De dokter komt zo', zegt mama schor.

Ik knik. Ze heeft het nog maar net gezegd of de deur gaat open. De jonge arts komt binnen, degene die haar eerder nog Van Doesburg noemde maar die nu werkelijk aangeslagen lijkt.

Hij gaat aan het voeteneind staan en pakt de stang van het bed vast. De kerstversiering ritselt licht.

'Ik wilde dat ik beter nieuws kon brengen,' begint hij, 'maar ze heeft inderdaad een flinke longontsteking. Ze heeft meer antibiotica nodig dan ze kan krijgen.'

'Hoe lang nog?' fluistert mama. Ze kijkt naar Anouk, niet naar de arts.

De dokter aarzelt even. 'Een paar uur, misschien.'

'Heeft ze pijn?' Mijn stem klinkt raar vervormd als ik de vraag stel. De arts schudt zijn hoofd.

'Ze krijgt genoeg morfine om de pijn te onderdrukken.'

'Kan ze ons horen?'

Hij schudt licht zijn hoofd. 'Dat kan ik niet met zekerheid zeggen. Misschien hoort ze uw stemmen wel en geeft dat haar een vertrouwd gevoel, maar ze zal niet echt begrijpen wat u zegt.'

Ik pak Anouks hand. Ik wil van alles tegen haar zeggen, of ze het nu hoort of niet, maar de woorden blijven steken in mijn keel. Ik wil wel schreeuwen dat ze niet moet opgeven, dat er altijd nog een wonder kan gebeuren. En ik wil zeggen dat ik van haar hou en dat ik altijd voor Max zal zorgen en dat ze niet bang hoeft te zijn, maar ook die woorden komen niet over mijn lippen. Dus zeg ik niets en geef een kus op haar hand, terwijl er tranen op het laken druppen.

De dokter belooft later terug te komen en verlaat dan stilletjes de kamer. We brengen een kwartier in stilte door, ieder met onze eigen gedachten. Ik denk aan vroeger, Anouk en ik samen op de fiets, samen naar het zwembad, samen naar school. Omdat ik de jongste ben is Anouk altijd in mijn leven geweest.

De deur gaat open en de dokter komt weer binnen. Anouk ligt al niet meer aan de hartmonitor en dus moet hij haar pols voelen om te weten hoe het gaat. Ik weet niet precies wanneer de monitor is verdwenen. Ik hoop dat mama er niet bij was.

'En?' vraagt Frank als de dokter Anouks arm weer neerlegt.

'Het gaat nu snel', zegt hij. 'Haar pols is zwakker geworden. Het lijkt wel alsof ze zich erbij heeft neergelegd.'

Mama kijkt naar Anouks gezicht en zegt zachtjes: 'Het is goed, meisje. Je hoeft niet meer te vechten. Ga maar.'

Ik pak Anouks hand en streel die zachtjes met mijn duim. Het is helemaal niet goed en ze mag niet gaan, maar we moeten haar nu loslaten. Ik vecht tegen mijn tranen, maar de tranen winnen.

'Ga maar, lieverd', zegt mama. Ook zij huilt.

Dan zucht Anouk ineens en haar ademhaling klinkt een beetje snurkend. Daarna word het heel stil in de kamer.

Mama buigt haar hoofd en huilt. Ik sla mijn arm om haar heen en leg mijn hoofd tegen haar schouder. Frank staat op en komt achter ons staan, zijn armen om ons heen.

De dokter laat ons, hij zegt niets. Pas als we elkaar loslaten, zegt hij: 'Gecondoleerd.'

We knikken alledrie. De dokter zegt dat hij een paar dingen gaat regelen en dat hij straks terugkomt. We mogen hier blijven, zo lang als we willen.

Frank knijpt even in mama's schouder en gaat dan weer aan de andere kant van het bed zitten. Ik kijk naar Anouk. Er lijkt niets veranderd, behalve dan dat haar borstkas niet meer beweegt. Maar als ik beter kijk, zie ik dat ze een andere uitdrukking op haar gezicht heeft. Rustiger, sereen bijna. Net, toen ze nog leefde, keek ze anders. Ik vind haar nieuwe uitdrukking mooier en veel meer Anouk.

'Waar is Max?' vraagt Frank na een hele tijd.

Ik maak een gebaar met mijn hoofd richting de deur. 'Op de gang. Met René.'

Frank knikt. De naam René is wel eens gevallen, al heb ik hem nog niet aan mama en Frank voorgesteld.

'Zal ik hem halen?' vraag ik. Het is helemaal niet eng om naar Anouk te kijken. In het halfdonker lijkt haar huid niet zo grauw.

Mama knikt. Ik sta op.

Max en René zitten een stukje verderop bij de koffie-automaat, waar stoelen staan. Ze lezen een boekje. René stopt meteen als hij mij aan ziet komen. 'En?'

'Ze is...' Ik kan het woord niet uitspreken. René begrijpt het zo ook wel. Hij staat op en slaat zijn armen om me heen. Geen van ons zegt iets. Zo blijven we even staan, maar ik moet toch een keer terug en maak me los.

Ik til Max op en neem hem mee naar de kamer van Anouk. Ik moet hem uitleggen wat er aan de hand is, maar ik weet echt niet hoe. Als we voor de deur staan haal ik diep adem, maar ik kan geen woord uitbrengen.

'Max', zeg ik uiteindelijk. 'Mama is nog steeds dezelfde mama, maar mama slaapt nu heel, heel diep.'

Ik weet niet of ik het goed aanpak, maar Max knikt serieus en ik neem hem mee naar binnen. Hij is duidelijk gerustgesteld als hij mama en Frank ziet. Ik zet hem op mijn schoot. Max kijkt naar Anouk. Ik laat hem maar even.

'Waar is René?' vraagt Frank nu.

'Op de gang.'

Mama kijkt me aan met betraande ogen. 'Wil je hem niet liever hier hebben?'

Eigenlijk wil ik dat heel graag, maar aangezien René mama en Frank nog helemaal niet heeft ontmoet, lijkt me dat nogal vreemd. Maar ik mis zijn armen om me heen, ik heb behoefte aan een steunpilaar.

'Haal hem maar', zegt mama. 'Het laatste gesprek dat Anouk en ik hebben gehad, ging over hem en jou en Max, en ze was weg van hem. Ik wil hem graag ontmoeten.'

En dus loop ik weer naar buiten om even later terug te komen met René. We laten het handjes schudden maar achterwege, niets gaat hier zoals het hoort te gaan.

René condoleert mama en Frank. Ze bedanken hem. Verder wordt er niets gezegd. Ik ga weer zitten met Max op schoot. Er is nog een stoel vrij naast Frank en mij, maar René gaat voor het raam staan. Het is buiten donker en koud, maar helder. Ik kijk langs hem heen naar buiten. Er glinstert een ster, duidelijk helderder dan de rest. Ik had mezelf nog zo beloofd dat ik niet ineens in dat soort dingen zou gaan geloven, maar nu het zover is zet ik dat voornemen overboord. Ik kijk naar de ster en dan naar het levenloze lichaam van mijn zus. Ik slik.

'Mama?' Max' stemmetje verbreekt de stilte.

'Max', zeg ik. 'Ik zei toch al dat mama slaapt? Nou, mama wordt niet meer wakker.'

Hij denkt heel lang na en vraagt dan: 'Nooit meer?'

Mijn stem breekt als ik zeg: 'Nee, Max. Nooit meer.'

Weer is het lang stil. Dan zegt Max: 'Tante Sara?'

'Ja, lieverd?'

'Mag ik dan bij jou blijven?'

Ik trek hem heel dicht tegen me aan en wieg hem heen en weer. In zijn oor fluister ik: 'Jij mag voor altijd bij mij blijven. Voor altijd.'

René gaat weer naast mij zitten en legt zijn hand op mijn knie. Ik denk dat Max tegen mijn schouder in slaap is gevallen als hij een paar minuten lang niets zegt en zijn ademhaling regelmatig wordt. Maar dan maakt hij zich los en kijkt me aan.

'Tante Sara?'

'Ja, schat?'

'Wordt mama echt nooit meer wakker?'

Met verstikte stem zeg ik: 'Nee. Mama wordt echt niet meer wakker.'

Dan begint Max zachtjes te huilen.

17

'MAX! NIET TE VER!'

'Nee!' Hij rent toch weg. Sophie zet meteen de achtervolging in.

René slaat een arm om me heen. Ik kruip weg in mijn dikke winterjas. Het is begin maart en ijzig koud. De zeewind doet de tranen in mijn ogen springen, maar ik lach ze weg.

Het is vandaag sowieso een tranendag, maar wel een goede. Vanmiddag zijn René en ik met Max en Sophie bij het graf van Anouk op Zorgvlied geweest. We gaan wel vaker, maar vandaag is het precies twee maanden geleden dat ze overleed en al dat soort dagen doen nog extra pijn. Eerst was er één week, toen twee, drie en vier en toen één maand. Nu is het twee maanden, straks drie en vier en vijf. Ik vraag me af wanneer je ophoudt met maanden tellen. Na een jaar?

Toch kom ik graag op Zorgvlied. Anouks begrafenis was prachtig, precies zoals ze het wilde. Ik heb haar boekje van voor naar achteren gespeld en alles precies zo gedaan als ze het had opgeschreven. Hoewel het winter was, wilde ze worden begraven in haar witte zomerjurk. Overal stonden witte bloemen en iedereen had een witte corsage. We draaiden 'Fragile', net als op papa's begrafenis, en 'Hallelujah', omdat Anouk dat zo'n mooi nummer vond. Max had een tekening gemaakt, die ingelijst op Anouks kist stond samen met een foto van haar die vorig jaar zomer is gemaakt, toen we nog niet wisten welke grote, donkere wolk ons boven het hoofd hing. Ik moet nog steeds huilen als ik aan de begrafenis denk, maar het geeft me rust om te weten dat alles is gegaan zoals Anouk het wilde.

Precies drie weken later vroeg René of ik bij hem wilde intrekken. Ik aarzelde geen moment, omdat Max en ik eigenlijk al praktisch bij hem woonden. Toen ik Max' buitenschoolse opvang een adres moest opgeven, gaf ik automatisch dat van René op. Ik heb het later niet hersteld.

Max moet drie dagen per week naar de opvang. Eén dag is René thuis, de andere ik. Dat is geen bewuste keus, maar het komt goed uit. René werkte al vier dagen en de baan bij het opleidingscentrum is ook voor vier dagen.

Achteraf bleek LA mijn laatste vlucht. Van mijn collega's heb ik nog niet eens een bloemetje gekregen toen ik wegging. Alleen Elise heeft nog ge-sms't of ze soms iets had gemist. Ik heb maar niet meer geantwoord.

Mijn telefoon gaat. 'Hoi mam.'

'Dag lieverd. Zo, wat is dat voor herrie?'

'De zeewind. Ik ben met René, Max en Sophie op het strand.'

'Oh, heel goed. Lekker even uitwaaien.'

'We zijn bij Anouk geweest.' We zeggen altijd 'Anouk' en nooit 'het graf'. Ik weet dat mama het vervelend vindt dat ze ver weg woont, maar ze komt nog zeker elke twee weken en zet dan bloemen of een kaarsje neer. Verder probeert ze samen met Frank haar leven weer op te pakken, wat met vallen en opstaan gaat.

'Dat is goed om te horen. Maar ga lekker genieten van je strandwandeling. Liefs aan René.'

'Doe ik.'

Dat zegt ze altijd, liefs. In twee maanden tijd hebben zij en René een bijzondere band opgebouwd. René behandelt haar alsof het zijn eigen moeder is. En zij heeft een zwak voor hem vanaf de avond dat Anouk overleed. Ik vermoed dat hoe hij met Max omgaat daar een heel belangrijke rol in speelt.

Ineens blijft René staan. 'Ik wil je iets vragen.'

'Wat dan?' Ik frons mijn wenkbrauwen. Normaal kijkt hij nooit zo ernstig.

'Nou, je moet eerlijk zeggen als je het niet wilt, maar... Nou ja, ik dacht, ik wil gewoon heel graag bij je blijven. Maar misschien is het wel veel te snel.'

Ineens valt het kwartje. 'Bedoel je trouwen?'

René wendt zijn blik af. 'Ach nee, het is een stom idee. Laat maar. Het is natuurlijk veel te snel.'

We lopen verder. Mijn hart bonkt. Het is inderdaad snel, na een paar maanden, maar aan de andere kant: we hebben al zo veel meegemaakt, het lijkt veel langer dan een paar maanden.

Een tijdlang zeggen we niets. Mijn gedachten buitelen over elkaar heen. Trouwen. En dan heel misschien... Ik roep mezelf tot de orde. Niet op de zaken vooruitlopen. We hebben trouwens al twee kinderen.

Maar toch.

Ik blijf staan. 'Ik weet niet of dat een heel goed verkapt aanzoek was, maar zo ja, dan wil ik graag antwoord geven.'

René kijkt me verwonderd aan. 'Vergeet alsjeblieft wat ik heb gezegd. Het kwam ineens in me op. Als het een aanzoek zou zijn, dan wel het slechtste aanzoek *ever*, want ik heb niet eens een ring bij me.'

We lopen door. Ik hef mijn hoofd naar hem op. 'Stel dat het toch een aanzoek was geweest, dan zou ik "ja" hebben gezegd', beken ik zacht.

Eerst denk ik dat René het niet eens heeft gehoord, maar dan begint hij te stralen. 'Ik hou van je.'

We lopen door en zeggen een hele tijd niets. Het begint al te schemeren als we omkeren en teruglopen naar de auto. Ik kijk om. Onze ster staat er niet, maar dat maakt niet uit. Ik geloofde er toch al niet in.

Max komt aanrennen en slaat zijn armen om onze benen heen. In een opwelling ga ik op mijn hurken voor hem zitten. 'Max, wat zou je ervan vinden als René en ik gingen trouwen?'

Hij kijkt me aan. Dan lacht hij. 'Cool.'

Ik heb helemaal geen ster nodig om te weten wat Anouk ervan zou vinden. Dat kan Max me haarfijn vertellen.

Stichting Pink Ribbon

Aandacht voor borstkanker

De cijfers liegen er niet om: 1 op de 8 vrouwen krijgt in haar leven borstkanker. Ieder jaar krijgen in Nederland zo'n 13.000 vrouwen en 100 mannen te horen dat ze borstkanker hebben. Velen maken het van dichtbij mee. Borstkanker kan ons allemaal raken!

Stichting Pink Ribbon is een fondsenwervende organisatie die aandacht vraagt voor borstkanker. De stichting stelt alles in het werk om het aantal mensen dat borstkanker krijgt te verminderen. Ze wil dat iedereen weet wat de risicofactoren zijn voor het krijgen van borstkanker en dat borstkanker vroegtijdig wordt ontdekt. Hiervoor is geld nodig. Dit geld wordt gebruikt om onderzoeken te ondersteunen die erop gericht zijn de kans op het krijgen van borstkanker te verkleinen en borstkanker zo vroeg mogelijk te ontdekken. Ook wordt het gebruikt voor het verbeteren van de zorg voor borstkankerpatiënten en hun naasten.

Tijdens het schrijven van dit boek stond voor mij als een paal boven water dat een deel van de opbrengst naar de strijd tegen borstkanker moet gaan. Natuurlijk omdat het boek verschijnt in oktober, de internationale borstkankermaand, maar ook omdat borstkanker een van de meest ingrijpende dingen is die je kunt meemaken. Zo veel vrouwen strijden dagelijks tegen de ziekte – zij hebben recht op steun, op onderzoeken, op de allerbeste zorg. Met voldoende geld kunnen we de strijd tegen borstkanker winnen, elke dag, elk jaar een beetje meer! Door dit boek te kopen, steunt u het zo belangrijke werk van Stichting Pink Ribbon. Namens de stichting daarvoor heel veel dank.

Mariëtte Middelbeek
September 2009

Meer informatie over Stichting Pink Ribbon staat op

www.pinkribbon.nl

Colofon

© 2009 Mariette Middelbeek en Uitgeverij Marmer®

Redactie: Maaike Molhuysen
Correctie: Superschrift en Uitgeverij Marmer
Omslagontwerp: Riesenkind
Omslagillustratie: Shutterstock, Fanny71
Zetwerk: V3-Services, Baarn
Druk: Hooijberg|Haasbeek, Meppel

Eerste druk oktober 2009

ISBN 978 94 6068 004 5
NUR   301

Verspreiding in België via Van Halewyck, Diestsesteenweg 71a, 3010
Leuven, België. www.vanhalewyck.be

Uitgeverij Marmer
De Botter 1
3742 GA BAARN
T: +31 649881429
I: www.uitgeverijmarmer.nl
E: info@uitgeverijmarmer.nl